腹語山

More Than Words

山女孩 Kit（方妙）——著

推薦文

在青春迷失的山徑間

海德薇／編劇作家

山，容易讓人擺脫偽裝，山裡發生的事最能夠反映真我。這一次，山女孩 Kit 跨足小說，預備征服另一座文學山頭。以揭露本色的名字發表，令人驚喜不已，相信讀者朋友也十分期待。

有幸先睹為快，故事中時序跳躍，現在和過去交織錯落，營造出一種魔幻色彩。我喜歡故事中文字的躍動感，順暢地銜接了不同場域和時間跨度，都市和森林，海到山，態度自由，一如角色們的不羈。

翻開書頁，開章以為講的是年少懵懂的愛情，由一個揪心的事件展開，但，隨著訊息量的拿捏釋出，漸漸發現沒那麼簡單。作者想談的不只是愛情，似乎更接近純粹的愛的探尋。

宇珊、軒永和阿樹，多年後試圖撿回遺落的青春，可是三個人的愛怎麼成行呢？愛有多大？跟山一樣大嗎？愛是什麼？可以被度量、比較，被切割、分享嗎？

《腹語山》透過三位主角、三個世代的關係和故事來呈現愛。其中，少年的浪漫情懷寫得很好，帶有清新詩意，其筆下刻畫十五歲的愛與欲望，二十歲的追尋和迷茫，讓讀者彷彿在迷霧中好奇穿梭，試圖探索出一條路來。這種尋路的過程，也好似在山中探勘路徑。

書中「愛，但是不喜歡」，以及「痛是愛的變形，痛也是不愛的變形，這世界不存在不會痛的追尋」的概念，非常真實且真誠。山有靈，能映照內心，我們只能聆聽靈魂深處的聲音。人在山中，無處可逃，主角們自然也得直視內在不忍揭開的脆弱面，諸多描繪必然能引起愛山之人的共鳴。

闔上書頁，餘韻蕩漾，特別難忘嘉明湖畔的場景，是最原始純淨的自然洗滌。不禁想起布農族征伐太陽的傳說——被射中右眼的太陽變成月亮，每晚都會回來嘉明湖看看自己被射的箭傷。嘉明湖被布農族人稱作「月亮的鏡子」（Cidanuman Buan），我想，我們無法對嘉明湖說謊，書中人物也不能。

讀畢會發現，作者在書中探討了愛的本質，留給讀者無限省思。《腹語山》是女主角傅宇珊青春成長，既關於山，也關於腹語，腹語暗喻那些說不出口的情感。這是一個深刻、動人的故事，在呢喃絮語中展開，擁抱野心十足的浩瀚題目，推薦給各位讀者細細品味。

推薦文

所有的山景都在為愛代言

張馨潔／作家

我想像過無數個在山上紮營的夜晚，當風聲也寧靜的時候，各樣待解的人生謎題塗銷掉山林的聲音，天幕上毛孔般密集的星辰好像一舒一收的在呼吸。那一刻，是否正是命運的後台管理系統，運作校正的時刻呢？

那些勘不破的人際隱微繫結，在某些神祕時刻裡擾動著。小說中主角傅宇珊在夏威夷旅遊，遇見了青年查斯。一個夜晚，月光如浪花打入房間，查斯在熟睡中與她相擁。這副陌生軀體，在一瞬間使她感知，這是來自另一位所愛之人的擁抱。

另一個時刻，已故的西藏少女木柰與男主角軒永在同一個空間，影像重疊，彼此凝視，他們都明白對方不是幽靈，而是另一個不同時空中的房間住客。身體只是靈魂的載體，前者會腐朽，而後者累世歷劫。偶有那樣的感應時刻，無法說清又讓人深信不疑。

站在山之前猶如站在情感之前，文中所有的景色與未知，都是在為愛代言。小說深刻地探尋愛情之中的三角關係，將現世不可解的糾葛，綿亙至世代，直至前世，為有限的今生爭取更寬闊的解讀。大音希聲，沉默的山蘊藏的細密訊息，正如關係的迷藏裡，說不出來的話才是最真實的心聲，彷彿腹語，藏於表象之下。

作者慧黠的文筆中，山脈有著各式的植被與景貌，隨著山勢與氣候的交集，衍生出各樣的行途經驗。即便知道走向山意味著走向危險，但主角們逐漸接受，走向山找尋答案是必經的歷程。而即便懷著再虔敬的心，面對屬於自然的不可測，終究有人迷失在山裡。

作者將小說寫入山林，帶著我們走入山裡，走進自然裡，展示了自然的瑰麗與神異。自然如此凶險，愛的流動也是自然，但愛讓人掙扎，又讓人渴望追尋，如同山林的召喚。

推薦文

腹語與蜜桃

許俐葳／小說家、《聯合文學》雜誌副總編輯

這是一本有著兩種聲音的小說，所有人說出來的話語都有著雙重意思。一開始，我們不知道說話的人是什麼身分，不知道抵達家屋的人和林軒永是什麼關係，隨著情節推進，才發現裡頭有些情緒和反應不太對勁，人與人的關係是那麼甜美，但又如此撲朔迷離。

這自然是作者的精心設計，我們跟著少女傅宇珊去探索、去追問，然後等待和命運之人的再次相遇。小說有著剛剛好的懸念，這些懸念多是關於人的，或者說，是關於愛的。當他們試著去愛誰、去理解誰，有些懸置的祕密，會以意外的方式展開，愛原本就是一種推理的過程。

然而，愛的真相不一定盡如人意。有些情緒是隱性的，是長年藏在祕密底下的影子，是痛苦的腹語，「我就這樣活著，不發一語地活著，把自己沉在水最深的地方，於是所有的聲音聽起來都如同腹語」。

腹語乍看是一種隱而不宣的壓抑，但其實也是另一種訴說的途徑，在混亂中，逐漸將自己一層層褪下，重新長出力氣，也才有對話的可能。試著為所愛之人煮一碗麵，在深山裡遞上一杯熱奶茶。《腹語山》有許多關於山的深刻描寫，讀這本小說的過程也像登山，必須要花費力氣，兜兜轉轉才能抵達心的深處。有些人，在山上才會說出真心話；而有些關係，要下了山才見分明。

我非常喜歡小說裡頭，傅宇珊的同事向她描述幸福的片刻，一個讓自己撐下去的理由：「你要從內心深處去挖出曾經發生過的場景，然後用雙手牢牢握著。像我呢，就是握著一顆水蜜桃。」簡直不能更可愛，又極其精準地寫出了人生的現實——誰不是倚靠著什麼在活著？

腹語和蜜桃，苦與甜，同時在這本小說裡展現各自的面貌，但都是人生的模樣。祝福以新名字出發的方妙與她的寫作。或許文學與山，都是她的那一顆水蜜桃。

腹語山

More Than Words

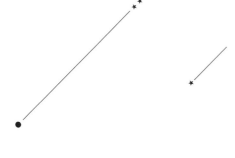

獻給台東

目錄

第一章

失去水源的山屋

「我要親眼看到那座山。」我說。雨聲太大了，我怕講得不夠大聲，還刻意加重了語氣。

1

說這句話的清晨，雨從海上來。灰色的雲和灰色的海，隨著風漸漸模糊了界線，變成一場沒有分別的大霧。綿密而短促的雨滴，墜在大小不一的芭蕉葉上，打出各自的聲響。有的清脆，有的鈍濁，像還沒變聲的少年，故意壓低喉嚨，一下細，一下低。

他說他要過來。

他打來問我食物還有什麼，我下樓打開冰箱查看：一把赤道櫻草、三顆土雞蛋。他不放心，說下山後會先繞去鎮上採買。

「不過這幾天，天氣不太穩定。雨太大的話，可能沒辦法下山。」他說。

自從知道他可能會來，我便在家屋等他。一如往日，那部藍色的福斯，會停在茂密的芭蕉園外，從二樓就能清楚看見。我像貓咪一樣，彎起膝蓋把腳縮進身體裡，圍著披肩瑟瑟地蜷在藤椅上，不時伸長脖子往外望，卻只等到了大雨。

這幾日見到他，和第一次見面完全不同，體格已褪去之前在台北的模樣。身材本來就挺拔修長，不過回鄉後突然精壯了起來，以前捲起襯衫在鍵盤上寫程式的手臂，變得黝黑而結實。經常親近大地的人，與在冷氣房裡使用機器鍛鍊出的線條體態不同，他現在勻稱的骨架與肌肉，顯得安穩而收斂。

他是一個天生適合戴黑框眼鏡的人，眼鏡像是他五官的一部分。沒戴眼鏡的時候，細長的雙眼顯得毫無防備，像是可以被任何言語傷害。前兩天請他來家屋幫忙修熱水器，爬上爬下的，流了滿身汗。沖完熱水澡後，他伸著長腿，舒舒服服地撐著頭半倚在榻榻米上。我盯著他的一雙大腳，短短厚實的腳趾頭，只覺得那腳板異常地寬。

「喔，你在看這個啊，你不知道我右腳有六根腳趾頭嗎？」他把腳伸到我的眼前，用力把六根腳趾頭撐開，還有點炫技般地波浪擺動。我盯著第六根趾頭不放。

「你有因為它而覺得困擾過嗎？」我問。

「當然，不過是小時候。」他坐起身推了推眼鏡，和我一起近距離地觀察它。「我完全不敢在大家面前脫下襪子，甚至還因為這樣不想加入游泳隊。但反正有一天，大家還是看到了。」

他說他從小又壯又高，小男生們不敢嘲弄他，但打架打輸時，會拿這件事嗆他。

「他們都說我多一隻懶叫才會贏的。」他促狹地斜眼看看我，我哈哈地笑出聲音來。回他說，那是真的很了不起。

「不過在升國一的那年暑假，軒永問我，我是不是因為多一根腳趾頭，所以才能跑得這麼快。」他繼續說。

「他說，我快攻的時候，簡直像一道閃電。從那刻開始，第六隻腳趾頭就變成我的武器，力量的來源。往後發生任何困難，我就會告訴自己，我可是擁有一道閃電的人呢！」他專注地盯著自己的腳趾頭說。

我忍不住想像，他們相遇時的模樣。那年夏天，在被太陽晒溶的操場上，一個少年仰望著另一個少年，而那句話如何像一道閃電般地打進他的心中，影響這高大男孩的一生，定錨他的所有發生。

想著想著，我就漸漸湧上一股無法言喻的篤定，自己與他們同在現場。我看見自己正走向他們，三個人的影子在太陽底下逐漸重疊。

黑夜降臨。我繼續盯著芭蕉園。雨滂沱地下著，他還沒有到，而他永遠不會知道，我所有的內心活動。

2

我今年二十九歲，離開了第一份工作，住進林軒永台東的家，算一算已經第六天了。軒永比我大兩個月，在台北同一家醫院出生。他爸媽在他三歲多時離婚，一個二十幾歲的女人，抱著兩個幼兒在台北找工作，是另一個太過沉重的故事。所以他媽媽只帶著剛出生的妹妹在身邊，把已經會走路的軒永送回娘家，台東小馬路。

因為這樣，軒永對媽媽總有一種複雜的感情。媽媽很香，及肩的黑長髮、美麗的指甲，脖子上有條細細的鑽石項鍊。但媽媽總在不耐煩，不知道是對台東，或是對軒永。許久不見的她或許帶來許多禮物，新衣服或新球鞋，但也一併帶來很多軒永不明白的規矩，像是在家裡不准跑，流汗了要用手帕擦。

「你能想像一個部落的男生，從口袋掏出手帕擦汗嗎？我要是被看到，還不如跳海算了。」到現在我都還記得，十五歲的軒永會擺出所有少年內建的叛逆，連呼吸起伏都沒耐性。我們並肩躺在榻榻米上，聽著太平洋遠遠打來的浪聲。

「那你怎麼不跟庭庭阿姨講？」我說。

「你又不是不認識我媽，我的事情她會想聽嗎？有幾次試著要跟她溝通，到最後還不是吵到要婆婆來勸架。」

軒永講起庭庭阿姨的時候，臉上表情總是一下雨一下陰，和提到婆婆時完全不同。高婆婆才六十歲，頭髮就已經完全變白，豐厚得像大山降下的雪。非常會燒菜，也非常會撒嬌，笑起來時，鼻子周邊的紋路會依偎在一起。只要進來她屋裡的男人，不論是什麼年紀，幾乎都不想離開。他們會幫婆婆換燈泡、搭木棧板，或心甘情願地拿起鋤頭除草。青年們從遙遠市區為她扛回一綑又一綑的長竹子，一連好幾天到田邊，嘿咻嘿咻地搭起一排長長的竹籬笆，防止山上成群的猴子，在清晨跑進稻田裡胡鬧。

女人們則在月光下拜訪婆婆，她們都在為男人哭泣。婆婆會在浴室裡放滿一大缸熱水，坐在澡盆旁反覆用藥草水淋暖女人顫抖的肩膀，像是澆養一顆沒有土壤的樹。我小的時候曾被允許坐在澡盆旁的小木凳，邊聽著女人斷斷續續的啜泣聲，邊抓著被燈光吸引而來的白蟻。當高婆婆發現我有點長大，開始聽懂那些女人的話語時，便會打發我去找妹妹玩。

「葵不喜歡我。」

高婆婆會刻意降低聲音，糾正我說：「她哪有不喜歡你？葵只是怕你。」

我沒有說話，只是沉默地拆掉白蟻像玻璃紙的翅翼，阻止牠們奮力飛起。指尖下，牠們像一顆顆被戳破的氣泡。我拿水勺將成堆的屍體沖掉，牠們整群隨著水流擱淺在浴室的地板上，形成了某種圖案。

我仔細地盯著看，突然一種恐懼感貫穿全身。我不安地轉頭，問那個坐在澡盆裡的女人，有沒有看到。她透過霧氣，瞇著眼睛，猶豫地用族語說：「是魚的尾巴？」我像是喉頭被掐緊，心臟乾乾地狂跳。慌張地舀一勺水潑過去，屍體擺擺尾巴游進海裡。

高婆婆嘆了一口氣，說小孩子什麼都要玩，都沒有在尊重生命的。她沒有看到我忍著不哭的表情，哄著我出去幫其他大人的忙。

但我和所有小孩一樣，都只想繞著外婆團團轉，一下要吃這個，一下要吃那個，哄騙婆婆幫我們洗澡，或是掏耳朵。她總有辦法安頓好所有的人，像是變出南瓜馬車的女巫。她只要從廚房雙手端著什麼東西走出來，所有人就會自動放下手上的事情，規規矩矩地圍在大木桌前。

我還是小女生的時候，常常看見這樣的光景。婆婆總是溫柔地聽著所有的人說話，從不問問題，不曾給過任何建議，但答案都會來到她面前。她只是靜靜地添茶，像所有人夢裡的母親。

當軒永講到外婆時，臉上是那樣甜蜜的表情，我完全可以理解。因為我想起高婆婆的時候，可能也是這種表情。

也因為這樣，軒永無法理解為什麼庭庭阿姨總是嫌棄台東，嫌棄住在海邊，覺得東西壞掉還不丟，覺得食物過期了怎麼可以吃。

「土地生長出食物，不是等著讓人類倒數計時的，那些塑膠包裝上面的保存期限數字有什麼意義呢？東西有沒有壞掉，它自然會讓你知道。但她從來不想要知道。」他繼續盯著天花板，月光隨著海浪聲，從窗外晒進來，亮晃晃的。我們暫時沉默了一陣子。

十五歲的我，想不出任何能安慰軒永的話，因為我家和他家不一樣。可能是因為媽媽就是我最好的朋友，或應該是說，我想當媽媽最好的朋友。

軒永深呼吸，側過身凝視著我，用薄薄的胸膛擠出聲音，乾乾地說。

「她不想要知道的事情，包括我爸爸，也包括我。」

3

考上高中的那年夏天，庭庭阿姨突然對軒永說，自己其實有個穩定交往的對象。但僅此一次，之後庭庭阿姨就未再提起男人的事情。他也不問，心裡知道媽媽並不想和他一起在新店山上那棟隱密的豪宅裡生活。她另外租了靠近植物園的舊公寓，讓軒永走路就可以到學校。

那時一心想要來台北的軒永，並沒有覺得這樣的安排不好。不需要認識那男人，又可以脫離大人過獨立生活，他感到再完美不過。不再被管教，也有超乎想像的零用錢可以花用，在自己的公寓裡要怎麼跑、怎麼吼，完全沒有人介入。只有每個星期三，庭庭阿姨會與葵一同前往植物園的舊公寓，和軒永吃飯，他只要那天演出乾淨規矩的高中生就好。不論那週其他日子過得有多荒唐邋遢，一到星期三的早晨，他就會反射性地跳起來，勤快地拿起吸塵器與花灑，把家裡和植物打理得一塵不染。

「真的沒騙你，不只床單，我甚至會把沙發椅套和窗簾都拆下來洗。」很久很久以後，二十九歲的軒永在嘉明湖，第一次向我提起那段日子。他用頭燈照著爐頭，略略歪頭聽著瓦斯微微漏洩的聲音，邊笑邊說。

「哇，林軒永，你真的可以做到那樣嗎？」

「你不覺得這很棒嗎？那時候的我覺得棒透了。」我們坐在離營地遠一點的高處，看著黑夜裡發光的帳篷，像巨大的子宮，裡面的人影是胎動。

「每週只需要認真一天，就可以過六天想要的日子。痛快地打橋牌，或打電動到半夜。我可以睡或是不睡，選擇醒著或是不醒著。星期三和這些比起來，簡直像是亮晶晶的聖誕樹上唯一壞掉的小燈泡，那樣地微不足道。」

「或許是或許不是，或許你一直都不明白，」我安靜地陳述我的意見。「你是因為那個星期三，而刻意把剩下六天過得很荒唐也說不定。」

他在黑夜裡點起高山瓦斯罐，冒出藍色火焰，然後將鍋具卡進爐體的扣鎖中，短短地嘆口氣，很為難地笑了一下。

高中那段時間，他唯一覺得抱歉的是妹妹。有時只有葵一個人前來，她會換下私校灰色的制服，穿上格子短裙，畫著濃濃的妝，一直到天亮才返回舊公寓。軒永深知媽媽忙於事業，根本沒有空陪葵，但兄妹長期分隔兩地，他不太知道怎麼當個好哥哥，大多幫著掩蓋，只有一次忍不住問出口。葵面無表情地聳聳肩說：「說了怕嚇到你。」

二十九歲他泡開了奶茶，將鈦杯遞過來。我伸出戴手套的雙手接著，他卻沒放手。「你明明知道我過得很糟，你明明知道我很不好。那段日子我只要睡不著，沿著重慶南路走著走著就會到你家樓下。我們那麼近，卻不能靠近。」他像十五歲時那樣凝視著我。「你告訴我，我們為什麼要失去聯絡？」

4

軒永叫葵妹妹，我也叫葵妹妹，那是因為我的媽媽在很久以前，也是庭庭阿姨的妹妹。高中時的庭庭阿姨，從來不把綠色襯衫紮進改得極短的黑色百褶裙，媽媽則是戴著金框眼鏡的儀隊準隊長，原本是一點交集也沒有的兩個人。在某次晚自習，媽媽又被學姐拖去女廁，說要給「這自以為是的醜女一點教訓」。那已經不是第一次，有時是被迫跪下，有時被硬扯下內衣，她們會說，這是給優秀學妹的一點抗壓練習。

「你該不會以為你是女神喔？長得這麼醜，還走在隊伍前面，根本是丟儀隊的臉！你只是成績好又愛拍老師馬屁吧！」那些人提著水桶潑向媽媽的同時，剛好抽完菸的庭庭阿姨走進去，水濺溼了她新買的白布鞋。媽媽每次說的都有點不一樣，有時是說庭庭阿姨拉著學姐的頭髮逼她們向媽媽道歉，有時是說那些學姐一看到庭庭阿姨就嚇得說不出話來。不管是哪一個版本，最後一定是庭庭阿姨扶著全身溼透的媽媽站起來，對著媽媽說：「以後我罩你。」

從那天開始，媽媽等於是愛上了她。美麗的庭庭阿姨有眾多追求者，媽媽會用零用錢買漂亮的洋裝讓她穿去約會，送她白色的溜冰鞋，幫忙做作業，甚至替庭庭阿姨去向男友分手。美女身邊總是有一個平凡女孩當跟班，媽媽心甘情願擔任那個角色。

大學聯考，媽媽填了和庭庭阿姨一樣的學校，因為高分低就，氣瘋的外婆直接斬斷金援趕出家門。沒錢、沒地方住的兩個女大生，去五分埔批了一些衣服飾品，再自己設計加工，下課後跑去各大夜市擺攤。庭庭阿姨總是能找到可以讓兩人窩一陣子的地方，但性格強悍的她，也經常和男人大吵大鬧後，要媽媽收拾行李，一起連夜搬走。

只有一次，媽媽沒有跟著庭庭阿姨離開。她繼續住了下來，後來懷了孕。那男人娶了她，成為我的父親。

5

負氣離開的庭庭阿姨立刻走入了婚姻和家庭，但也不到四年就離了婚。她將第一個孩子留在台東，用自身的美感和過往擺攤的經驗，在台北做起設計師品牌家具的國際貿易。後來經濟起飛，台灣到處都是有錢人，生意好得不得了，她便也開始幫名人貴婦進口一些價高稀有的紅酒，或難以尋獲的藝術品。反而是生產後身體一直都不好，成為家庭主婦的媽媽鮮少出門，唯有庭庭阿姨出差時，媽媽會牽著我的手去新店山上的豪宅，探視有專職保母與伴讀家教的葵。

我是獨生女，卻因此學會分享，學會要讓出屬於自己的那一份，還有可能是最好的一份。我一直不太懂這個邏輯，但媽媽和庭庭阿姨就是這樣，不管對方需不需要，永遠留給彼此。媽媽把高婆婆當成自己的媽媽，庭庭阿姨則是每年除夕都會要媽媽一起「回娘家」。因為她們，軒永就是哥哥，我要叫葵妹妹。

但我不把他當哥哥，他也不叫我妹妹。他就是軒永。從小我就和軒永一樣高，一樣短頭髮，背影簡直像孿生子。我們會跑去小馬部落的海邊燒木頭，在礁岩撿寄居蟹，趁退潮時在沙灘上練習翻跟斗，沿著八嗡嗡公路走去成功漁港看船入港。還記得一次颱風過後的夜裡，我們到烏石鼻，將藏在草叢中的獨木舟推出海。兩個人在海上漂流了一整晚，驚動了海巡隊搜索，還上了地方新聞。

軒永身材纖瘦，不愛講話，大人總說他長得像女生，未來會大富大貴，不過那彆扭的個性可要改一改。軒永的左右臉完全對稱，連耳朵的輪廓都彎曲得一模一樣，就像是剛做好的可頌，熱呼呼又軟綿綿的，但也讓人本能地想抗拒，害怕一靠近，就忍不住想要對著那漩渦深處傾訴祕密。對於外表，軒永從沒有表現出賣弄或自以為是的樣子，他甚至痛恨自己長得太漂亮，導致沒辦法在孩子間得到公平的地位。

不過沉默的軒永一遇見我，就會與我說很多很多話。他常常突然從這裡說到那裡，我總是聽。他多話的程度好像我們是兩顆遙遠的星球，只能用話語當成引力，使彼此靠近，也像每一天每一天投進撲滿的硬幣，我不在台東的時候，軒永存下所有的話語就等我回來。

每一次回台東，我們總是一起東奔西跑。兩個後頸晒得黑黑的孩子，從背後完全分不出誰是誰。每天從山裡玩到田裡，從溪邊離開再去海邊。我和軒永是在太陽底下，兩個永遠不停重疊又分開，小小短短的影子。

6

我仔細回想起來，的確就在小學畢業升國中那個暑假，軒永變了。像是掩飾不穩定的變聲期，準備脫離一切舊殼去迎接所有嶄新的彆扭少年。後來即便我回去台東，他也鎮日泡在新認識的同學家。

就在那個夏天，我第一次留長了頭髮。穿上私校的百褶裙和黑皮鞋，除了鋼琴課，放學也跟著同學去老師家裡補英文和數學，回到家還要準備各科小考。終於配了眼鏡，金框，細邊，沒有任何特色，像媽媽以前一樣。

從此以後在台東，我們看到對方就沉默，像兩只在海底深處的大蛤，見到面只是一聲簡短的嗨，一開一闔間冒出微弱的氣泡，從海底無力地飄向天空。甚至到後來，他連點點頭示意都沒有，只是遠遠凝視，當我回看時就別過眼，試著漠視我，或表現得毫不在意。我也只能裝作毫不在意。沒關係的，我對自己說。我從不知道為什麼，但那時候我只能讓他那樣做。

即便如此，我還是可以感覺到他。他一聲咳嗽或一個轉頭，一本隨手擱在二樓長廊的書，或一處被他溫熱的角落，這樣就夠了。我永遠能從空氣裡的撲滿，捕捉他存下的話語。那是什麼東西，我很難用言語去說明。那些訊息存於過去與未來，流動與靜止之間，在非常微妙的間隙，我知道只有我可以去提取。

這樣的狀況持續兩年，直到國三那年寒假。按照慣例，小年夜我家和庭庭阿姨一起先回台東。晚餐過後，家屋裡塞滿了大人，他們帶著食物來向高婆婆拜年，但其實是想要有個地方徹夜喝酒。一樓鬧哄哄的，屋子裡到處都是酒杯和空酒瓶，簡直像夏天的豐年祭。家屋沒有電視，葵早早去了鄰居家，準備看整夜日本台的紅白重播，我在房間找到庭庭阿姨的舊MP3，戴著耳機坐在二樓，在長廊黃黃暗暗的燈光下看書。

那一晚的所有細節，我從沒有忘記過，只要閉上眼睛，場景就能瞬間切換。

夜裡，墨色的海浪打上沙灘，空氣中夾雜著燃燒的龍眼木與泥土的氣味，芭蕉園裡葉片斷裂落地，山羌的鳴叫短促如狗。我甚至完全記得坐在外廊時，耳機響起鐵與酒樂團的《Naked As We Came》，前奏綿密的吉他聲。

高婆婆帶著一樓的歡愉，臉頰紅紅地爬上二樓，喚著關在房裡的軒永，帶看起來無聊的我去海邊放鞭炮。她似乎還把十五歲的我們當做小朋友。「去玩啊，你也不要大過年的還在讀書，多掃興！」高婆婆硬把我們推下樓，我連外套都還來不及拿。

我戴著耳機，縮著脖子，雙臂緊緊抱在胸前，走在軒永身後。一向惱人的東北季風停了，剩下乾乾的冷。山裡沒有燈，從山上一路走到台十一線的小馬橋至少要半小時，橫跨了小馬橋才會抵達海邊。

這一條曾被颱風沖刷、各種小貨卡疾駛的泥土路，一直都不好走。下過雨後，車子開不上來，大人都會笑這條路殘廢了。在沒有路燈的黑夜中，我低著頭走在殘廢路上，踉蹌了好幾次。小路兩旁長著高過人的扶桑花叢、結著碩大果實的波蘿蜜樹，沒有風的冬夜，各種氣味黏膩逼人。一直像緊閉大蛤沉默著的軒永，突然停下來，我也跟著停了下來。

十五歲的他，耳朵豎在清瘦臉頰的兩側，下巴的線條變得剛毅而深刻。他穿著一件長至膝蓋的黑色風衣，帽兜套在頭上，雖然沒有比我高多少，不知怎麼的，身影看起來已經像個大人。

但那時候，我們就只是兩個彆扭的青少年而已。他在黑夜中轉身往我走來，在離我半步的距離脫下外套，遞給我。我摘下耳機，慢吞吞地把雙手套進還留有體溫的黑色風衣。他把手插進褲子鬆垮的口袋，等我穿好後，靜靜地對我伸出左手。我凝視著他，這次他沒有躲開。只剩下一件單薄長袖的他，手心卻溼溼熱熱，像一條夏日午後被陽光晒溫的小溪，我的手泡在溪裡，也暖暖軟軟的。

他牽著我，安靜地越過小馬橋，往海邊走去。錯落在田中的農舍，這時都亮著溫暖的燈光，飄來食物的甜香。

沒有風的夜裡，天空有逗留不去的微小雲塊，我們並肩走在一起，我偶爾抬頭看看他，他睫毛低低地回望我。我不明白為什麼，但我會全部接受。

退潮後的沙灘，被銀白色的月光晒成一面黑色的鏡子。浪緩緩爬上岸，像是慢動作一樣地捲起沙子，發出刷——刷——的聲音。

月亮太亮，幾乎看不到星星，深色的雲層壓在遠遠的海際線上，月色把墨水般的太平洋染上一層金屬的質地，反射出一道海上的銀河。所有的物質在夜裡看起來更沉靜，粼粼的浪邊緣鑲嵌著溫潤的光澤，像是濃厚柔美的乳脂。軒永幾乎是貼著我的手臂，緊挨著坐下，沒有風吹亂他額前軟軟的長髮，他精緻的側面像女孩。

「抱歉。」這是他開口的第一句話，並看了一眼空空的雙手。

「沒關係，」我說：「又不是小孩子，我也不特別愛鞭炮。」

「我不是為鞭炮道歉。」他低低地說。

我望進他的眼睛，他把話語吹向我。我們交換彼此的風，填滿了過去的空白。

「好長的一段時間，我不知道該怎麼辦才好。」他沉默了好一陣子。

「直到有人告訴我，海灘上每一顆石頭都長得不一樣，但都有一顆最特別的石頭。在遠遠的大海裡游泳時，要認得那顆特別的石頭。大浪打來的時候，一定要先睜開眼睛才能呼吸，然後眼睛絕不可以離開那顆石頭。

「我想了很久，我猜，你就是海灘上那顆特別的石頭。因為大浪打來的時候，我的眼睛只看得見你。」

軒永說這些話的時候，我的心臟發出了像非洲遷徙般，數萬頭獸一起奔向水源，轟隆轟隆的聲音。

我很害怕他會聽見，憋著氣低頭看著他的腳趾頭。他的腳趾和他的手指一樣細而修長，十隻腳趾的趾甲方方的，剪得乾乾淨淨，秀秀氣氣。原來男孩子會像女生，而女孩子可能也會有像男生的地方。我心裡想。

於是我衝動的，傾身向他。然後，浪聲消失了，月光消失了，心跳消失了，我消失了。我像漂浮在真空的氣泡裡，失去聲音，沒有重力。他沒有抗拒。軒永的嘴唇溼潤而柔軟，不像我笨拙又生硬。他的呼吸淺淺暖暖，交換著我的呼吸。

等我的嘴唇離開他的嘴唇後，浪聲與萬獸的鼓譟一起奔回心臟，震得我頭暈目眩。他緊握著我的手，將昏眩的我攬進他薄薄的胸膛。我聽見他的心跳聲，堅定而有力量。

「大浪打來的時候，」他說：「你一定要記得，我從沒有離開過你。」

7

那個晚上之後，我們又回到像小時候那樣，成為彼此的影子。大人取笑我們，只覺得小孩子嘛，中間的空白，只是偶然的彆扭。只有媽媽在軒永幫我夾菜的時候，意味深長地輪流端詳我們兩人的臉。我裝作沒有看見，理直氣壯地將碗伸出去，接下軒永仔仔細細剔完刺的魚。

軒永像以前一樣，帶著我去任何地方，只是從腳踏車換成一台高婆婆騎去買菜的摩托車。在風裡，他斷斷續續地說，剛上國中的那年暑假，他認識了很多人，其中有個男人叫希力頓。對軒永來說，希力頓就是海神之子那般神性的存在，他會衝浪，會潛水，會獵魚，會彈吉他，還造了一艘船。

我第一次遇見希力頓，他剛從海底回來。在陽光的反射下，頭髮溼溼亮亮的，深棕色的肌膚上覆著一層薄薄的鹽粒。可能長年瞇著眼追逐魚，笑起來眼角有深刻的紋路，看起來比他實際的年齡大。但其實，十五歲的我根本不在乎他幾歲，可以是二十五歲，也可以是三十五歲，聽起來都是一個很遙遠的數字。

希力頓非常會料理魚，他笑說大部分的蘭嶼人都很會做菜，因為大家只能念餐飲科。他烤著當天獵來的魚，說魚只要死前有掙扎過就不好吃，一定要一槍斃命。他講的時候還比出手槍的手勢，抵在太陽穴上，嘴巴發出「砰」的一聲。

希力頓常常警告我不要被騙了，用他前任的故事嚇我。他用竹籤戳一戳魚，確認熟度後對著我說：「你以為大海裡最美的一條魚，會是屬於你的。但其實你根本閉上獵人的眼睛。」

「你根本沒有獵人的眼睛。」軒永在旁邊淡淡地說。

「對啦，但我很有耐心，可以在海下待得比別人久。」希力頓遞給我一隻魚，兩面金黃色，鮮嫩欲滴。

軒永轉頭對我說，每個來學衝浪的台北女生都聽過這個故事，然後希力頓會說自己還沒從那段戀情中走出來，但他都是真心的。

「喂，當然要先講清楚遊戲規則啊，懂不懂啊你？」希力頓笑著說。

他從塑膠桶撈起白白粉粉的魚內臟丟向軒永。軒永跳起來閃躲，兩個人在金樽漁港旁，邊跑邊拉長音地笑喊：「你懂不懂——你懂不懂——」

8

那天他們上岸後，希力頓在屋外邊沖洗著裝備邊說，剛剛沒接到電話，村長要他去鄉公所的頂樓做一個木棧板，他得先去市區買些白鐵釘。水聲嘩啦嘩啦，他大聲問我們要不要搭便車回家，裸著上身、防寒衣還溼淋淋地掛在腰間的軒永，看著我回說不用。過一會兒就聽見車鑰匙轉動了數次，才順利發動的引擎聲。

嘴唇發紫的軒永褪下防寒衣扔在地上，衣服躺成一個無精打采的人形。我把大毛巾遞給他，他圍在腰間後脫下溼透的短褲，邊哆嗦邊靠過來。

「你好暖。」

他闔起我正在看的書，將毯子攏在他背上，從身後抱住我。我的背貼著他的胸膛，他溼溼的頭髮貼緊我的臉頰。

「我覺得你好好抱，好像為我訂做的。」他伸長了手臂圈著我，雙手十指鬆鬆地扣著，放在我的膝頭上。

你比我高一點了。我說，以前我們一樣高耶。

他半開玩笑地問，是不是應該要再高一點才帥？

我笑說，已經夠帥了啦！到底還要多帥？

「我要多打籃球。」他撿起我臉頰上的髮絲，塞回我耳後。

我清清喉嚨。「你那個最好的朋友不就是籃球隊隊長嗎？」

「這是什麼意思？」他從胸膛的深處笑了出來。「你在吃醋喔？」

「是又怎樣？」

「不要吃他的醋。」軒永說。

他突然用盡全力緊緊抱我，像是要把我壓進他的身體裡。我掙扎著回頭瞪他，他收起嬉皮笑臉，突然用審視研究的神情掃射著我的臉。那眼神幾乎是科學性的，不帶著任何情感，是一種理智的觀察。

他翻過身，雙肘撐在我身旁，瀏海溼溼涼涼地垂在我額間，沒說什麼就吻我。我們熱切地接吻，他瘦長的身體壓向我，要我感覺毛巾下他的硬挺。**像月光海那天一樣**，他撩起我的洋裝，扯下我的內褲，低頭花很長的時間幫我，到最後我的身體甚至不自主地顫動。

我鬆開他的毛巾，這是我第一次主動摸他，我將他放在我赤裸溼潤的雙腿之間，在外面就可以感覺到他那發燙的溫度。我忍不住扭動了一下，用身體鼓勵。他卻往後退了一點，嘆了一口氣，似乎喃喃說了什麼。我隨意回應了一聲，在那種狀況下我根本聽不清楚，或是我不想聽。

「我說，不要鬧了。」他突然離開我的身體，半撐起身。

莫名其妙。我瞪著他。

「為什麼這樣就是我在鬧？」

他移開視線，換了一個比較柔軟的口氣。

「下次你不要這樣了。」

「不會有下次了。」

臉頰發熱，喉嚨乾乾的，突然有點情緒上來。我別過頭去。

軒永側身想看我，我把臉硬埋進床墊裡。不知為什麼，心裡澀澀的，眼角莫名地滲出淚來。現在想起來，十五歲少女被珍惜的同時卻感到被拒絕，真是弔詭的情緒。軒永有點討好似地親親我的頭髮，從背後摟著我。

為什麼台北女生的頭髮都這麼香？

什麼台北不台北，你們是不是都覺得台北女生很隨便？

「你幹麼這樣講？我從來沒有這樣想，而且我怎麼可能覺得你隨便？」軒永有點惱怒，提高音量。

我的眼淚終於掉下來，肩膀一抽一抽，嗚嗚嗚地哭了起來。他顯得有點不知所措，我們的身體變成大人，心還是小孩。他抱著我，像是哄娃娃般地拍著我的背。

「不是你想的那樣，我只是覺得我們不可以。」

我聽不懂。我嗚嗚咽咽。

不要懂。他哄著我說，你不要懂。

軒永的皮膚散發著海的氣息，鼻尖碰著我的鼻尖，然後像把嘴角垂下，學我哭。

「你哭起來很像葵，哇哇哇，小女生才是愛哭鬼。」

他捧著我的臉抹去眼淚，歪著頭笑嘻嘻地說：「台北女生你好，其實你的頭髮有點鹹魚味喔。」

我漲紅了臉，伸起手準備打他，門口突然傳來一個低沉的吼聲：「林軒永！你在做什麼？」

9

村長氣沖沖地跑進來，厲聲斥責叫軒永穿上褲子，立刻將我們拎到高婆婆的家屋，要赤裸著上身的軒永跪在廚房的大木桌前。高婆婆緊緊摟著葵，站在庭庭阿姨旁邊。

高婆婆聽著村長激動地描述現場，說是因為希力頓一直沒接電話，便繞過去漁港看看，結果一打開門看到，這不是小馬部落的林軒永嗎？這小子光著身體壓著一個衣著整齊的女生，女生看起來正在哭，手還一直推開他。

媽媽緊緊拉著我的手臂，我拚命想打斷那男人族國語交雜的荒唐描述，準備開口解釋些什麼，但跪著的軒永鐵青著臉，抿著嘴唇看了我一眼，低下了頭。

高婆婆不斷低聲應和著村長，一直說軒永這孩子很乖，他們兩個感情很好，或許只是鬧著玩的。

庭庭阿姨走到媽媽面前，冷冷地問：「是你引誘他的嗎？」

我愣了一下。「引誘是什麼意思？我是自願的。」

「我問是不是你先主動的。」

軒永低著頭說了一句：「聽你在放屁。」

庭庭阿姨轉頭，用恨恨地表情看著軒永。「好啊，既然不是她，那就是你。我就知道你長得跟你爸一樣，個性也一樣，你們最在行的事就是騙女人！」

我永遠記得軒永抬起頭，直直盯著庭庭阿姨說：「我沒有騙她，爸爸也沒有騙你。你不要覺得全世界都對不起你，你自己是有多誠實？」

一向冷靜的庭庭阿姨被激得滿臉漲紅，瞄了一眼剛進門的父親，突然狠狠甩了我一巴掌。那一掌火辣辣的，打得我眼冒金星，臉朝下地摔在地上。庭庭阿姨用力扳起我的肩膀，揪著領口將我的臉仰高，用盡全力再甩上幾個響亮的耳光。軒永大吼一聲，整個人跳起來要推開庭庭阿姨，卻被我媽媽死命地攔著。媽媽牢牢地擒抱，將她瘦弱的身體掛在軒永的腰間。

父親衝過來將身體擋在我和庭庭阿姨中間，任由她落下發瘋似的拳頭。高婆婆在一團混亂中蹲下身，緊抱著嚎啕大哭的葵，對著庭庭阿姨悲傷地喊：「孩子是無辜的！他們是無辜的啊！」

從沒有被任何人體罰過的我，第一次感受到疼痛與恥辱。媽媽含著眼淚，什麼也沒有說，緊緊抱我在懷裡。父親連行李也沒有收，上了車就連夜開回台北。我摸著紅腫的雙頰，躺在媽媽腿上大聲而絕望地哭泣，媽媽也無聲地掉著眼淚。她的眼淚和我的眼淚在我滾燙的臉頰上匯流成一條暖暖的小溪，和軒永牽著我的手一樣。

10

回到台北，家裡絕口不提這件事。他們從未親口審問過我，我再也沒有機會解釋真正的原委。我和軒永一樣，緊閉著嘴唇，把頭低了下來。但我知道，媽媽已經不再接起庭庭阿姨打來的電話了。

父親沒收了電腦和手機，請我交出電子信箱的密碼，由他來收發，必要時轉告重要的郵件。取消鋼琴課，取消補習班，取消晚自習，不能去圖書館，放學後和週末都必須待在家裡。如果課業需要上網查資料，只能借用父親書房裡的電腦。

那段日子似乎是父親第一次長時間地待在家裡，他坐在客廳安靜地看著國際新聞，很有耐心地聽我敲打鍵盤。等我用完網路後，他會用抱歉的表情，在我面前確認我剛剛搜尋過的網址。我等同被監禁，很久很久一段時間。

不可能向同學借手機，身為家長會會長的父親早就給導師壓力，說我之前著迷網路，成績落後，學校應該要特別注意。沒有辦法對任何人提起這件事，但在這種昂貴的私立學校，根本沒有人會在意誰發生了什麼事，就算我真的說了，同學應該也不知道要怎麼回應。少女的話題都只圍繞在去國外的哪裡過寒暑假、搶到哪個偶像的限量商品。我只剩下電腦課才能上網，不過也不能直接傳訊息給軒永，也許父親馬上就會看到。而我知道沒有電腦的軒永，手機也被沒收了。

他只能透過那個籃球隊長，阿樹，聯絡我。我們在與阿樹的即時訊息框裡面交換訊息。軒永總是一個星期長長的好幾篇，而我只能在短短的時間內盡可能讀完並回覆。那些無力的想念與近況更新，卑微而沒有品質地持續了半年，然後理所當然的，我沒有考上理想的學校。

軒永則意外地申請到最好的高中。這使我覺得公平。他背負了那次所有的罪名，而我承擔之後應得的報應。

11

高中開學第一天，父親特意早上回家一起吃早餐。他笑咪咪地看著穿新制服的我，說家裡有一個高中女學生呢，似乎心情很好的樣子。還拿著車鑰匙，說要先把車開到樓下，第一天他要親自送我去上課。

我坐在餐桌，機械性地把吐司和荷包蛋一口一口送進嘴巴。媽媽從房間拿出一個小盒子，坐在我旁邊。那是我印象中唯一一次談及這件事，談及林軒永。

她說：「你知道軒永搬到台北了。」

我沉默。她也沉默著。

再開口前，她先是深深地嘆了一口氣，然後看向我這邊，用一種像剛從地底深處挖出來，還沒有接觸過風與陽光的僵硬語氣告訴我。

「這個世界並不是紙糊的，很多困難是真實存在的，你跟我一樣，從來不會用眼淚解決事情。我也希望你跟我一樣，有不計代價的決心，只為一件事。」媽媽用堅硬的聲調接著說：「如果有些東西我想要，花多久時間我都要得到。而這輩子，我無論如何都非要不可的，就是讓你父親有一個完美的家。我要做一個好太太，因此或許並不是個好媽媽。但我只有這個心願，你必須為我做到。」

她將新手機推到我的面前，站起來把桌上的牛奶放回冰箱，送我到門口。她看似不經意地摸摸我的襯衫，小小聲說了一句，輕到像自言自語，卻仍可以深深傷害我。

「白色不好看，總以為你會是我的學妹。」她將大門在我臉前輕輕闔上。

長久以來，我從來沒有對自己失望，也沒有對誰覺得抱歉，我帶著僅存的尊嚴，試著拆解這句話。媽媽沒有挑明了說，但她對我失望，而她要我償還這失望。等電梯時我快速打開新手機登入，阿樹的對話框跳了出來，是軒永傳來的訊息。

我想起似乎是好久以前，銀白色的月光海前，我鼓起勇氣吻了他。他曾問我：「為什麼你總是知道你該做什麼，該去哪裡？」那時候我不知道怎麼回答軒永，但我現在知道了。

電梯樓層的數字愈來愈小，我憋著氣，在對話框打了幾個字後，封鎖並移除了所有帳號。電梯叮一聲停住，門在一秒鐘後打開。

這次大浪打來的時候，我來不及睜開眼睛就呼吸了，於是海上那些遊魂與惡靈，將沒有意識的我捲進混濁的海底，捲進斧削的礁岩下。黑色壓倒性的浪，一波又一波，咬噬我的身體，洞穴縫隙裡，千萬雙失去靈魂的眼睛，貪婪地吞下模糊的血肉。等我醒來再浮到海面時，那遙遠的岸上，已經看不到任何一顆石頭了。

第二章

填滿雪的圈谷

1

電梯門打開。

我伸出食指感應指紋，門鎖喀拉一聲解開。客廳落地窗外還有殘餘的雨聲。夏天隨著雨一路飄搖，而秋天只會佇足幾週，此時的台北吹起微涼的風，轉黃的菩提樹隨之翻飛，清朗而透明的空氣，天空從蔚藍變成綠松色。

我將一早上班前設定熬煮的雞湯從電鍋倒進保溫壺，進房間多拿了一雙襪子塞進外套。奶油色襪子綿綿軟軟，像一朵雲躺在口袋。貓咪喵喵地走過來，長長的尾巴圈著我的小腿，毛茸茸的臉頰緊緊偎著。

「噢，小東西，今天要自己睡覺喔。」我蹲下來，貓掌便攀在我的膝蓋上，努力伸長了脖子，將頭頂向我，摩挲又摩挲。我搔搔貓的下巴，瞄了一眼牆上的鐘，還有一點時間。我將身體深深埋進客廳深綠色的單人沙發中，像是耗盡全身的力氣，將貓咪摟進懷裡。

這張皮沙發在我出生前就有了，聽說是從懷我的租屋處搬來的，它其實和現在的客廳並不搭，每次過年媽媽總是好言相勸，我都會說：「要扔掉它，那就一起扔掉我。」還執拗地不准任何人移動它的位置：正對著媽媽房間，客廳靠牆的落地窗旁。

落地窗外有株生長得極好的九重葛，枝幹粗壯，花朵爭豔地伸出了陽台，密密麻麻地攀滿女兒牆，一大早一群麻雀就嘰嘰喳喳跳上跳下，若從樓下望上來，像是一朵招搖的煙火。沙發對著媽媽臥房裡的梳化桌，常見她傾身照鏡子的側影。她順手攏攏頭髮，拉整衣服，或是仔細補妝。聽說剛結婚時，還沒有什麼錢的父親曾經猶豫要把新房買在吳興街，那時信義重劃區的房價低，坪數還比現在的家大，是媽媽堅持，這裡離保安宮近，是生養孩子的好地方。

「你媽媽聰明歸聰明，就沒有偏財運。」父親講起這段往事時，媽媽總抿著嘴笑。父親在當兵前就已經考進公股銀行，是那時最令人稱羨的鐵飯碗，之後一直待在總部的核心單位，以極高頭銜退休時也才四十幾歲。爾後以財務顧問的身分創業，接手以往老客戶的資產投資，經手不少有名的併購案，總是順風順水地幫助兩方和諧對接，於是各大節日總有絡繹不絕的禮盒送來。我有時瞄到上面附的名片，全是知名企業的老闆，或是曾在新聞畫面中露臉的某總裁。

名校出身的父親溫柔親善、安靜沉著，與所有人交談時，高大的他總是禮貌地彎下腰，仔細聆聽再低聲回答。或許是長年職場上的訓練，或許是他的本性，我不知道。但我記得，有著深深酒窩的父親曾是網球選手，年輕時體格精瘦，照片像極了日本偶像，中年微微發福了，就變成韓劇的性格大叔。

媽媽是標準的台北人，嫁給父親後，雖然離娘家不太遠，但很偶爾才會回去大直。回去的前幾天，她就開始為我挑選洋裝，專程去買某某飯店知名的甜點，還逼我重複練習要在外婆面前表演的曲子。

我其實不怎麼喜歡去大直，進門後總被要求洗很久的手，外婆甚至會規定我只能坐在沙發的某一處，她已經在上面鋪了一塊燙過的方巾。媽媽對外婆講話時，咬字刻意，聲音也比較高。外婆很少問起我們好不好，倒是很關心父親，常以責怪的口氣要媽媽不要老用身體當藉口，應該要再生一個孩子。媽媽不會在那個挑高的白色屋子裡待太久，我彈完鋼琴後，她就會客客氣氣地與外婆道別。外婆站在修整完美的草皮前，陪我們等車的時候，老是會用力拍一下媽媽的背，像是提醒她挺胸站好，有時候也會對媽媽說：「叫你女兒站有站相，不要學你一樣。」

記得有一次，我在計程車上問望著窗外的她：「媽媽，你愛外婆嗎？」她摸著我圓圓的臉說：「我愛啊，可是不喜歡。」

我小時候不懂，**怎麼能愛一個人卻不喜歡一個人**，這是可以同時發生的嗎？

自有記憶以來，父親的工作永遠很忙，經常出差，家裡只有我和媽媽。身高差一大截的他們，走路時的媽媽總像仰望著父親。父親也對媽媽很溫柔，但那種溫柔，我不太會形容，有點像是鋼琴老師聽我彈奏出正確的音時，對我的溫柔。

2

我到病房的時候，父親站在床沿扶著媽媽，讓護士幫忙脫下硬式背架。病房慘白的頂燈照著媽媽微微沁汗的額頭，粉紅色的睡衣已經完全被汗浸溼了。

父親轉頭看見我，高聲地說：「來啦，真可惜沒看到，你媽媽剛剛沿著走廊走了兩遍！」一邊說邊拍拍他妻子孱弱的肩膀，像是鼓勵小孩似的。媽媽對我勉強地笑了一下。

我對許久不見的父親點了點頭，將雞湯遞給他，他低著頭小心翼翼地把湯倒進床頭櫃上的小鍋裡加熱。我扶著媽媽走進浴室。不論是單人間、二人房、四人房或是安寧病房，浴室永遠在病房一進門的地方，這樣的格局總讓我感到淒涼，沐浴排泄這種最私密的事情，在醫院卻是如此敞開，身體不再有任何的祕密。父親看著我們進浴室，拿著車鑰匙在門外搖搖手，用手比著會再來的意思。

「爸爸今天心情很好。」媽媽費力在沐浴椅上坐下，閉著眼睛說。天氣比之前涼，我仔細避開她脊椎的手術傷口，用力擰乾泡在高溫熱水裡的毛巾，雙手被燙得通紅。

長期沒辦法全身沐浴的病人，要用燙毛巾擦澡會比較舒服，這是某次隔壁床的印尼看護教我的。擦拭完上身，幫媽媽穿好保暖的上衣，才能用溫熱細小的水柱，在下半身沖一個久久的澡。這次大刀臥床太久，臀腿的肌肉有點流失，要多加強血液循環。

喝完雞湯，我把電視轉到極小聲。媽媽的眼睛投向螢幕，眼神卻是透明的。我將毛毯鋪在醫院的不鏽鋼陪伴床上，坐在那裡對著筆電敲敲打打。

媽媽轉頭過來問，還在加班嗎？這樣都沒有睡飽。

我聳聳肩，我本來就睡得少。

「還好晚上你在，不然爸爸工作這麼忙。」媽媽說得極小聲。「幸好可以順利申請居家看護了，之後你跟媽媽再睡也沒有幾天了。」

「你不要老說這些。」我闔上筆電，站起來關掉電視，把電動床降了一些，讓媽媽半靠在自己的身上，幫她揉揉腰。媽媽洗完澡顯得神清氣爽，按摩完後幫她穿上襪子做足背屈曲，她的表情果然像在雲上散步般，看起來十分輕鬆。

媽媽笑著聊起今天面試的新看護，「哎呀，那個女孩子真是可愛，還問我要不要幫我推個龐克頭。」她摸摸她因為化療落髮而推成小平頭的後腦勺，再看看我的頭髮。

「媽媽喜歡你的長髮，滑溜溜的，像絲綢一樣。可惜沒有長到爸爸的鼻子，不過還好眼睛像他。」

「媽媽的鼻子才好看。」我說。

「爸爸笑起來眼睛也彎彎的。有酒窩的人，笑起來特別溫柔。」媽媽難得像小時候一樣摸摸我的臉。「所以你要多笑啊，人家說愛笑的女生才有福氣。」

沒有。愛笑的媽媽並沒有福氣，她知道自己罹癌時才五十歲，剛從日本賞楓回來，照片裡一頭茂密的黑髮垂肩。原以為出國冷到，只是嚴重一點的感冒，但久咳未癒，去醫院照了X光，年輕的醫生沒要她回去請家人陪著再約診一次，便直接告訴獨坐在診療室的這個女子，片子上的黑影看起來，已經是癌症末期了。

3

「昨天又睡醫院啊？」莉莎放下咖啡，看著我的黑眼圈關心地問。

「對呀，你媽媽開完刀後的復原情況怎麼樣？」坐在前方的同事也回頭。

「腦的減壓手術還在觀察，現在比較不會劇烈頭痛了。脊椎剛放進去的六支鋼釘沒有什麼排斥，傷口癒合得滿順利。」我從筆電前抬起頭說。

「那真是好消息耶，雖然說疫情趨緩，但老在醫院裡也讓人很不放心。對了，薪酬組的有寄信出來，要大家趕快用掉今年的特休，我看上面的時數，拜託！你也太久沒休假了吧。」前方的同事說。

莉莎壓低聲音說：「就算是她想休，那也要大鑽石肯放人。大鑽石這次派給她的專案，我的老天！是每個六、日都要出席的耶。而且在會議上還明說，週末的活動都不能報加班費，只會給補休。笑死人了。我們不是外商公司嗎？還停在這種台商思維。」

「不就是要靠這招降低部門人事成本，讓敝部門績效好棒棒，才攢得到她手上那麼大——的鑽石啊！」前方同事故意拉長音強調。

她們兩人一起咯咯咯地笑了起來，我也笑了。

莉莎用腳推著椅子過來，小聲地說：「喂，你這陣子準時走，大鑽石常六點一到就過來看你還在不在，她特別在意出勤這種無聊的事。」她擺出忿忿的表情。「但加班是因為效率差耶，事情做不完，還要浪費公司的水電。大鑽石肯定家庭沒溫暖，這樣的人都特別喜歡加班。」

「像你就不是，你只是想逃避育兒責任。」我調侃她。

「我加班不只是逃避正在 terrible twos 的女兒，還有我那捨不得寶貝兒子的婆婆好嗎？你家現在也沒溫暖，每天都睡在醫院，真不知道這種日子，要是我能撐多久？你現在等於是兩份全職的工作，白天是燒腦的科技業打工仔，晚上是燒肝的夜間看護。」

「唉，不然能怎麼辦？不過終於能申請全日看護了，現在換我要更努力保住工作才行。」我笑笑地說。

莉莎看了我半晌，對我說：「大多數人都害怕死，但其實有時活著比死去還難。你就是會假裝笑著活的人，就算心裡已經找不到任何活著的意義了。愈是這樣的人，愈有可能不怕死。」

我像是細聽遠方響起微弱的鈴聲般，側著耳朵思考。突然意識到，自己臉頰肌肉牽引著的嘴角果然是上揚的。試著回想從什麼時候開始學會這種偽裝，笑著講悲傷的事，笑著講無力的事。我想起媽媽，她說女生要多笑，才會有福氣。

「不然我哭給你看啊。」我想緩和一下，裝作嚎啕大哭的表情。

「唉唷，別別別，早上小女才拉著車門爆哭到我婆婆都變臉了。」她假裝不耐煩地揮揮手。「我只是要提醒你，工作和醫院不是你的生活，媽媽也不該是你人生的全部。你必須找到屬於自己的，所謂撐下去的理由。像我想離婚時，就會想起懷孕期間，我老公曾經在凌晨三點走遍整個台北市，只為了買到一顆水蜜桃。」

莉莎換了一個口氣說：「你要從內心深處去挖出曾經發生過的場景，然後用雙手牢牢握著。像我呢，就是握著一顆水蜜桃。」

我們一起聽見高跟鞋的聲響，很有默契地同時將電腦椅轉回前方。大鑽石穿著完美無瑕的黑色套裝走到旁邊敲敲我的桌子，我迅速站起來，跟在她身後。走進會議室前，突然想起了什麼，回頭叫了莉莎，用手比了一顆水蜜桃的樣子，說了無聲的謝謝。她對我眨眨眼睛，也用雙手比了一顆水蜜桃，用唇型誇張地說了句加油。

4

這個男生自從上車後，就在副駕駛座侷促不安。我邊開車邊斜眼看他。清爽的短髮，戴Moscot經典的黑框眼鏡，Ralph Lauren白色襯衫和卡其褲，一雙有穿著痕跡但質感良好的白球鞋。因為身材高大、肩膀特別寬，現在看起來彆扭得像是隻被關進籠子無法轉身的大公獅。長腿上放著我隨手擱在副駕駛座的提袋和電腦包，右手緊抓著車頂把手不放。

我側過臉提醒他，可以把東西扔在後座，還用手比了一下後方。他哀號了一聲：「拜託，你可以好好看著前面開車嗎？」

我一邊慌張地道歉，一邊匆忙切換車道，結果忘了打方向燈。

「喔喔喔喔，我的老天，不行不行，這樣還沒有到，我就心臟病發了。」眼鏡男要我靠邊停。這次我記得打方向燈，卻太快切右。後方的車子長按喇叭，開到我旁邊時搖下車窗狠狠伸出中指，才加速呼嘯而過。

今天的工作任務是外出勘場，為即將展開的團隊共識營確認路線。這次的年度專案大鑽石指派我主辦，針對全數皆為年輕工程師的新團隊，設計凝聚活動。疫情時有將近一年多的時間，全員遠距工作，甚至報到一年多都還沒進過辦公室，不要說向心力了，連虛擬的線上社交活動，大家都興趣缺缺。疫情一旦稍緩，高層就馬上要這些自由慣了的年輕工程師天天進公司，想當然被大力反彈，甚至還有員工揚言提告，嚇得老闆們不知如何是好，就把燙手山芋丟來給大鑽石處理。

我提出混合式工作模式，遠距與實體各半，保持彈性，但在這之前，需要幾場實體活動，讓工程師彼此間產生連結，締造革命情感，才能達到強化團隊文化的效果。

想到疫情警戒期間，一直被漠視的台灣登山活動突然活絡，瘋起登山潮，那時候我也跟著流行收集台北大縱走，在山上遇到了幾個聊得來的山友，甚至會相約爬山，完成後一起領到全程證書與紀念品時，還開心地拍了合照。我以此發想，加上宅男們喜歡的結盟破關等元素，提出公司版的台北大縱走企劃，竟意外得到大鑽石的全力支持，研發團隊中最具影響力的新主管，甚至特別提出希望可以與我共同協辦。

這位對我的駕駛技術唉聲嘆氣的眼鏡男，就是那被公司捧在手掌心的關鍵人才，他的學經歷背景是工程師中血統純正的最佳代表，若用賽馬來形容，就是父母系皆戰績顯赫、被世界級機構與國際馬會認可的現役純種馬。而我現在像是在賽道上被這匹眼鏡馬用鼻孔噴氣。

我狼狽地換到副駕駛座，看著眼鏡男站在車外朝遠方嘆了一口氣。而他才一坐上駕駛座，表情瞬間與剛剛不同。寬闊的肩膀敞開，手臂自然地垂放，原本在眼鏡後緊皺的眉頭也瞬間舒坦了起來。先是調整了一下後照鏡，將十指用力張開再握拳，快速撫摸車門旁有著精緻細紋的鋁合金飾板，食指似乎直覺地觸碰一下中控台的螢幕，調低了冷氣的溫度。嘴巴發出嘖嘖的聲音，想必是對父親的車子相當滿意。

「你知道嗎？開車的時候，」他邊說邊快速調整了座椅，瞥了一眼後照鏡，便毫無罣礙地切進車道。「不要覺得所有的車會直直撞向你，你要對距離和自己的判斷有信心。你不只是在駕馭車子，你是在駕馭你的氣場。你要果斷選擇前進的路徑，車子就會讓所有其他的人都清楚你要的方向。」

他輕鬆自在的表情和姿態，流暢地變換車道。車體完全沒有感受到加速或轉向，像一匹聽話的小馬，以時速百公里的速度和他一起順利奔馳上高速公路。

眼鏡男左手手肘靠在車窗，用手指輕扶著方向盤，從後照鏡看了我一眼，確認我臉上的表情。

我心裡覺得慚愧，但還是勉強裝出面無表情，雙臂在胸前交叉，表現出這也不算什麼的樣子。

「這就是開車的訣竅。千萬不要讓車流左右你，」他以高速連續超過兩台車，接著說：「你要堅持住屬於自己的速度，然後**眼睛不要離開**你想要去的方向，這樣全世界都會為你讓路。」

我聽到這句話時震了一下，轉過頭看著他的側臉，嘴巴甚至微微張開，努力從記憶深處挖出有關這幾個字的蛛絲馬跡，眼睛不要離開。但腦袋就像車子太久沒開，無法順利發動引擎。我應該是愣了一陣子，回神過來才發現，眼鏡男瞇細了眼睛，已經從後照鏡看了我好一會兒。

「之前只有通過信，我應該叫你……Yu Shan？」他快速瞄了一眼我戴在脖子上的識別證。

我尷尬地闔上嘴巴，鬆開胸前的雙臂，握了一下他伸出的大手。

「Yu Shan 是中文名字的直譯。你好，我叫傅宇珊。」

「你說你叫傅宇珊？傅、宇、珊，這樣嗎？」他像是要確認每一個字那樣，加重了語氣。

我有點不自在地微微點頭，很少人會這麼認真確認名字裡的每個字。

「你——」他拉長了音，像是考慮該講什麼。「你……駕駛技術這麼爛，應該不用開這麼好的車吧？」

我著實翻了一個大白眼，沒好氣地開口：「你管我愛開什麼車，我就是那種有中島廚房但都叫外送的人。」

「哇賽！有錢人想的果然不一樣。去冰島只躲在飯店房間裡泡熱水澡！」

「或是坐在太空梭裡用手機追劇。」我說。

「到巴黎左岸點珍珠奶茶。」

「我喜歡珍珠奶茶，」我說：「沒有任何一種東西能像珍奶一樣充滿了彈性。你可以選全糖半糖微糖無糖，多冰正常冰少冰微冰去冰，厚茶或厚奶，波霸或混珠，任何時刻你都可以客製你的珍奶。如果人生可以這麼簡單分類就好。」

「原來你想要這樣的奶茶人生啊……但你有沒有想過，更有機的選擇？」

「像是什麼？不灑農藥但冬天還盛產的無籽西瓜？還是標榜零基因改造，卻和巴掌一樣大的養殖蝦？」

「嘖嘖嘖，傅宇珊，」眼鏡男笑著說：「你看看你，把氣場駕馭得多好！」他噠噠噠地打了方向燈，順暢地開下交流道，像條魚般滑進一個小攤前。「我只是想請你喝杯飲料而已。」他降下右車窗，越過我肩膀，對著賣現榨果汁的阿姨，用手指比了二。

「我姓喬，英文名字是Joe，但你就叫我喬吧。」喬扶了一下黑框眼鏡，展示排列整齊的牙齒，衝著我燦爛地笑。我接過冰透的檸檬汁，看著他鏡片後面因為陽光而瞇起來的眼睛，**像是世界上最柔軟的事物**。

這是我和喬的第一次見面。

5

這次的活動，對外說法是促進工程師的身心健康平衡，其實也運用了嚴謹的團建技巧，是帶有目的地的沉浸式活動。我設計的企劃，是由看起來隨機分配的小隊，於八週內收集完台北大縱走的八段路線，每段路線都需要登入任務App並上傳GPX軌跡，加總時數愈短，積分愈高。

說到競賽，這些每天窩在電腦前寫code的年輕工程師們立刻燃起競爭意識，以遊戲戰爭的模式，將活動任務改編成線上實境遊戲的版本，還自架網站，將聯盟中每個人變成遊戲角色，以攻略的方式一覽各角色具備之絕技。不用說，喬就是每一個小隊都想要爭取的傳奇角色。

雖然已經是熟悉的路徑，也不是爬山的新手，但第一次背著裝有攝影器材、急救箱，以及行動補給品的大背包，要跟上這些二十出頭體力旺盛的暴衝青年們，還是稍稍吃力。第一段關渡到二子坪的路線，喬也許是擔心我，常常站著回頭，還會詢問需不需要幫忙分背，但到了第二段縱走，觀察了一下我的速度後，就拍拍我的肩膀，要我好好練習負重，還順手將他的大水瓶塞進我的背包裡。

和輕裝登山完全不同，在第三段縱走，從小油坑負重抵達七星山三角點時，覺得一切都值得了。我感受到一種從未有過的情緒，是不曾站上山頂的人絕不會明瞭的感受，像一種純粹的滿足，但又更像複雜的失落。因為你既沒有擁有，也不算是完成，山頂通常只是折返點，唯有離開這座山才算是結束。這不像電影總是完結在最高潮的情節，現實生活裡，我們都要花像來時一樣的力氣去離開。

結束一整天的活動拍攝與採訪，查看背包裡的手機，才發現有十幾通父親的未接來電。我直覺轉身，疾步下山，邊快走邊顫抖地回撥。我知道這天總會來，就像雨總會來，但我不論怎麼練習，都還是那個忘記帶傘的小孩。

「傅宇珊，傅宇珊！你怎麼了？大家在等你合照耶！」喬大步跑到我旁邊。

「電話打不通，沒有訊號。」我著急地敲著螢幕，還用力搖晃手機。「怎麼會這樣？

我的手機沒有訊號！」

他被我焦躁的行徑嚇了一跳，輕輕地將大手擱在我的肩膀上，彎下腰，溫柔地注視我的眼睛。

「你聽我說，這裡往下再走幾個彎就會有訊號了，我陪你。等等是不是要直接去醫院？」

我快速地點點頭。

「那我們要走捷徑了。」

喬一手拎起我沉重的大背包，果斷地撥開前方的草叢，踏上一條看起來不像路的小徑。一離開步道，兩旁高過他的芒草葉，像長著細牙的野獸，咬著我的皮膚，刮著我的臉。重重疊疊交錯綠色的海，周圍沒有任何可以倚靠的東西。

「跟緊我。」他說。

6

結果是父親陪媽媽復健完，看護剛好外出買午餐，他擔心媽媽沒有馬上洗澡會著涼，不知道該怎麼辦，只好一直打給我。在計程車上掛掉電話後，雖然放下心中的大石，卻開始擔心起鮮少照顧媽媽的父親，不知道會做出什麼莽撞的事。我們趕到病房，父親拿著手機站在窗邊。他先對喬點了點頭，然後對著我用唇語說媽媽在浴室，就繼續轉頭講電話。

我站在門邊輕輕地敲門。浴室正放著水，還有和藹的看護與媽媽低聲的笑語。沒人回應。小時候我也經常隔著房門，聽見媽媽、庭庭阿姨和葵在客廳的談笑聲，我總是假裝在念書，但其實是不知道該怎麼加入。回過神來，喬已經站在窗邊主動地向父親自我介紹，兩人熱絡地聊起來，我把準備再敲門的手放下來。剛剛心裡慌亂，忘記先讓喬離開，也忘了要引薦一下。不過他們看起來聊得正起勁，父親一邊說話，一邊不時拍拍喬的肩膀。

體格相當不錯喔，打籃球吧？

沒有沒有，老了跳不動了，離開學校就沒有打，平常只有游泳而已。

年輕人在我面前不要講老喔。珊珊小時候也愛游泳，她憋氣可以超過兩分鐘呢。

喬轉過頭來問我：「怎麼沒聽你說過？」

我淡淡地說：「你不知道我跟你在一起的時候都在憋氣嗎？」

喬拉起衣服的領口假裝聞一下。「是嗎？可是我比你還香耶。」

父親眼睛彎彎的，他看了我們幾眼，對著喬說：「趕著出差，今天沒辦法一起吃個飯，下次來家裡，不然老是我一個男生，真寂寞。然後，」父親把口袋裡的車鑰匙丟給他，喬運動神經好，反射性地接起。「我來不及把車開回家了，珊珊上次倒車入庫撞壞的後保險桿才剛修好，你這陣子陪她多練練車。」

我沒好氣地回嘴。「爸，你的班機快遲到了，趕快走好嗎？」

喬一邊將鑰匙放進口袋，一邊熱心地和父親握手。父親的手機又響了起來。「好好好，司機又在催我了，剛剛已經跟你媽說了，我先走了。」

父親拖著登機箱，先到護理站和護理師們道謝，又回頭和站在門口的我們揮揮手。

喬低頭看著我說：「有這樣的爸爸，是什麼感覺？」

「這樣的爸爸，是怎樣的爸爸？」

「怎樣的？就根本是偶像劇中才會出現的爸爸啊！」我看著父親匆匆離去的背影，黑色的頭髮夾雜著一點白髮，看起來反而睿智高貴，寬厚的肩膀散發著安穩平靜的氛圍，然而我知道那深處，有某種努力撐著不垮的東西，某種努力保持平衡的東西。

喬繼續說：「而且，黑色長風衣真是帥斃了，我老爸只會穿著簡直是農會制服的卡其外套。」

我聳聳肩。「小時候或許感覺很好，長大後就不一樣了，畢竟他不是一般的爸爸。也許穿著農會短夾克的父親，還比較適合我。」

自我有記憶以來，只要父親出現的場合，所有的女人都會輕輕倒抽一口氣。她們的眼神會在父親和媽媽之間來回確認，而我一直都無法習慣的，是當父親介紹我時，那股眾人一起投射過來，炙熱的檢視眼光。他們一定會想，如此英俊的男人和長相平凡的女子結合生育出來的，結果也只是個平凡的小孩。我沒有遺傳到父親那自然而然成為漩渦中心的超能力，也沒有遺傳到他挺拔的鼻子。父親那張好看的臉與優良的基因，可能在媽媽肚裡就被痛恨俊美遺傳基因的犯罪集團緊緊紮進麻布袋，還綁上一顆大石，沉入深深的海底。唯一能指認的，是我們開心時，笑起來彎彎的眼睛和臉頰上的酒窩。

或許是因為這樣，媽媽才喜歡我笑。

7

從醫院的事件之後，喬和我愈來愈常待在一起。我們總是天南地北地閒扯，除了工作之外，也常常聊起大學的事。

那天我向他提到，大學第一個暑假和同學到美國西岸旅行。我們去了優勝美地、黃石公園健行，邊發抖邊與霧氣濛濛的舊金山大橋合影，也在拉斯維加斯喝到爛醉。其中一人在Metro上不見了錢包，另一個站在超市前查路時手機被搶，我的五十公升大背包側邊則被鋒利的小刀深深劃開。總之，那趟旅行中有各式各樣荒唐的事情發生，其中最讓我印象深刻的，是最後一站的夏威夷。

我們住在離海灘走路約二十分鐘距離的青年旅館，有點斜度的小巷，加上不是鄰近海邊，於是價廉物美。正值旺季的暑假，幸好還有一間上下鋪的四人房，通風良好的大窗能看見遠方蔚藍的海，還附贈簡單的早餐，唯一要挑剔的，是只容得下一人轉身的狹窄浴室，幾乎要坐在馬桶上才能洗澡，換洗衣物還只能放在門外的地上。但沒關係，這是女子旅行的最後，而且還是夏威夷！我們四個人既興奮又疲憊地迎接二十歲的第一個夏天。

那時候站櫃檯的是一位年約三十歲左右，有玻里尼西亞人輪廓，可愛島出生的年輕男子。他的夏威夷名字長達二十九個字母，在夏威夷語中是「強壯且從天堂獲得力量」的意思，而我們都叫他查斯。

同學想在社群平台上加查斯為好友，他搖搖頭表示，那些地方否決他完整的夏威夷傳統姓名，所以他一個也沒申請。我還記得他用性感又低沉的嗓音說：「如果有任何一個地方需要用各種文件去證明『我的名字是真的名字』，那我就拒絕去那個地方。」於是他拒絕了 Facebook、Instagram 和 Twitter，那口氣像是這些社群平台一直都在積極邀請他加入。

我不是女孩中外表最突出的那一個，當然也不是明亮活躍、能帶動氣氛的另一個。不過查斯忽略同學熱烈地挑逗，明顯只專注在我身上，常饒有興味地問我正在看什麼書。剛開始我並不自在，但因為他沒有參雜任何異性常有的過度表現，總是和善地搭話，聊一些台灣與夏威夷，兩個島國間不同的風俗習慣或社會文化，相處幾天後，我也逐漸放鬆了起來。

對查斯本來就有一種莫名的熟悉感，也被他與生俱來的幽默逗樂，兩人常常在櫃檯放聲大笑。能被性感又充滿魅力的查斯關注，才二十歲的我難免有點飄飄然。同學們很快地在海灘上結識了同齡的學生旅人，喜歡衝浪喝酒的大家玩瘋了，總是一大群人熱熱鬧鬧早出晚歸，經常房裡只剩下我一個人。

我還記得那天晚上，已經喝開的大家嚷著還要去續攤，興致高昂的男孩們划著

ＳＵＰ，帶著啤酒，大家嘻嘻哈哈地朝著被月光照亮的海面前進。我一個人搖搖晃晃走回白色外牆的旅館，回到房間迷迷糊糊脫下泳衣與短褲，坐在馬桶上隨便沖了個澡，頭髮溼淋淋的，圍著毛巾趴在床上昏睡。

過了好一陣子，滾燙的身體終於降了溫，雖然腦袋仍在暈眩，卻可以聽見浪聲突然變得非常靠近，就像在耳朵旁拍打。一公里之外的海原來聽起來這麼近，我一面恍惚地聽著浪聲，一面感到不可思議。

我隱隱約約感覺，床鋪的角落，坐著一個人。他裸著深棕色的上半身，寬大的胸膛輕輕起伏，像一面正在呼吸的石牆。不像時下的美國年輕人，那人身上沒有任何的紋身圖騰，皮膚微微散發防晒油甜甜的椰子味。我揉揉雙眼坐起身，的確是查斯。他垂著頭坐在床邊，緊閉著雙眼深深熟睡著。

我突然想起那個和查斯擁有相似輪廓的人，希力頓。希力頓與查斯如同雙胞胎，寬闊的上半身與深棕色的皮膚，波浪的黑色捲髮和高聳的眉脊，深刻的眼紋與下垂的眼角，笑起來總是讓人愛憐。

我伸手搖搖查斯，睡著的他肩膀沉重，連眼皮都沒有抬，卻反射性地扣住了我的手腕。他的手掌溼熱而有力，將我拉近。窗外的月光隨著一次又一次的浪聲打進來，他緊抓著我的手，卻依舊閉著眼睛，像是一具被遙控的軀體。

我們離得如此近，我甚至能聽見查斯胸膛不規則的心跳聲，撲通撲通，撲、通。時快時慢，偶爾甚至漏了一拍。我的心臟也被沉重而不祥的什麼緊緊壓迫著，喉頭緊縮，像是被塞進一團僵硬的灰色雷雲。然後，一個聲音如閃電爆開，那一瞬間，我知道查斯不是別人，是**那個人**。

我在等你。

你在哪裡？

很深很深的地方，在沒有聲音的地方。**我被困住了**。

我還沒有辦法見你。你知道為什麼嗎？

我們都知道。

我感覺有一些什麼，透過這個身軀傳了過來。溫度或意識，氣味或語言，毫無保留的，就像是日出衝破濃厚的雲層。我分不清楚那是現實還是夢境，腦袋糊亂而混沌。耳邊的浪一陣一陣地打過來，湧起再退下，我聽著那忽強忽弱的心跳聲，睡意也逐漸湧上又沉下。

時間隨著退後的浪，倒退再倒退，我從這片海乘著洋流抵達另一個時間的海，**我不明白為什麼，但我會全部接受**。

他站在台東的房間，緩緩地褪去我的上衣。他的肌膚散發出一股獨特的青春氣味，是介於男孩與男人之間不穩定的氣味。他的呼吸溫暖而帶著海的鹹味，親吻著我光裸的肩膀。

小年夜那晚，我們在月光下從海邊走回家屋，大人們已經轉到鄰人家續攤，一樓大桌上的杯盤還沾染著剛剛熱鬧的氣息。遠處的鞭炮聲零零星星，偶然從空中響起，悶悶地爆破。

我們還是幼兒的時候，總被放在同一張床上入睡，甚至早在沒有記憶前，我們是這樣長大的。我和他擁有獨特的語言，用那樣的系統傳遞、提取各種訊息，形成我們的世界觀。互相用對方的眼睛觀照並反映一切，就是這樣只有彼此地長大。十五歲的我們，第一次為對方脫下衣服，赤裸裸地站在彼此面前。我仔仔細細看著他的身體，一一撫觸，一一確認，**屬於我的身體**。

我當然記得那一晚，此刻卻有些意外，這時站在他房間裡的我還是十五歲，但他已經不是記憶中那十五歲的少年。他長大了，修長大腿間的性器完全勃起，緊繃而溼潤。他的雙手熟練地撫揉著我的胸，舌尖不再試探。十五歲的我被已經是男人的他，吞進既清晰又混濁的某時某刻，像重播又像預演，我幾乎消失在過去與未來之間。現在是何時？我在哪裡？

你願意嗎？十五歲的少女問。

男人輕吻少女，像十五歲的他在月光海那樣。

對你，我一直都是願意的人。

黑色的浪愈來愈近，我從沉沉的睡眠中驚醒。竟然不知不覺地睡著了。一回神，仍然沉睡中的查斯，正緊抱著不知何時褪下毛巾的我。剛剛在夢中已溼潤的性器，正緊緊貼著他結實赤裸的大腿。

黑暗中，我端詳他的臉，只見他緊閉雙眼，臉上沒有任何情緒，甚至可以說是面無表情，完全機械性的。

我將身體稍微離開一點，試著搞清楚這是夢境還是現實，但他並沒有放開我，而是低下身，用強壯的手臂抬起我的臀部，舌頭與嘴唇仔細吸吮，反覆地吞舔，接著手指輕巧而快速地揉轉。我忍不住仰頭，深深地嘆息。

那一整晚，這個男人都維持著忽明忽滅的心跳，面無表情地擁抱我。我索性也閉上雙眼，甚至對他展開身體的深處，但他始終拒絕進入。他只是一次又一次用巧妙的唇舌，喚醒深處的記憶，是身體也是心底的記憶。一直到現在，我仍不明白，因為這種特殊而親密的節奏，世界上只有**那個人**懂。

隔日早晨，我獨自醒來，身體還帶著昨夜激情後的倦意。梳洗後在櫃檯看見查斯，他一臉神輕氣爽，大聲道早安，表情像是什麼事情都沒有發生過。

我原本想，或許是他體貼想裝作沒事，畢竟一個可愛性感的夏威夷男人，總是有許多女性主動邀約。又或許性對查斯來說，只不過是正常的生理需求，就像是口渴要喝水、肚子餓了要吃飯一般，不需要特別看待。嚴格說起來，我沒有做出需要擔心懷孕的事情，我既沒有碰他，也完全沒有進入，簡直像初嘗禁果的青少年。

我對自己說，嘿，我已經是成年的女性了，無論如何，這一切都是自願的。我順著查斯，正常地一起聊天吃早餐，就當作是健康而有正當身體需求的兩個年輕人那樣，將性愛與吐司一起吃進肚子裡。

但我漸漸發現，並不是這回事。查斯他並沒有假裝，他是**真的**完全不記得昨夜裡的事。不論我怎麼暗示，甚至直球問他是否曾夢遊走進客人的房間，得到的答案都坦率而真誠，深邃的眼睛裡沒有參雜半句謊言。於是我開始感到莫名而混亂，昨晚的事情曾經發生過嗎？或者只是一個非常真實的夢？如果是夢，那我夢見的是誰？是查斯？是像他的希力頓？還是**那個人**？

這天喬問起我的初戀時，我並沒有告訴他真正的答案。反而想起這件從沒告訴過別人，在旅行中與夏威夷男子發生的奇妙經歷。當然省略了某些細節。喬剛開始聽時顯得興致盎然，但一邊聽著，表情便漸漸露出正在思索著什麼的苦惱模樣。

「你是說，你的初戀是這個夏威夷人？然後發生事情的隔天，他像是什麼都不記得，而且不是裝的？」

「不可能是裝的，」我迴避了第一個問題。「如果那是演技，憑他的長相早就能在好萊塢出演各式各樣需要裸上身的角色了。不對，這樣的角色似乎也不需要演技。」

喬難得不理會我的玩笑話，語氣很嚴肅地再次確認。

「你說的是二十歲那年的夏天對吧？準備升大二的那個夏天？」

我被喬正經起來的氣勢影響，也認真地回想。

「沒錯喔，是八月中旬左右，」我停頓了一下，微微臉紅地說：「那天晚上是滿月，月光從窗戶透進來，我才看得見他從頭到尾都閉著眼睛，臉上甚至可以說是麻痺無感的表情。」

坐在浴室地板上的喬，放下正在組裝的安全輔助扶手零件，低著頭認真思考。媽媽過一陣子可以出院回家，他這幾日總是開著車陪我到處採醫院囑咐的物品，有些小工程還不准我請水電工，說是自己就能搞定。他扶了一下黑框眼鏡，轉過頭來問我。

「你有聽過海流瓶嗎？」

「你是說電影裡遇難的船長，暴風雨中用最後一口氣將藏寶圖塞進玻璃瓶中，然後就這麼碰巧地在沙灘上被女主角撿到的那種瓶子嗎？」我佯裝輕鬆地反問。

喬沒有理我。「我曾經在台東長濱的海邊撿到一個海流瓶，瓶中有封信與一張附座標的地圖，原來是個夏威夷的研究生為了論文而做的實驗，希望收到的人可以回E-mail。那封信末署上的日期，大約是我撿到瓶子的三個月前。

「我覺得很有趣，便與那個夏威夷研究生通起信來。他那時候告訴我，洋流的速度每小時可高達近四公里，所以他知道他的海流瓶是有機會飄洋過海的。」喬繼續說：「那人正在研究南島語族的血緣性與關係，他說，他相信台灣原住民族有可能是所有南島民族的起源地。」

「夏威夷離台灣少說有八千公里耶，你是說幾千年前原住民就有這樣的智慧，在沒有羅盤與導航設備的情況下，花好幾個月的時間操作一艘小船，穿越太平洋的暴風與洋流嗎？」

「我原本也不相信，但我就真的撿到了那個瓶子。因此我還找到了一部紀錄片，是在講夏威夷最後一位偉大的航海家，一位密克羅尼西亞人，Mau Piailug。他只靠星星、洋流、浪的波紋、風與雲就能夠多日航行。他熟記太平洋上所有礁岸的形狀與特定的石頭，也可以透過陸地回應海浪，那海面波紋呈現不同的島嶼痕跡，去定位自己。

「我在想，查斯和你的原住民哥哥，之所以外型相貌會如此相似，是因為他們都屬於玻里尼西亞人。他們有相同的血緣與基因，甚至有相似的文化與語言系統。在好幾千年前，他們或許是近親或手足。而家族世系、血脈相連的基因，就是一種獨特的記號，能辨別彼此，像一張能打開特殊通道的識別證。

「Mau 在珊瑚礁間出生的時候，或許就把海洋與星星寫進自己的血液裡，睜眼即能觀看，透過累世祖靈的經驗去航行。這樣神祕的力量，無法用科技與邏輯來解釋。簡單來說，他們是一體的。他們共享著一個廣袤的巨大資料庫，一個與土地一樣古老的雲端空間。」

喬轉過頭對著牆面，扶了一下眼鏡，然後拿著螺絲起子，繼續將扶手鎖緊。

「我不知道二十歲那年的夏天，這些強大的連結是怎麼發生的，如何連綿不斷地跨越陸地與海洋朝你飛奔而去，但我確信你所經歷的是一種現實，不只是夢境。因為這樣的故事，我不是第一次聽過，之前有一個人也曾告訴過我。」喬確認完每一顆螺絲的緊度，用力拉了扶手幾次做測試。

「以我念電機工程的觀點來看，反而很容易解釋。每個人都可以是一個載體，而載體就會有規格，規格相似就得以相容。或許某一段有著強大無比意念的訊息，必須要透過兩個規格相同的載體，傳遞給你。」

我蹲在他旁邊，試著消化他剛剛說的話。那透過查斯與希力頓要傳遞給我的，會是什麼呢？

「我不明白，這聽起來太不可思議了，你現在簡直就像那些科普頻道的主持人。」

「或許吧，現有的科學研究沒辦法證明為真，但沒有辦法證實的東西並不代表不存在，只是還沒有辦法證明而已。或許潛意識真的能夠在載體之間連結與感應，雖然我沒有體驗過。可是，傅宇珊，」喬靜靜地看著我。「是你的話，怎麼可能不明白？**凡你抵抗的，都將持續存在**。」

8

我和喬合作的活動收到極高的好評。當初聯盟小組概念，被持續延伸到工作上，只是競賽路線變成公司專案，競賽對象轉為市場上的競爭對手。每一個小組專案完成度與資源成本投入，就放在當初工程師們私下架好的網站上，透明而公開的良性競爭。

在很短的時間內，喬的團隊遠遠超越了開發進度。按照公司的慣例，超前達到KPI目標的團隊，每人都可以領到高額的開發獎金，不過喬的年輕團隊，紛紛要求「想玩更大的」。

執行長當然樂見其成，還沒祭出高額的股票分紅，就讓這些年輕人日以繼夜地急著「破關」，還有額外的品牌形象紅利。當初在台北大縱走拍攝的活動採訪，變成企業正式對外招募的宣傳影片，看起來就像是健康陽光的幸福企業，一掃過去燒肝肥宅的黑印象。而另外剪出的幕後花絮，輕鬆的節奏搭配幽默無厘頭的歡樂對白，更是在各大求職網站上，被置頂推爆。

部門老闆在執行長面前臉上有光，便想乘勝追擊，催促著趕快展開新企劃。由於之前地區只限定台北，這次我大膽借用台灣五大山脈的概念，從中央山脈、雪山山脈、玉山山脈、阿里山山脈和海岸山脈中，綜合挑選出五條代表性的百岳或新手登山路線，並安排專業的嚮導與醫護人力協助接應。

提案很快就通過，但因為這些研發工程師都是公司的心頭肉，上層希望要有嚴謹的勘查報告，確保路線的安全性。這時候大鑽石倒是大大方方地批了公假單，雖然還是冰著一張臉，提醒我別有什麼萬一。

「有人付薪水請你去嘉明湖，這種好康不是每間公司都有好嗎？你還擔心什麼？」喬一如往常熟練地開著車，流暢地滑行，完全沒有打開導航，一路從台北上蘇花高，往台東的方向前進，熟門熟路。

「是沒錯啦，但我還沒有爬過百岳，總是會擔心。喂！你不是已經找了熟識的嚮導帶路了，你還跟著來幹麼？你其實根本想放假吧。」

「這可是攸關我菁英團隊的安危耶，今天又可以先場勘海邊的餐廳，這麼爽的缺，我一定要來。而且我可是來當司機的，你爸最好會放心你開車。」

「我爸沒有什麼不放心的。」我淡淡地說。

「上次跟你爸打網球，我不是故意要輸的，他是真的很厲害，」喬誇張地搖了搖頭。

「簡直是完美的男人。」
「是嗎？」我打開水瓶，喝了一口水。窗外開始看得見太平洋，我試著轉移話題。你在山上也是這樣嗎？不用找路？
在山裡很多都要靠直覺，我完全沒有直覺，我只是擅長記憶。做過一次的事、開過一次的路、寫過一次的試題、說過的話、看過的人，我都不會忘記。
什麼都記得，不會太辛苦了嗎？
會啊，所以容易想不開，喬說。我沒有告訴過別人，大學的時候，我去看過心理醫生喔，做了不知道幾百場諮商，還去了藝術治療呢！說到這，我還真沒有畫畫的天分。要是我那時候沒吃那麼多藥的話，搞不好會比現在更聰明。至於諮商，大部分是廢話，一句話倒說對了。他們說，我太想贏了。
他佯裝輕鬆地說出口，反倒有些刻意。我像是一口氣被推上太高太窄的地方，站得有點搖晃，不太知道該怎麼反應。
「你覺得呢，你們這些念心理的？」他試探性地詢問，有點看我的臉色。
我聳聳肩。過了一會兒才說。
「那要看看為什麼你想贏。你要贏到只剩自己嗎？」
喬用眼角餘光瞥了我一眼，沒有回答。
車子裡突然安靜得像一間沒有人的會議室，陽光透過天窗傾瀉而下。開過連綿不絕的彎道，偶爾超過正拱起背脊、奮力踩踏的自行車騎士。喬沒再說一句話，嘴巴閉得緊緊的。
我有點懊惱，在他端出如此私密的過往時，我卻把話回得這麼尖銳。其實是我自己還沒整理好來台東的情緒，幾次想開口道歉，又擔心愈描愈黑。要怎麼解釋我愈靠近台東愈不安？只能筆直地看著前方，默默聽著車子呼呼的引擎聲。
這時候剛穿過海岸山脈，天氣出奇地好，開出玉長隧道口後廣闊的一整片藍，車子像是奔向大海的懷抱一般，甚至還能清楚看見遠方的三仙台。
結束玉長公路，開上台十一線後，喬看了一下後照鏡，打了方向燈，把車停在路邊。他逕自下車，面向海大力地伸起懶腰。
我坐在車內看著喬高大的背影，他穿著淡綠色寬大的襯衫和牛仔褲，背後是耀眼的太平洋。十幾年沒有回到這一片海。我記得很久以前，我曾經看過綠色的海，那是一種脆弱、纖細、容易被傷害的綠色，像玻璃般透明的質地。內斂卻不穩定的綠色海，那光線到底反射了什麼？
我下車走到他身邊，他眼神盯著遠遠的海平面，最靠近太陽波光粼粼的地方。我仰頭看他仔細刮過鬍子的下巴，與再過一週可能就忍不住會跑去修剪的鬢角。認識他一陣子了，喬總是剛剛好的清爽，節制而不踰矩，遇見誰都能輕鬆打開各式各樣的話題，也能輕易記住只見過一次面的人，不管是名字、綽號、職業或偶然提過的兩歲女兒。他總是讓對方覺得，自己那天應該是做對了什麼事，才能讓這樣的青年留下深刻的印象。
過了好一陣子，喬終於開口說話。

「我說過我是宜蘭人，但其實國中前全家就搬到台東了。下課和同學騎腳踏車衝下這段坡道，玉長隧道東口到長濱寧埔，時速若快大概可以超過……五十公里吧？幾乎快被腳踏車拋出去。

「但我們還是要比賽誰能放手最久，誰最大膽，或者是說誰比較不要命。我總是等到大家衝出去之後，騎在最後一個，因為我要看到每一個人的背影。只要眼睛確定每一個人的手都放回把手上時，我下一秒就會大聲說：『我贏了！』然後馬上抓住腳踏車不斷搖晃的龍頭。

「我很害怕，我每一次都很害怕。大家張開手臂放聲尖叫，哇呼！喔耶！把臉揚得高高的，閉上眼睛將自己迎向海，衣服在背後鼓起來，像一群準備起飛的鳥。朋友們全都笑得超開心的，但我就算是跟著笑的時候，也沒忘記緊盯著所有人的背影。」

我將我的手覆蓋在他的大手上。

「抱歉，剛剛我不應該那樣說話的。」我誠懇地道歉。「那我可以知道，你害怕的時候，會發生什麼事嗎？」

喬笑了一下，將手掌翻過來，摸摸我的手指。

「嗯……會進入一種解離的狀態。腦袋快速地轉，身邊正在發生事情會突然變慢。時間感發生變化了吧，感知斷片而零散。靈魂像放出去的風箏，就大約遊蕩在這裡。」他綠色的襯衫面向我，用拳頭比一下我後腦勺的上方。

「我看得見過去與現在，所有正在發生的事，全部以慢動作播放。我記憶力太好，能以高解析的方式下載一切的資訊。像是你十五歲看的書、喜歡的那首《Naked As We Came》，你說過，那座綠色皮沙發代表你爸媽曾經相愛，還有那副你已經不戴的金框眼鏡。影像、音軌、嗅覺、觸感完全分開儲存，甚至現在往下看，我都可以看見自己的表情。」

他將高舉的手放下，碰了碰我的臉頰，用手指輕輕撿起我臉上翻飛的髮絲，低著頭仔仔細細地幫我塞在耳後。

「你偶爾讓我想不開，你讓我想要贏。不是有人說嗎?與其受不確定所折磨，我們寧願要確定會發生的折磨。這不是直覺，是因為我熟悉你，而我總是被這點吸引。一直以來我都在緊盯著所有人的背影，因為我害怕，害怕輸。但如果這次我要贏，我就不能只看著**你們兩個人**的背影。從來沒人教我怎麼輸，我想這也許是我唯一沒學會的東西。」

他停頓，喉頭吞嚥一下，然後把眼神迎向我。

「現在，我更不想學。因為你，我不想輸。」

太平洋的海風，把一切吹開。我記得我曾經收過一個完整的蟬殼，眼睛睜開的時候，就在我枕邊。三對足與腹部呈現淡淡的琥珀色，幾近透明。我將透光的殼舉到眼前，頭頂到背部有一道裂縫，我吹了一口氣，曾經保護過誰的盔甲，瞬間就碎裂。

喬和我面對面，他的手乾燥厚實，像秋天夕陽落下後還留著溫度的美麗沙灘。全身顫抖的我，聽著太平洋的海浪聲，視線漸漸模糊，眼淚流進我的身體，淹沒我的胸口，我的肺，我的喉頭。我像是嗆水一般，鼻腔充滿像海水鹹鹹的味道，無法呼吸。

「我看得見過去與現在，所有正在發生的事。」喬重複一次，緊緊握著我的手。

傅宇珊，我沒向你說過，我的名字是喬衍樹。大家叫我喬，但這裡的人叫我阿樹。

阿樹。我機械性地跟著說。

對。我是林軒永的阿樹。

第三章

所有人都往溪源走去

1

戒茂斯登山口，南橫公路一百五十六點五公里處。天還未亮，一台藍色福斯T4停在那，後車廂門上掀，一雙棕色牛皮的登山鞋與鋁製的空背架被擱置在車廂。一位清瘦的男子，黑色上衣，過肩的長髮半遮著臉，赤腳踩在地上，灰色的褲腳有些磨損。微弱的車燈下，他一一確認散落的高山爐具、睡袋、瓦斯、裝袋的食材、急救包，還有看起來精密的攝影儀器與數十個備用電池，正在仔細分類，依序放進大背包中。

我突然想起，出發來台東的前一晚，媽媽扶著房門，也是這樣看我把裝備一一放進背包裡。她好奇地問東問西：「那個套著鬆緊帶的小手電筒叫什麼？」「原來現在的雨衣有出這麼漂亮的橘色！」後來乾脆走進來坐在我的床上。我看見她淡紫色的碎花睡衣外面套著護腰，因為腦部手術而剃短的頭髮冒出一些白髮。

她摸摸登山杖又摸摸睡袋，像是有話對我說。我大概知道她想要問什麼，便故意不提，她也就像以前一樣顧左右而言他。

媽媽一直都這樣，漠視湧上喉頭的話語，久了以後我也學會這種技能。我記得小時候，她學庭庭阿姨抽過幾次菸，在晚餐時間掛上電話後，將那些沒有說的句子抽進身體，變成煙霧。但後來，她選擇沒有顏色也沒有氣味的藥丸，吞下後安靜地入睡，藉此也一併吞下那些沒有出口的一切。我放學回家，就穿著制服坐在客廳那座綠色的單人沙發上，看著鏡子裡反射的媽媽。鏡子裡的她，靜靜躺在純白色的被子裡，像一隻柔軟的幼獸。有時她從白天睡到晚上，再從晚上睡到白天。但晚餐時間她總是會自動醒來，問我：「打電話了嗎？」

「打了，爸爸說工作很忙，這兩天不回來了。」

媽媽聽了以後，會順從地點點頭，將沉重的頭顱繼續埋進夢裡。我躡手躡腳，進廚房煮一碗麵，坐回沙發上看著鏡子，害怕錯過媽媽的呼吸。一邊吃著晚餐，一邊把功課做完。

貓咪總踩著無聲的肉墊跟著我，牠學會就算是肚子餓，也會安安靜靜地等我回家。就像媽媽和我覺得只要安安靜靜，父親就會回家。

喬衍樹關上車燈，熄掉引擎，車內真空般的無聲讓我回過神。怎麼到了二十九歲，還是只能吞下所有的話語。我隔著遠遠一段距離盯著那台藍色的廂型車，他往前看著什麼，我不知道。昨天離開海邊，我什麼也沒問，他也沒再提起。開口說話像是要吹散一張脆弱的蜘蛛網，如此地不堪一擊。

「**你為什麼要這樣做？**」漫長的沉默之後，我還是忍不住洩露了情緒。

「如果你不想要見他，你可以走。」喬衍樹坐在駕駛座，昨天他還只是喬。「我只提過，負責專案的女同事會一起上山。他不知道我們是同事，我沒有說過我遇見你。你大可以走，像十五歲那年一樣丟下我們，走得遠遠的，但離開了以後，你還是忘不了他。你仍然感覺自己遺失了什麼。」

我咬緊了牙。

「你看過飛機上的安全影片嗎？畫面上總是出現一個大人先戴好氧氣罩，然後再幫小孩套上。每一次看的時候我就在想，這根本和年紀無關吧？」阿樹看著那個蹲在箱型車旁，灰灰小小的身影。

「兩人之間的關係，除了存在強弱以外，還有更複雜的形式。供需、施受、主從、依附、制約，都可能以不同比例同時存在。那影片上指的，是看懂局勢的人與搞不清楚狀況的人。知道即將發生什麼事情的人，才有能力決定。你們兩個就是那些不想搞清楚狀況的人，而我偏偏看得見所有正在發生的事情。」他說。

我看著阿樹的臉。「你不知道我們經歷了什麼。」

「也許我知道的不是全部，但也夠多了。十五歲那年，你們分開之後的訊息，大半都是我寫的。他沒手機，又不想讓你等，你有時候上課突然傳來，就都是我回的。」

原來如此。我看著公路旁薄薄籠罩在山腰間的山嵐，太陽尚未升起，夜空中幾顆星星閃閃發亮。原來如此，原來黑夜裡，還有更深的黑。我在想，就算是同一座森林，以蝴蝶、鹿、貓頭鷹的眼睛看出去，就是三個不一樣的世界。或許所有的事物都沒有本質這回事，端以觀看者的理解與意圖，用不同的語言與認知去闡述同一件事。

車窗因為呼吸的溫度，漸漸蒙上一層霧氣。我可以逃，我也想逃，這麼小的台北，我逃了一年又一年。逃開一千萬次可能重逢的地方，誠品書店、電影院、咖啡廳、展覽間，或是某座快關起來的電梯——他會不會就這樣衝進來？想著逃這件事，其實是想遇見。我想見他，我其實想見到他。

我閉上眼睛憋著氣，從一數到一百。喀嚓一聲，輕輕推開了車門。冷冽的空氣，震耳的蟲鳴。我抖抖身體，看了一下錶，氣溫三度。戴上毛帽和頭燈，鞋子踩在落葉上，發出清脆的摩擦聲。我打開頭燈，朝著藍色廂型車微小昏暗的光源直直走過去。蹲在地上專心打包的男子，抬起頭瞇著眼睛，用手掌擋著光。

「小姐，」他幾乎睜不開眼，用手指比了一下自己的額頭。「頭燈角度要往下調喔，這樣我才看得見你。」

深呼吸一口氣，黑暗裡，我將頭燈關掉，站在林軒永面前。

2

軒永像是聽不懂或是不願意聽懂阿樹在說什麼。阿樹正在比手畫腳解釋，這次一起做專案，要同行前來的女同事其實就是我。軒永背對著我雙手交叉在胸前，站在高大的阿樹旁邊，更顯單薄，但肩膀到手臂的線條，以及隆起的背肌，都看得出來是長期勞動的身體。他仍然是那一個閃閃發亮的外星人，只是看起更野性，也更危險。

他們沉默了很久，氣氛顯得有點尷尬。軒永連看他都不想看，只是蹲下來悶聲不響地把所有的裝備胡亂丟進背包，將登山杖和水壺塞在大背包的側袋，再放上背架。

阿樹轉過身對我聳聳肩，說軒永不願意上山，問他為什麼，只是一直重複說天氣不好。的確，我們來之前就知道連續兩波寒流報到，除了低溫特報，高山也可能降雪。

我走到他的身邊，有點困難地開口，聲音啞啞的。

「軒永。」他頭低低的，蹲在地上的背影淡漠，毫無反應。好久沒有叫他的名字，我頓了頓，鼓起勇氣提高音量再叫一次。

「軒永，」他的背影震了一下。

「帶我上山。」這是我對他說的第一句話。

軒永頓了頓，才抬頭看我，眼眶紅紅的。他的瞳孔還是一樣深沉的黑，瘦削的臉頰有一些小小的晒斑，額頭垂散著幾根前髮。

他看著我許久，瞳孔連動都沒有動。我也沒辦法說話，眼眶不知為什麼漸漸紅了起來。他繼續看著，過一會兒才抽了幾下鼻子，依舊面無表情地將頭髮綁在腦後，站起身來。他伸出修長的手，指甲剪得短短的，不知為何讓我感到堅強。好想摸摸那手指，卻只能接過他遞來的保溫瓶。

「喝。」

他的聲音，是男人的聲音，是我沒有聽過的聲音。我乖乖地打開就口，香甜微辣的黑糖薑茶，立刻從喉頭暖到胸口，冷冰冰的鼻腔也瞬間回暖。

是你說要來的？

是我自己要來的。我說。

軒永睫毛溼溼的，他眨眨眼睛。

阿樹走過來拍拍他的肩膀，叨念著傅宇珊真的可以啦，我有拚命特訓她，她負重和腳程都很不錯。阿樹還打開我的背包，把最底下的睡袋抽出來。「來來來，你不放心的話，這個你背。你看。」他抖一抖我的背包，和軒永的大背架相比，根本就像是來一日郊遊似的。

阿樹一本正經地站在軒永面前，像是老師低著頭對小孩說明最簡單的事情那樣的口氣。「如果你擔心，就按照原本的計畫走，今天先到新武呂溪紮營。但你等等就會知道她的能耐。」

軒永前額的髮絲遮住了眼睛，他接過睡袋，靜靜地綁在沉重的背架上，沒有說話。然後簡直是毫不費力地背起背架，邁開雙腿，大步踏進前方黑色的樹林。

這次的嘉明湖行，安排四天三夜，依照上河文化地圖顯示，第一天從戒茂斯登山口出發，經過戒茂斯前峰、戒茂斯山，大約四小時就能抵達新武呂溪營地。第二日將陸續經過山友們暱稱的排球場、足球場、高爾夫球場營地、嘉明妹池，抵達獵寮營地紮營卸包，可輕裝上嘉明湖。第三天拔營，重裝到嘉明湖看日出，再行登三叉山與向陽山，宿嘉明湖避難山屋。第四天則是經向陽山屋後出向陽登山口，一個小小的O。

向公司提案的時候，我一直對「避難山屋」一詞略有不解。查了關鍵字後，出現的是一堆和嘉明湖相關的山難事件。墜機、大學生死亡、登山社社員離奇失蹤、超跑選手溺斃，還有著名的三叉山二十六條人命抓交替事件。雖然有這麼多離奇的山難，但嘉明湖仍然是台灣最熱門的登山路線之一，甚至比最高峰的玉山更加受歡迎。

布農族語中稱「月之鏡」或「月亮倒影」的嘉明湖，海拔三千三百一十公尺，湖面長為一百二十公尺，平均深度約六公尺，是台灣少見的高山湖泊。在電腦上瀏覽過上千張照片，被譽為「天使的眼淚」的橢圓形湖泊，後方深山稜線遼闊，若是大晴，天空有雲朵飄過，就能清楚地在深藍色的湖面上拍到雲的倒影。這裡誕生兩個太陽的族人傳說，其中被獵人射傷眼睛的太陽變成了月亮，夜晚總是坐在湖邊看著自己受傷的臉龐。於是日後，布農族根據月亮的圓缺舉行祭儀，祈禱穀物豐收。

第一次爬百岳的我走在中間，前方是軒永的背架，擋住了整個上半身，從後面看起來，像是大背包長出兩條腿，阿樹則刻意走在遠遠的後方。看不見軒永的臉，不過我猜得到那會是什麼表情，因為我心裡也參雜了許多複雜的情緒。說是青梅竹馬，但十五歲那年猛然被斬斷的情愫，不知道是否已經被時間沖淡，像張貼在外牆上，被陽光晒得太久的海報，只剩下看起來有點淒涼的海邊，悲傷的沙灘前方，捧著一瓶啤酒的泳裝少女面目模糊，連應該是鮮紅色的比基尼都褪成斑駁的顏色，失去輪廓。

起登後不斷陡上，差不多四十分鐘左右抵達戒茂斯山前峰，軒永沒有卸包，挨近拿出我背包側邊的水瓶，像專業的嚮導交代客人，說請將水小口小口地含在口中吞下，不要猛灌。有點尷尬的氣氛瀰漫在我們之間。

我用手背擦了擦嘴，說了句謝謝。他像是沒聽見，或是假裝聽不見，眼睛看也沒看我。為了打破沉默，我只好隨意問問，嘉明湖的水可不可以喝？

「部落裡的長老提過，很久以前，湖水有月亮的味道。」他終於開口。剛剛爬了一陣子坡，臉上冒著汗的軒永，邊幫我把水瓶塞回側袋邊解釋，過去不少在湖邊紮營的山友遺留了大批垃圾，現在湖裡還有大量的廢棄電池與瓦斯罐，就算是過濾煮沸，也不建議喝了。

那你喝過嗎？

他神祕地笑了笑。薄薄的嘴唇彎起新月的弧度，黃藤的頭帶柔軟地包覆著前額，將他臉的輪廓襯得更深刻。

「的確是月亮的味道。」

「所以是什麼味道？」我緊接著問。

「你有沒有做過某個夢，總是重複特定的場景，你甚至分別不出那是現實還是夢境，醒來之後你嘴中殘留的氣味。」他把前額掉落的頭髮塞在耳後。「像記憶深處的夢，或是一首詩的開頭，那就是月亮的味道。」

我突然想起，那次在夏威夷的夢。或者應該說，**那次在他台東房間裡的夢**。

他帶著神祕的笑容看著我。「所以你的月亮是什麼味道？」

「**或許和海一樣**，」我低頭看著被露水沾溼的登山鞋。「都是鹹鹹的味道。」

經過叉路口後陡坡結束，森林裡還沒有被晒到的底層蕨葉仍捲著輕盈的露水，潤澤蓊鬱，即便被人類的腳步干擾，仍填滿地景裡的空白處。高掛的松蘿像是還在做夢，軟軟地隨風搖擺，睡得正熟。靠近樹根位置的捲葉苔新芽浸潤在溼氣中，正展開精緻的葉片，向空氣多爭取一點水分。

我不禁深呼吸了一口氣，一路上濛濛的霧氣已經散去，蹤跡隱密的鳥兒開始鳴叫。從幽暗未明的深處，或是枝葉錯綜的高點，鬆開的喉頭顫動著不可思議的聲帶，真慶幸有牠們輕巧地打破這寂靜。小時候我沒辦法像軒永一樣分辨出來牠們精準的方位，但被他教久了，還是聽得出來不同的旋律節奏，各自啁啾、呢喃、咕噥、吱喳。一段連續而音階漸高的深山鶯喚醒群鳥，牠們從左側的樹梢上猛然拍翅，無數個小旋風快速從我眼前經過，移動到另一側。我甚至連牠們的形貌都沒瞧見。

太陽出來，風就開始流動。指尖握著登山杖，有節奏地敲打著小徑。輕風拂來，微汗的臉頰與頸脖先感受到涼意，然後穿越森林。松針與松針之間，隨著風的節奏搖擺摩擦，發出像是海浪一樣的聲音。陽光穿透快速湧起的雲層，隨著移動的雲塊落下一波一波的光影，連著風一起打在我們身上。

我用手巾擦了擦臉上的汗，解開腰帶卸下包包，將身上的防風外套脫下來，塞進背包的上蓋。遠遠的，似乎聽到新武呂溪的溪水聲。

現在是專業的登山嚮導，也還有繼續潛水衝浪嗎？因為聽見水聲，我隨口問起。

很久沒去海邊了。他站在前方等我，聲音低低的。

怎麼會？你和希力頓總是天天在海裡。

他是海的。是我沒本事，山比較適合我。

爬山多久了？

八年前成立工作室，接些研究單位的委外專案，偶爾也帶帶客人。總是要生活的。

我不解地偏著頭，在心裡數了數。二十一歲開工作室？大學呢？

正想開口問的時候，阿樹高昂愉悅的聲音從後方傳來：「喔唷——營地快到囉！」

軒永回頭看看阿樹，揮了一下手。

「行程表上寫，今天下午要去場勘？」他問，我點點頭。

「我完全不知道你們是同事，」他聲音顯得有些空虛而僵硬。「所以，和籃球隊隊長一起工作有趣嗎？」

「我從沒想過有趣不有趣。」我不知道該怎麼解釋。「就像我也沒想過會在山裡遇見你，但我很高興我在這裡。」

軒永雙手交叉在胸前，眼窩深處黑色的瞳孔冰冰冷冷的。他瞇起眼睛，看向遠方的阿樹，淡淡地說：「珊，我已經是**不一樣的人**了。」

聽到他叫我珊的一瞬間，喚醒了我心裡的什麼。「或許我也是不一樣的人了。」帶著疑惑，我微微笑說：「可以的話，我們能聊聊嗎？」

軒永聳了一下肩，將沉重的背包拱起，晃著肩膀左右調整一下背帶受力的角度。他看起來像是沒聽到，或是不想回應。而我像正在經歷時差，身體在這裡，卻還停留在上一塊洋洲的時間，麻痺的心臟無法分辨此時此刻，與曾經也是現實的過去。我站在這，和深刻的初戀一起聽著松濤，看著一座正在搖擺的森林，等待一個叫阿樹的人，向我們走來。我想起**那邊**的軒永。他和站在這裡的軒永，是真的**不一樣**了嗎？

4

抵達營地後，軒永先去溪邊取水，我將自己的背包放在軒永的背架旁，看起來簡直是青少年對峙ＮＢＡ的巨人。我試著拿起巨人，單手竟然完全提不起來，軒永的大背包紋風不動。

阿樹腳步輕盈，雙手插著口袋走到我旁邊。「是不是爆重？這麼瘦的一個人竟然可以負重逼近體重！軒永根本是頭野獸。」他有些驕傲的語氣，像男孩愛現最新的玩具，帶著一種「喏，你沒看過吧」的炫耀。

「但來嘉明湖有需要帶這麼重嗎？」

「嘉明湖之後，軒永不跟我們下山，他要往雲峰的方向，去更深的地方啊。」阿樹雙手拿起軒永的包，上下秤一秤。「哇賽！我猜應該有不少電池或是要新架的攝影機喔，所以才這麼重。」

「他不跟我們下山嗎？」我問。更深的地方？攝影機？

「放心，他腳程很快，沒有我們，他幾乎就是用飛的。前幾年也陪著他出團不少次了，下山的路我很熟的，沒問題啦。」

我看著他試著背起軒永的背架。「喬衍樹，你認識希力頓嗎？」

他愣了一下。「我當然認識。」

「軒永剛剛說他很久沒下海了，怎麼可能？還是希力頓回蘭嶼了？」

「該怎麼說呢？的確是回蘭嶼了。」阿樹頓了一下，像少了潤滑油的機械，沒辦法順利啟動。他困難地開口：「傅宇珊，看來你真的什麼都不知道，不過就像你說的，你那陣子人在美國，可能也不會特別注意到台灣發生了什麼事。」他把沉重的背架放回地上，喝了一口水。

「當然，我很希望是由我來說明一切的經過，但我答應過軒永，不能代替他開口。我只能說，每個人的眼睛都看往不一樣的方向，角度只要稍微傾斜，就會看到完全不同的場景，因此有不一樣的解讀。」他推了推黑框眼鏡，眼神閃爍了一下。

「我看到的和軒永看到的不一樣，因此我同意也不同意他的說法，但我相信他不會說出事情的全貌。」他拍拍我的肩膀。「軒永所要遮掩的，遠比事實還要危險。我只能這樣說。」

這時候有個人跟著軒永從溪邊走回來，矮矮壯壯的，像隻小熊，薄薄的頭髮顯得前額太高，仔細一看卻是張年輕的臉龐。他一見到阿樹就眉開眼笑，彼此熱絡地摟肩拍背，竟然還像學生時期一樣，三個大男孩開始打鬧了起來。

應該是商業團嚮導的小熊看了我一眼，拉長語氣對著軒永說：「吼喲，真羨慕帥哥吶，客人都是漂亮的女生。」軒永沒回應，臉上突然出現一種難以形容的複雜表情，低頭笑了一下。

「不是啦，這是老朋友。」阿樹連忙打圓場。「你不要亂講話啦。」

小熊瞥了阿樹一眼，像是沒有辦法吞下謎團，非要把到嘴邊的話說完。

「我又不是沒有見過女生纏著軒永不放的樣子，這小子曾經也是一個換過一個的。哪像你，」小熊用力一拳重擊阿樹的肚子。「母胎單身喔，都不用交女朋友的！」

阿樹沒來得及躲開那一拳，假裝怪裡怪氣地喊起痛來，以身高優勢硬是用手肘架著小熊肉肉的頸子，邊吵邊鬧地將他拉回商業團的大營地，要小熊趕快煮飯。我裝作沒聽見，若無其事地在背包裡翻找著外套。面對軒永，這十幾年來沒說出口的話，早已經織成一張巨大的網，可以一口氣網住世界上最大的鯨魚。軒永嘴唇緊閉著，將他的黑色風衣遞給我之後靜靜離開。

就像十五歲那一晚，我將手套進去黑色風衣，衣領間卻有我未曾嗅聞過的氣味。氣味是可以觸碰的，可以看見的，可以被記錄的。衣服上沾染著長年未被陽光晒過的箭竹小徑，潮溼封閉，帶著腐敗而被遺忘的氣味，時間在上頭凝固了，無法流動。

一直到睡前，軒永再也沒有出現過。

5

我永遠記得第一次爬山。天還沒亮，軒永摸黑騎著高婆婆那台小小的摩托車載我，一個多小時後，才到阿美族語中的 A'tolan，很多石頭的地方。都蘭山登山口居高臨下，黑夜裡平靜的海，如油般地光滑，都蘭灣內鑲著點點燈光，像是太平洋鎖骨上的一條鑽石項鍊。

騎車的時候我們都在亂聊，愈是沉重的事，愈適合迎著風說。我大概只有這種時候才會提起媽媽，因為不用看到軒永可憐我的表情。那天我穿著白色的帆布鞋，軒永穿著夾腳拖，兩個人只有村長選舉時送的小手電筒，就這樣鑽進山裡。

步道又溼又滑，巨大的樹根交錯，兩個人好幾次都差點跌跤。剛開始還在打打鬧鬧，故意發出怪聲嚇對方，過了一陣子，我們就老老實實地爬起山來，我提醒他前方左邊有個大坑，落差時他用微弱的手電筒照著我腳下的樹根，要我慢慢踩。然後，軒永就不講話了。

你幹麼？我問。

我怕。

怕什麼？

森林裡好吵，好多東西。

告訴山你的名字。

要怎麼說？

就像你潛水前會對海說的一樣，我說我是你們的珊。

軒永站在一個寬闊的平台上，微弱的手電筒照到上方長滿青苔的大石頭，鮮紅色的大字寫著普悠瑪。我故意「哇——」了一聲，他著實嚇了一大跳，往後踉蹌了好幾步，跌進樹叢裡，還踩斷了拖鞋。他赤著腳，臉色蒼白地下山，沿途碎碎念說他不是怕鬼，只是路太滑了。

閉著眼睛想起以前的事情都像在做夢，我翻過身，看了一下手錶，現在竟然還不到十點。和我一起進帳篷的阿樹，在睡袋裡發出輕微而穩定的鼾聲。我起身，躡手躡腳地穿上羽絨外套，套上靴子。一拉開帳篷，沁寒的空氣迎面而來，有一道微亮的光束，在離營地遠一點的高處。

軒永在黑夜裡點起高山瓦斯罐，冒出藍色的火焰，將鍋具注滿了水，放在爐頭上。爐頭燃燒高山瓦斯時特有的呼呼聲響起，戴上毛帽的他穿得單薄，卻精神奕奕，熟練地操作眼前的炊具。我在沉默中坐下。

像以前一樣，軒永凝視我的臉時，嘴唇往微妙的角度彎了一下，然後又恢復成原來的樣子。他放棄了剛剛考慮說出的什麼。我耐心地等待，這時候要讓他自己選擇想提取的東西。他無聲地翻轉著手上的打火機，然後注視著自己的手指。細細長長的手指，曾經緊緊握著我的手指。我還記得，他的掌心藏著一條夏天的小溪。

他開始若無其事地聊起十五歲後的高中生活，自然得像只是延續剛才被中斷的話題。他敘述時仍然前後跳躍，我如拼圖般地拼湊著，偶爾問些問題。突然之間，斬斷的時間被縫補了，這邊的軒永向我展開了一條路徑，黑暗而寂寞，巧妙地鑲嵌在被日常風景掩蓋住的峭壁邊緣。我謹慎地確認腳邊，一步一步摸著旁邊的岩壁，緩緩走上前去，透過他的回憶，與那邊的他相逢。

說到了大學，原來他和阿樹同校同系。不知道為什麼，他突然停頓下來，長長的空白。我想起阿樹下午對我說的話，或許軒永有還不知道怎麼對我說的事。

我換了個話題。婆婆最近好嗎？

軒永咧嘴笑開來，一口漂亮的牙齒。他搖搖頭笑著說，婆婆被接去台北做例行的檢查，昨天剛到就打手機來說台北好髒啊，挖出來的鼻屎都是黑色的，然後抱怨庭庭阿姨在超市買的食物，盒裝的豆腐、撥好的蒜頭、硬邦邦的冷凍肉，還有裝在塑膠袋裡長得一樣高的蔬菜。婆婆說好可怕，城市的人都喜歡吃冰冰的屍體嗎？

我也笑了，完全可以想像高婆婆對著一盒用乾淨的保鮮膜包起來，上面貼滿標籤的冷凍豬肉片搖頭的樣子。

嘉明湖之後，你還要往北走嗎？

嗯，每年都要上去個幾次，例行工作。

去做什麼呢？

軒永先是聳聳肩，又搔搔自己的鼻子，考慮了一下，才歪著頭看著我。「沒有要賣關子，但真的說來話長。」

「說啊，」我也聳聳肩。「夜也很長。」

6

軒永站在金樽的海邊，看著八月的海。長而緩的白浪一道一道，像職人師傅慢慢捲起的白色衣袖，沉靜而安定。

整整一年，軒永現在才回到漁港旁的小屋子，在床下的紙箱中找到大背包，往裡面裝滿維生最低限度的物品。簡直是裝進另一種生活。他瞇著眼睛看海，那藍到幾乎近似紫色的海。他走到海邊，蹲下來翻找石頭。

一顆特別的石頭，他知道那顆石頭的樣子，中心會微微透出隱約的碧綠色，摸起來幾乎是棉花般地柔軟，像是握久了會融化。他曾看過一顆，婆婆將石頭放在經常插滿梔子花的玻璃瓶旁，裝在鵝黃色細線鉤成的小袋子裡。她說這種石頭叫作fafahiyan，法法希安。

軒永已經蹲在不同的海岸好幾天，豆大的汗珠從額頭滴往眼睛，刺痛到幾乎睜不開。終於在看見今天第一顆星星的時候，他找到了。軒永用拇指和食指將法法希安泡進海水輕輕摩擦，然後謹慎地放在手掌心。他左右翻看，的確是它沒錯。被海千萬次碾壓、沖刷、翻動，仍然保持著稜角的模樣，不像其他扁圓平凡的石礫。他的法法希安是山的形狀。他用手指磨搓著這個小小的符號，用力記住它所有的角度與刻痕，小心翼翼地收到襯衫口袋中，貼著自己的心臟。

然後他離開海，反方向走進山裡。

大部分的時候都不需要用到錢。或著是軒永根本像是懲罰自己似的，用最刻苦的方式去生活。若走進小鎮，就遠遠避開主要的道路，去尋找敗落但仍然有生活痕跡的房子。他會問是否需要人手，不管是修繕屋頂，或是鋸掉快掉落的搖晃樹枝。當他用手指著那些危險又難以抵達的地方，人們就會毫不猶豫地請他進門。

人們，一般來說都是女人。軒永漂亮的臉、順從的氣質，往往讓這些女人放下心防，湧起無以名狀的母愛。一個二十出頭歲的男孩，不張揚莽撞、冒失衝動，安靜沉默地做完事情，在日落前沖涼，然後待在帳篷外安靜地看書。這些女人忐忑卻有點期待著，過了兩天才假裝不經意地邀請他一起進屋內用餐。他會婉拒，將洗好的碗盤放在門口。

軒永通常不會待太久，他最後或許是將長年滴水的水龍頭鎖緊，將屋外的木棧板用白鐵釘牢牢固定，就禮貌地與女人們道別。當她們問起軒永要去哪裡的時候，他通常笑一笑聳聳肩，發出「嗯——」的長聲代替回答。年長的女人會塞給他平常賣菜攢下的錢與大量的食物，把他當成去了城市就不再返鄉的孩子。年紀輕的女人偶爾會牽起他的手，或許透過軒永的身體，透過禮貌而節制的姿勢與節奏，透過細膩溫柔的詢問，懷念起十幾歲時的初戀情人——不知道現在的他過得好不好？

女人結束後，躺著擦擦眼角回憶的淚痕，問軒永能不能再留幾天。他總是輕輕觸碰這些女人光滑黝黑的肩膀、手臂、手掌、手指，然後沉默地搖搖頭。

他就這樣，一個人走了很久很久，直到發生了一件事。軒永當初避開明朗的山路，選擇非傳統路徑，卻也遠遠偏離了正確的方向。剛開始以為只要有足夠的耐心，應該找得到來時的路，後來才明白，再怎麼往前走都沒有用了。這棵樹看起來就像兩小時前經過的那棵，這個轉彎似乎是天還沒有黑之前的那個轉彎。整整兩天，就算做了無數個疊石記號，他仍被困在那座森林裡，甚至不知道是不是在原地打轉。第二天的夜裡，他頹喪地坐在一顆鐵杉下，拚命想著能脫險的畢生所學：吸氣儲備容積、南極繞極流、微積分、人造衛星的速率與位置的公式。

沒有一樣派得上用場。

那些讓人放心的程式，能預測與解釋生命維度的學說，軒永一直以為所有的東西都可以被測量、被定義，但根本不是這麼一回事。想著想著，他也連帶想念起學校兩旁的椰子樹，春天開滿三色的杜鵑，想起他騎著腳踏車穿梭的城市，想起餐廳的刀叉碰撞聲，還有一次去醫院，挑高的大廳剛架起一層樓高的塑膠聖誕樹，上面有顆閃爍的大星星。

對，就是星星。軒永抬起頭，千萬樹冠撐住這片壓倒性的星空，每眨一次眼睛就有更多星星湧進夜裡，試著嚇唬他、震攝他。軒永伸手，想就這樣拉扯正在眼前的獵戶星座，從黑夜裡拽下連串的光芒，像是聖誕樹上纏繞的燈泡。

他沮喪地放下手。這裡比想像中的危險，他心裡想。我必須不忘記這件事才行。

我憑什麼就這樣走進山？我根本不認識我腳下的土地，既分辨不出它們的模樣，也不能夠叫出它們的名字。我只是想安靜地待在這裡，這樣的我錯了嗎？森林與溪谷也不認識我，我只不過和它們一樣，都是山的一部分。

或許我註定成為山的一部分。

我迷路了，我回不去了。他深深閉上眼睛，任淚流下來。他想著自己或許會死，而在想著死的同時，他通常也會想起那個女孩。那女孩曾說，要告訴山自己的名字。

所以，當天還未亮，而那一行人靠近的時候，他不禁起了雞皮疙瘩。站起身並安靜地豎起耳朵，對方也是。帶頭那人原本用獵刀毫不猶豫闢路的聲響猝然停止，但後方還有其他人窸窸窣窣的聲音。

前方是獵人，後面那些拖拖拉拉的腳步聲就只是城市的人，軒永猜測。那這樣就不危險了，只要不再發出聲音、露出行蹤就好。

軒永動也不動地站著，獵人卻安靜地出現在他身後。雖然軒永知道這種人的能耐，但這麼沒有聲音的獵人，他第一次遇見。

獵人用獵刀抵著軒永的背，以族語問他。舉起雙手的軒永搖搖頭表示聽不懂，獵人將獵刀滑過半圈，走到軒永的面前。軒永原本以為是身手矯健的壯年人，但站在他面前的獵人其實已是個上了年紀的老者，看起來大約七十幾歲，面容尊貴，目光如炬，垂下的眼角旁有深刻的紋路，像極了希力頓，那都是長年瞇著眼著追捕獵物的證明。他一頭灰白髮，白的部分像五月的梧桐花，灰的部分則是長年被烈陽曝晒的乾涸河床，沒有介於之間的顏色。

獵人腰後鑽出一顆小頭，是一個年約十歲的小女孩，她站得硬挺挺的，用黑溜溜的眼睛直勾勾地看著軒永。眼前的老者低頭用族語向小女孩說了些什麼，小女孩點點頭，用細細的、帶著特有頓挫的聲音開口。

「你叫什麼名字。為什麼來我的獵場。」語氣不像問句。

「林軒永。我不知道這裡是你的獵場。」軒永將右手放在胸前，屈膝並微微彎腰。他對著小女孩說：「很抱歉走進這裡，但我迷路了整整兩天，我被你的獵場困住了。」

嚴肅的小女孩點點頭，拉拉老者的衣服。「祖父說你不能在這裡，這裡的蛇不認識你，風不認識你，森林會帶你去危險的地方。」這位老者用獵人的眼睛牢牢盯著軒永，軒永心臟撲通撲通地跳，血液滾燙沸騰，喉頭緊縮。「這裡有很多低等的靈，手臂伸得很長。而且還有別人，偷東西的人，不好的人。你應該要跟我們走。」

軒永猶豫了。他抬起頭來環顧森林，或許這個獵場想要的是他，那死在這裡或許也沒有關係，他心裡想。獵人盯著軒永的表情，用獵刀敲敲軒永的心臟，剛好打到他胸口的法法希安，發出清脆類似玻璃的聲音。

獵人用低沉的聲音對著他的獵場說話，語畢示意軒永照樣複誦一遍，接著用下巴指一指不遠處放著的藤籃，要軒永去背。軒永對著獵人點點頭。也只能這樣了，他一邊背起重量令他驚訝萬分的藤籃，一邊心裡想著。我真的太天真了。

說到這裡，軒永停頓了好一會兒，像是陷進回憶裡，表情好寂寞。

這時水滾了，軒永傾身旋緊瓦斯，用滾水泡開奶茶。我伸出雙手準備接過冒著熱氣的杯子，他卻沒放手。

「你告訴我，我們為什麼要失去聯絡？」

我吞嚥了一下口水。該來的總是會來。

「媽媽，在那件事情之後，身體的狀況反而變好了。」我苦笑了一下。「父親為了接送我，或說是監視我，反而天天回家，三個人終於像正常的家庭，一起吃晚餐，週末出門走走。」原來說實話沒有像十五歲那麼難、那麼恐怖。我不禁覺得意外，也許這就是成為大人的禮物。

「我太單純。當時我以為犧牲我們，就能換回媽媽想要的東西。但世界不是這樣運作的，現實就是會好一陣子，壞一輩子。」

軒永靜靜地聽我說完，將落在我臉頰上的頭髮塞進毛帽裡，非常自然的動作。我們一起喝了幾口奶茶，他的表情像是得到什麼戲劇性的啟示，唐突地問起。

「乾媽現在半夜還整理那個行李箱嗎？」

我笑了一下。軒永還記得小時候騎著車去都蘭山時，我隨口提起的小事。「不整理了。生病以後，她反而像是找到了生命的意義，整個人變得積極又樂觀，堅定向癌症挑戰，簡直換了一個人，現在是個癌症鬥士。」

我撫一撫褲子的摺痕。「她不會再幫我挑選、燙平隔天要穿的衣服，也不會再在意我洋裝搭配奶油黃色的跟鞋比起米白色的布鞋更合適。甚至，媽媽也很少化妝了。」

「的確是換了一個人。」軒永垂下頭，笑了一下說。

我聳聳肩，不想再繼續媽媽的話題。

「你從海走進山的經歷，我有點嫉妒。」

軒永的表情像是想要解釋什麼，但改變了主意沒說出口，悄悄地沉進他漆黑瞳孔的深處。

「不是因為那些女人，而是嫉妒你。」我解釋。「嫉妒你的自由。」

軒永像是鬆了一口氣，也聳聳肩。

「有時候，自由反而是一個牢籠，一個無邊無際的牢籠。你試著往四面八方移動，以為終究會碰到邊際，但沒有，什麼也沒有，一切都是空洞、失去意義的。沒有終點，於是無法折返，也沒人在等你。你開始會渴望有人來告訴你可以或不可以，這樣至少你不會對一切麻木。」

7

阿樹把我搖醒的時候，天已經大亮了。昨晚鑽進睡袋後，我竟反常地沉沉睡去。這幾年在醫院裡總是半睡半醒，其實不只是這幾年，從小我就經常在半夜警覺性地醒來，躡手躡腳地走到客廳，從鏡子裡看深夜仍醒著的她，打開放在更衣室深處的那個黃色行李箱，坐在床上低頭整理箱子裡的東西。如果醒來時，她房間的燈沒亮，我的手心就會開始冒汗。就算是冬天，衣服也會被冷汗浸溼。小時候我總害怕睡得太沉太熟，害怕深深入眠的那晚，她會拖著行李離開我。

我坐起身揉揉眼睛，打了一個深深的哈欠。阿樹瞄了一眼說：「不錯喔，很適合爬山嘛！睡得這麼好。」他穿著化纖外套，跪著捲起充氣睡墊，我則一邊把睡袋緊緊塞進包包深處，一邊說誰都不准背我的裝備。

唉唷，小女兒一夜長大了，爸爸心好痛喔。

最好是啦，你以前還不是把水丟給我背，還說是為了我好。

就真的是為了你好啊。阿樹咧開大大的笑容，認真地說。女生是水做的，要多喝水，你看你現在皮膚多好！

說完，他丟了一包裝滿巧克力和糖果的夾鏈袋過來。「這麼愛背，給你背啊。」

「你很煩耶，拿回去啦！」一包行動糧就在小小的帳篷裡被扔來扔去。

軒永拿著咖啡蹲在帳篷外，看著我們說早餐要冷了，臉上帶著微妙的表情。阿樹嘻嘻哈哈地指著我說：「報告嚮導，傅宇珊打包超慢的！」軒永看了我一眼。「要檢查四周有沒有東西漏掉喔。」語氣溫柔。

「那我呢——」阿樹指著自己，笑嘻嘻地問。

「你現在給我滾出來吃飯。」

準備從新武呂溪營地離開的時候，阿樹被小熊硬是留了下來。小熊矮矮壯壯的身體趴在阿樹的背包上，像隻無尾熊緊抓著樹不放。他懇求阿樹留下來幫他在下午商業團進駐前，把十頂四人帳搭設好。

「不是我求你，是我媽求你。要是知道兒子連工作都做不好，我的cina會哭的！」小熊使出殺手鐧。阿樹放棄被挾持的背包，轉身就要走，小熊便攔著阿樹的腰。阿樹無奈地對軒永搖搖頭。

「在足球場等我一下，我趕過去。那個傅宇珊——」他還沒有說完，便被小熊推往大營地的方向。

之後的路比起登山口那段算是緩升，林相也跟著改變。從南橫公路一百五十六點五公里處，一腳從柏油路邁進登山口時，我有種自己正在與山縫合的感覺，像一條長長的拉鍊，從山腳慢慢往上合而為一，身體牢牢地與山鑲嵌。山巨大、安靜、沉默，但有一股真正的力量，能從深處孕育一座數十公尺高的杉樹林，生養出一片柔美綿亙的草坡，也能腰繞一條婉約靈巧的小溪。

好不容易爬完陡坡，平坦的腹地是山友們暱稱的排球場。軒永放下了背架，溼溼的額前留下黃藤帶的印子，規律的編織花紋排列在他的皮膚上，好像隱形的刺青或記號，從額頭深處漸漸浮出。

他示意休息一下，我把包包放下來後，微微汗溼的羊毛底層衣貼在背上，一陣風吹來便起了寒意。我下意識摩擦自己的手臂。

要不要穿上外套?他問。

我從頂蓋拿出黑色風衣先還給他，軒永搖搖頭說好熱，你穿。穿著外套，我的影子可以保護你。他以半開玩笑的口吻說。

我有外套啦，而且我也有自己的影子。

如果可以，我還真想交換影子，但你的影子應該跟不上我。

對了，我一直想問，你說的那個十歲小女孩，跟得上獵人嗎?

軒永歪著頭想了一下。應該跟得上，她大概都是走在她祖父旁邊。

你沒看到嗎?

軒永搖搖頭。沒有，那時候我還不太習慣走探勘路線，加上背的東西實在太重了，每天都走在隊伍的最後，只有快抵達紮營地時，小女孩會站在不遠處，邊聊天邊陪我走最後一段。我記得小女孩的雙耳各穿過一根小小的骨頭，她說是果子狸的手指，是她的寵物。

是寵物還是獵物?

有差別嗎?山上的世界和山下的世界都是一樣的。軒永用手指將長髮梳向腦後紮起來。在人類的世界裡，有些人是寵物，有些人是獵物，有人滿足於被豢養，有的人熱衷剝削與壓榨。某種意義上，人吃人是存在的。

哇，林軒永，你現在是反社會人格嗎?我開玩笑地說。

他站起來將外套塞進背架裡。你才是真正的反社會人格，不要以為我不知道。我正要回嘴，但聽到了什麼，頓了一下。軒永似乎什麼也沒有聽見的樣子，看見我的神情，才轉向森林，瞇著眼睛搜尋。

「珊，慢慢走過來。」他用極小的氣音說，手指了指二葉松林的深處。

我把到嘴邊的反駁吞下肚，悄聲移動到他身旁，順著他的食指看出去。遠處三隻體型不一的水鹿，悠悠哉哉地在陽光下覓食，從葉縫中打下斑駁的光影，落在棕色柔軟的毛髮上，牠們像是正在移動的、波光粼粼的小湖。兩側的耳朵不停翻來翻去，高大有角的雄鹿警覺性強，屢屢抬頭凝視，抽動著鼻翼。其他兩隻則頭也不抬地扯下樹梢最嫩綠的葉子，嚼個不停。

軒永在我耳邊輕聲問：「所以你說，這是寵物還是獵物？」

還沒走到足球場，阿樹就已經趕上我們了。只要他一出現，就像是魔術師打一個響指，一切就變得不一樣。話題的轉換就像每一台列車都靈巧銜上，並順利出發。

走在軒永旁的阿樹總有說不完的話題，聊著遊戲關卡與球賽比數，有一次我甚至聽見他問起老屋改裝，軒永很有耐心的解釋保留原建材的拆除方式，還有舊式屋梁結構，真不知道軒永怎麼懂這些。

他們並肩走在前面時，我不禁想像兩個人相遇時的樣子。高大明朗的阿樹，總是輕鬆拿下第一名的阿樹，是如何選擇軒永當他最好的朋友？軒永的不可預測性，流向光譜兩端的矛盾與衝突，都被他均衡地安置，就像身上就具有強大的地磁，自成世界。或許我也幸運地與他相似，軒永和我之間才有著無法解釋的引力流動。

阿樹人高腳長，快步走來與我們會合後，似乎還沒有調整好速度，忍不住往前大步遠遠邁開。迎風側湧上的濃霧，隨著寒風包捲著身體，體感溫度瞬間下降。我看著懶得卸包、只穿著單薄的羊毛底層衣的他把手插進口袋，聳起肩膀邊抖邊走，而我連小跑步都追不上。走在後面壓隊的軒永叫住我，要我一小步一小步地邁開，將腿重重抬起，輕輕放下，要輕到聽不見自己的腳步聲。

「爬山最累的，不是走得快或走得慢，而是走的不是自己的速度。」軒永示範。「三千公尺的含氧量只有平地的百分之七十，所以負重走路時盡量不要忽快忽慢。缺氧感都是隨著海拔線性提高，要保持穩定的配速，才能調節自己的呼吸和體能。」

「跟自由潛水一樣嗎？」我跟著軒永的節奏，調整了步伐，慢慢調勻自己的呼吸。「希力頓以前常常說，下潛的時候不要看手錶，要堅持住屬於自己的速度，眼睛不要離開你想要去的方向，才能抵達想要去的深度。」

寒風刮紅他的臉頰，他用鼻子輕輕吐氣，表情有點不自在，左右挪動了一下背架，似乎在調整重量的重心。

「現在你走得很好，來感受一下身體的重心轉移。」他說：「像這樣的上坡，上登時專注於前面的那隻腳，每一次換步時放鬆膝蓋微彎，用身體的骨盆帶動移動重心，後方還沒有邁步的腿就能得到瞬間的休息。」

我低下頭，認真地看著彼此施力的差別，軒永在上坡的時候根本不需要確認踩點，就像是呼吸一樣自然，充滿了律動。

「休息步愈放鬆愈好，用意念帶動前進就好了。」軒永微微側過身，看著我的腳步說：「你說得沒錯，的確是跟潛水一樣，不要太專注在呼吸，連憋氣都是放鬆的。你要相信你的意念能帶領你的身體，也要相信你的身體能支撐你的意念。」

還沒有到妹池，就能實際感受到東北季風強大的威力。霧雨開始變得像鈍針一樣，稀稀疏疏地打在臉上。我瞄了一眼手錶，顯示負八度。雨勢瞬間轉大，軒永要我們卸包穿上雨衣，不要急著趕路，他自己先去獵寮營地紮營。

原本提案中的規劃，是要卸包在獵寮營地後直上嘉明湖，我和阿樹在大雨中決定改變原來的行程，明天一早再上去。「正好可以有個雨天備案，如果碰巧遇到天氣不好時該怎麼調整。」我對阿樹提議，等等先到營地，算算時間與里程數，以及只有大天幕的話，可以安排什麼樣的活動。看來爬山要把所有可能發生的意外都包含進去。

剛穿上外套的阿樹點點頭，因為失溫，他的嘴唇有點發紫，我的牙齒也在打顫。昏暗的天空先是傳來悶悶的雷聲，接著風勢轉強，遠處也不斷爆出雷光。沿著路徑走，先上坡，繞過一處碎石坡，經過水位已經超載的妹池，微陡坡後，便全數轉為下坡。

濃霧中，阿樹在前方領著我一路緩下。因為地形較開闊，又毫無遮蔽，雨從四面八方打過來，冰冷的雨滴從臉上流進頸肩，上衣漸漸溼了，握著登山杖的雙手也因手套溼透而僵硬。

地上有些石塊微微鬆動，重心轉移前登山杖先輔助，邁出的前腳尖也要再次確認。我心裡重複著軒永剛剛教我的訣竅，緩步但穩定地向前。

不久後就看見先到的軒永，拿著保溫瓶站在紅色的天幕下。

第四章

那是只有她和山才懂的東西

1

漸漸的，小女孩等軒永的時間愈來愈短，背著藤籃的軒永越過了長長的隊伍，趕上了獵人的步伐。有時城市的人停下來在某一棵樹前測量或是架設機器，獵人會以那棵樹為中心，以等距同心圓的方式走上幾遍。圓圈可能很大，遇到懸崖時，獵人就站在崖邊瞇著眼睛望向遠方。軒永還不懂，但他相信這是獵人的訣竅，於是他也會跟著一起繞圈圈。

說是跟著獵人走，但對軒永來說根本是快跑。獵人輕輕鬆鬆就翻越的巨石，軒永要用四肢攀爬才勉強搆得上；才剛站在石頭上，獵人可能就消失在視線裡。軒永只好回頭，循著原路找到那顆架設機器的樹。

幾次之後，他學會判斷一些線索：折斷的樹枝、葉子上飛濺的泥土、遠方突然飛起的鳥，漸漸有幾次能追蹤到獵人的下一組足跡。但不論如何，他都會回頭確認那棵樹。每棵樹都長得不一樣，枝幹的姿態當然是最容易判定的，而距離一遠，就只能看到樹冠，雲杉與鐵杉隨著風擺動的彈性截然不同。當風一吹來，軒永遠遠就能認出那棵樹，他從來就沒有錯過。

架設機器的城市人試著和軒永攀談，但軒永在先前長長的旅行中已經學到，誠實交代自己的狀況會引起的諸多麻煩。和女朋友吵架了嗎？為什麼不回台北？為什麼要放棄這麼好的學校？家裡知道嗎？對那種大人來說，二十出頭根本還是小孩，理當要坐在有中央空調的大教室裡用筆電上課，最好只煩惱著中午要吃咖哩豬排飯還是台南意麵。

軒永都說自己二十五歲，正在進行登山嚮導的實習。疑惑的城市人多半會仔細打量軒永黝黑結實的臂膀，回到臉上才在內心驚訝這男孩的長相——通常是幾秒鐘的震撼。很快的，他們便把軒永、老人、小女孩歸類在一起，甚至因為軒永年輕體力好，還要求他多背負一些沉重的設備。

晚上，小隊伍的帳篷疏鬆地紮營後，軒永就會和小女孩坐在一起。她有一把非常鋒利的小刀，能將細細的樹枝削成像棉花糖一般蓬鬆。但這不是石器時代，小女孩從放刀子的袋子裡掏出打火機，大拇指啪一聲，火就來了。

軒永的手機早就沒電，他也不想向那些男人借行動電源。一旦借了東西，就需要交換，不管是幾小時的電力或是一瓶水。能不開口就不開口，軒永想著。他離開海之後就決定這樣，不靠任何人地活下來，接下來的一輩子也要就這樣活下去，因為**已經沒有任何想要的東西了**。

某一天晚上，小女孩說起她的果子狸。她把剛撿到的果子狸和祖父的老黑狗養在一起，軒永其實一直很好奇，為什麼山裡的狗都是黑色的，但他忍著不問。小女孩說果子狸其實很凶，老是啃壞充電線和家具，經常睡在高櫃的上方，或天花板的夾層。而她的果子狸非常親近那隻老黑狗，只要祖父下山，老黑狗搖著尾巴進門，果子狸就會發出撒嬌般細細的聲音，蹦蹦跳跳地繞在老黑狗身邊。

寒流來的時候，果子狸變得很愛睡覺，總像失去意識般，軟綿綿地躺在某個水盆或衣櫃的抽屜裡，老黑狗會輕輕把牠叼出來，用身體和尾巴圈著牠。果子狸在天冷時最可愛。小女孩說，有時候把牠抱起來，牠會勉強睜開迷濛的雙眼，露出還沒睡飽、一愣一愣的表情。

後來，果子狸清晨偷跑出去，被森林深處的猴群攻擊，拖著血跡回到家時已經奄奄一息。老黑狗溫柔地用鼻子頂著牠無力的身體，不停地舔著牠的傷口，到死後都還摟在懷裡。

果子狸死去的那晚，小女孩做了一個夢，夢見一個比自己更小的妹妹牽著自己的手。

大概幾歲？軒永問。

誰知道？反正已經是能盪鞦韆的年紀。小女孩說。在夢裡，她們一起盪鞦韆，有時候她推小妹妹，有時候小妹妹推著她。小妹妹年紀小，力氣卻很大，把她推得好高好高的時候，甚至會覺得自己的雙腳踩著天空。

軒永歪頭想了一下，問小女孩，你的果子狸是女生嗎？

小女孩不耐煩地瞪了軒永一眼。果子狸是公的。牠們只分公的和母的，什麼女生不女生。

我笑出聲音來。軒永也笑了起來。

這小女孩怎麼這麼有趣？我邊笑邊說。

對啊，她好像小時候的你喔，她也剪了一個小男生的短髮。軒永用手在耳朵上方比了一下。我記得你小時候也曾把頭髮剪得好短好短，乾媽還因此發了一頓脾氣。

「現在的頭髮好長，我都有點不習慣。」第二晚夜裡，在獵寮營地，軒永並肩和我坐在兩棵大樹之間。他用手指拉拉我胸前的長髮。

2

行程第二天，抵達獵寮營地才下午兩點，我和阿樹在天幕下接過軒永遞來的保溫瓶，輪流喝完熱薑茶後，將被冷雨淋溼的衣服換下來。阿樹坐進帳篷裡拚命摩擦雙手，髮梢還在滴水的我圈起的手掌呵氣，瞬間變成白白的暖霧，他見狀便假裝用食指和中指夾著一隻菸，對著空氣作勢抽起菸來。我叫他吐一個菸圈試試看，他把嘴唇噘成誇張的O型，大力吐氣好幾次，什麼也沒有。他嘻嘻哈哈地把想像中的菸蒂彈到我身上，坐在斜前方的軒永也跟著笑了。軒永只穿一件薄上衣，微微彎著背，一隻腿弓起來，手肘放在膝蓋，表情看起來很放鬆。

「哇，你看！」我驚訝地拍拍身旁的阿樹。「軒永正在冒煙！」他的身體貼著溼衣服，體溫正將衣服蒸乾，薄薄的霧氣圍繞在他身上。過了一會兒，一點水痕都不留。

「我們家軒永真是個熱情的男人。」阿樹語帶羨慕地說，從背包撈出一件綠色的化纖外套，往他丟過去。「喂，現在不到零度，給我穿起來喔。」

軒永把頭髮解開來，笑笑地低頭穿了起來。他的笑容淺淺，鼻子上有一些淺咖啡色的雀斑，看起來有些孩子氣，幾縷髮絲垂在臉前，長長的睫毛還有點溼潤的樣子，簡直像是從誰的夢境中直接走出來的人。我看了他一眼，沒說話，回頭瞥見阿樹盯著軒永的臉，也沒說話。

晚餐時，我坐在帳篷裡用炊具煮了白米飯，將乾燥過後的馬鈴薯、紅蘿蔔、玉米筍和花椰菜丟進熱水裡還原，再加上咖哩塊。那兩個人吃得唏哩呼嚕。我泡開蛋花湯包，他們接手過去一口喝完，只好又再煮了兩包泡麵，加上了一些鴻禧菇。阿樹終於放下湯叉，舔舔嘴唇，表情恍惚又滿足。他身體歪靠在我的肩膀上，在我耳邊叨念著統一肉燥麵真的好好吃。居然不是說我煮的咖哩好吃。

「因為泡麵是人類史上第三偉大的發明啊。」他閉著眼睛說。

「所以前面兩名是什麼？」軒永問。

血糖驟然升高的阿樹微微睜開眼睛。「電腦和比特幣。」

我用肩膀頂一下他的大頭。「好宅的發言喔，這是什麼組合？泡麵、電腦，還有加密貨幣？乾脆再說火箭旅遊好了。」

他的頭從我肩膀上滑下來，改成斜躺在睡袋上，用手撐著下巴。「工程師的組合。有錢的組合。速度的組合。這是所有宅宅的信仰。」

阿樹摘下眼鏡沉沉睡去時還不到八點，我跟著軒永去取水。他搶著把水袋沉進溪水裡，手指瞬間凍紅。這麼冷，他還用快乾毛巾洗了臉，順手擦了一下身體。回營地後，他點起瓦斯，把鍋具放在火上烤一烤，將剩餘的水氣蒸乾。

他用下巴指指天空，說明天開始就會是好天氣，雨只下到現在。我順著他的視線，看著天空殘雲退去，黑夜裡冒出一顆又一顆的星星。軒永問我會不會累，我轉轉手臂又扭扭頭，發出喀拉喀拉的聲音。

不累。我說。

那你穿好保暖的衣服，我們散散步。

我們沿著新武呂溪往前走，路徑輕鬆平緩，我催促著軒永說故事。當他講到小女孩像小時候的我時，我們正好越過溪走到兩棵大樹中間，有一方小小的平坦處，剛好容得下兩個人。黑夜是晴朗的。我以前從來不知道，竟然也會有萬里無雲的夜。我們並肩坐下，聽他說著果子狸女孩做夢的事情。

他轉頭看著我，手指拉拉我的頭髮，動作既親密又遙遠。他繼續說。

小女孩說她隔天起床就告訴獵人那個盪鞦韆的夢。因為祖父很會解夢，她解釋。以前老族人們總是一早起來，帶著還沒睡醒的雙眼前往獵人的屋子，請尊貴的達海長老摸著他們低下的頭，聽他們傾訴。族人理解夢境後才會決定是否播種或上獵場，或是知曉長子的歸期。祖父的指示從不模稜兩可。

軒永想起在森林中迷路的那個晚上，他靠著樹睡著時也做了一個夢。他夢見一種黑夜，那種黑只屬於荒野，醒來的時候心情既滿足又恐懼，而且不像一般的夢醒來就忘記，夢裡被尖銳的岩石深深刺進膝蓋的觸感都還疼痛著。現在想起來心臟還撲通撲通，軒永下意識摸摸自己的胸膛。獵人雙眼緊緊凝視著軒永，摸摸小女孩的手臂，說了幾句話。

小女孩說：「祖父不幫部落以外的人解夢，因為祖靈不認識外地人的靈魂，但祖父說山認識你，你身體裡有風，聰明的肌肉也通過了考驗。山讓你來到他的獵場，遵守傳統靈觀的他將為你破例。但必須交換，你必須給他一個同等重量的東西。」小女孩停頓了一下，困惑地抬起頭看向祖父。長老推了推她的手臂，鼓勵小女孩繼續說。

「祖父要我先說一個故事。」

3

少女跟著龐大而緩慢的隊伍，翻山越嶺。年輕力壯的第一先鋒僅剩一些可笑的武力，只能不喘息地奔往中印邊界。

下著大雪的三月，幾乎是親眼目睹風雪暴襲來的瞬間。她先是聽見狂風中傳來微微的笛聲，接著有如千萬匹馬一同尖聲嘶叫，那是從八千公尺的大山峰頂，推落世上最冰凍、最快速的風雪暴。

原來笛聲就是風的警告。

每一次都先是聲音，漫天雪霧籠罩，瞬間變成暗夜，襲來夾雜著沙塵、礫石與碎冰的風暴，接著是白色的大霧，能見度幾乎為零。後來一聽到像短笛的聲響，所有人都立刻緊緊趴在雪地上，雙手護著頭，將眼睛埋進雪裡。來不及反應的人，先是被空氣裡看不見的細冰刮裂角膜，然後睜著全盲的眼睛被狂風推落山谷，甚至更考驗眾人的決心，山將衣衫襤褸的隊伍在五、六千公尺的啞口捲起再拋下，比家鄉的烈火和砲彈更加粗暴殘酷。十幾萬人的隊伍拖長了尾巴，留下破碎的屍體，破碎的帳篷，破碎的行囊，與破碎的家庭。

遠離僕從、馬匹、行李的少女，被母親用泥炭塗黑了臉，燒斷她一頭烏黑柔細的髮辮，將破損的粗布圍繞在她身上，完全遮蔽她逐漸玲瓏的身軀。母親從手腕、頸上與耳垂摘下她母親，她母親的母親，在出嫁前一晚才會交付的祖傳首飾，放進一個牛皮縫製的袋中，牢牢地繫在少女的腰間。

母親的額頭緊緊貼著少女的額頭，鼻尖碰著鼻尖，她烏紫乾裂的嘴唇低聲顫抖著，那曾是一身格桑花薰香的母親啊。母親說完話，便把少女推向前方匆忙爬坡的隊伍，狠狠別開頭，往山下走去，沒再回頭一眼。

母親在告別。少女心裡想。她流著眼淚，才開口叫喊，話語就被冷冽的寒風刮碎，埋在大雪裡。她遠遠看著母親扶著曾被眾人尊敬的父親，昨天他一隻黑紫的耳朵幾乎已經裂到臉頰，沒辦法再戴上他的金邊眼鏡。少女撕開僅剩的碎布小心包紮著裂耳，細心纏繞至父親的額間。他用已深深龜裂至指甲深處的手指，輕輕摸著少女的斷髮，用氣音說托切那。將她推開的母親扶著襤褸半跛的父親，緩緩地融進落後在遠方老弱病殘的大批人群中。此時，任何人臉上不管是淚或是血，都已經無法分辨。

少女一路掩蓋著身體駝著背，將泥炭與犛牛的糞便塗抹在頭髮、脖子與指縫，她決心要自己惡臭難堪，聞起來是連狼都懶得撕碎的野獸。她避開落單的年輕男子，避開成群移動的大家族，只與小家庭或零散的女子們結伴同行，但仍然無法保障自己的安全。女孩們或因體力不支而倒下，或被迫成為男子的性工具，或被強盜擄走，全身的財物衣服被剝光，隨意棄屍在山溝中。

少女將破爛的草鞋編了再編，最後只能赤腳踩在雪地上。腳掌的皮膚潰爛，斑駁不堪。終於她知道，她再也無法爬得更高了。她跟不上那位眾人以生命捍衛、戴著眼鏡的青年。小時候她曾經見過他金色的袈裟，千萬人擠在街頭，持誦的嗡嗡吟詠聲撼動整座城。那時他高高端坐在轎上，由二十五位挺拔威壯的藏軍擁護著，他臉上有一種靦腆卻又神聖的表情。當時戴著眼鏡的父親仰頭與青年對到眼，青年認出了父親，微微一笑，站在一旁的母親激動地跪拜，哭泣了起來。

但現在，**神在哪裡？**

少女說，對自己說，要活下來。少女用手指挖開冰凍泥土下的樹根，甚至用雪水泡軟腰間藏放首飾的牛皮小袋，她用牙齒撕下一塊一塊，每晚嚥下，安撫空洞的胃。因為長時間直視著白雪，她的瞳孔逐漸模糊麻木，像她的信仰。從小，她就被教導死在往神的路上是正確的道，靈魂將能安住在喜悅的淨土。但她不要死，還不是死的時候。她四肢孱弱，強壯的心臟卻如擊鼓般用力跳動，她的意志比山脈還聳高，就像是蝴蝶知道如何以纖細的翅膀飛越海洋。

少女的直覺重擊她，她脫離隨著水源緩慢移動的隊伍，決心一個人往前，用細瘦的雙腿，一路踉蹌，翻越數座五千公尺以上的高山，走向毫無遮蔽的廣袤雪原。

第十幾天的夜裡，她躲在和溪流差不多高的乾涸河床邊，用燒過的蘆葦遮蓋住身軀，焦黑的蘆葦上長滿厚厚的綠色青苔。藏在石頭與落葉堆裡，少女透過縫隙凝視無邊際的星空，微弱地呼吸。三顆並排的星星以獨特的方式閃爍著，顯得好生動，拚命伸出手的話，或許摸得到吧。但少女再也沒有力氣了，她只能看著星星，也看見母親藏紅色滾著金線的裙擺，看見母親烏黑的長辮纏繞著天青色髮帶。她記起告別的時候，母親用額頭貼著她的額頭，鼻尖碰著鼻尖。

與其追求仍在動搖的真理，還不如追求能牢牢抓緊的事情。母親低聲顫抖著。**痛是愛的變形，痛也是不愛的變形**。你一定要記得，沒有感覺就不會痛，但這世界不存在不會痛的追尋。

凝視著星空中的母親時，少女呼吸靜止，面容哀戚而肅穆，眼角半閉如同一具死屍。強盜隊伍看也不看地從她身邊經過。

二十幾天後，當少女抵達泛著玫瑰色光芒的紅土村莊時，她的腳掌潰爛、二十隻趾甲全數剝落，像是被火燙傷一般。腳踝與腳趾因為長期斷食而腫大，右膝蓋傷口見骨。到最後她甚至是用胸口與肩膀在地上前進，一公分一公分，一寸一寸。她記起家裡的老僕人在午後將輕柔的羊絨捻成線，一公分一公分，一寸一寸。她毫無知覺地倒在路邊，像是一塊再也沒有人想拾起的破布。

一隻牧羊犬剛將四百隻羊趕回圈欄，正得意洋洋地挺起尾巴，走在前方，輕快的小碎步，帶領主人返家。

牧羊犬遠遠看見熟悉的屋簷，前院還堆著厚厚的積雪，忍不住愉快地邁開步伐，有如假日在廣場奔跑的孩子。但牠嗅到一股陌生的氣味，是山裡的動物才有的氣味，牠慢下腳步，歪頭瞥見一個黑色瘦小的東西躺在每日主人早上煨桑的地方。牠一直都喜歡那松柏樹枝的氣味，聞起來像是一整天的開始。

牧羊犬猶豫了一秒鐘，放棄午後最適合晒太陽打盹的時間，逕自圍繞在那小東西的四周。牠走近嗅嗅，小東西聞起來，像是一頭溼淋淋的小羊。

於是，她被放置在柴火爐旁將近兩個月，每日有人溫柔地餵食湯水數次。她鎮日睡睡醒醒，或說她未曾睡去也未曾醒來。當她偶然聽見柴火與氂牛糞燃燒時劈里啪啦的聲響，她都以為是在羅布林卡落下的砲彈，或是逃亡時不斷靠近的槍聲。

少女知道自己還活著時，睜眼一片白茫茫，以為自己仍在雪地。她雙眼幾近失明，感覺自己似乎也失去雙腳，全身肌肉消失殆盡，一翻身便噁心，試著坐起身就昏厥過去。發現她的黑白相雜牧羊犬Sede，每日用柔軟潮溼的大舌頭舔開她的眼睛，春天時小心翼翼地叼來一隻剛出生的小羊，少女的臉頰緊貼著小羊甜蜜溫熱的呼吸。Sede 拒絕再上山牧羊，捲起巨大的身體窩在少女的懷裡。

真正醒來後，她才知道是一對年邁的牧羊人夫婦，沒日沒夜砍柴添火照顧她。餵食她珍貴新鮮的羊乳，宰殺最肥美的公羊熬製鮮美的肉湯，採集藥草熬製藥膏翻身塗抹，為她養身治病。這對夫婦的長子早逝，唯一的女兒送去城市上學後就未曾返家。發現少女的那天，他們一早連續接生了十幾隻小羊，還沒到家時，老婦人就向老牧羊人說，今天是要向神還願的日子。

六月來臨，少女終於下床。她扶著牆在屋內四周走動，逐漸恢復了視力。八月的紫色花朵開滿山坡時，牧羊人夫婦將二百隻母羊全數賤價售出，僅剩那頭與少女形影不離的小母羊。村人還以為老夫婦家中發生困難急需用錢，紛紛前來關心。

牧羊人夫婦在少女昏迷時每日溼敷草藥，洗去她臉上結塊的黑炭與泥塵，便驚豔於此生未曾見過的容貌。

白皙而無瑕疵的臉龐，全無體毛的柔膩皮膚，眉似彩虹彎弧，唇如微含乳玉。他們叫她Muna，木柰，在尼泊爾語中代表枯枝在雪地中神蹟般地冒出新芽。

牧羊人夫婦知道她並非凡人。光是從那些貴族才得以打造的首飾，與惡臭粗糙衣物底下貼身的錦緞織物，便能明白她的身世。但什麼都不及少女頸上那串念珠。誠實的老婦人第一次見到時，也忍不住伸手細細觸撫那顆黑白相間的老天眼。他們知道，若長久將少女留在村莊中，鄰人必定走漏消息，畢竟邊界如此震盪，人心更難預測。

老夫婦日夜商討，對村人說城市裡的親戚捎來消息，女兒患了相思病，非要老母前去照顧。樸實的老夫婦從未說過假話，為了避免結巴而不停排練，甚至有時還戲劇化地表演過頭。

秋日的風一吹來，老夫婦便把所有的家當放在馬車上，邁開年邁的步伐，帶著少女與兩百隻公羊往南方移動。少女緊緊摟著Sede的脖子，這時她已會說幾句簡單的尼泊爾語，並且留長了一頭烏黑柔軟的及肩黑髮。

聰明得力的 Sede 一路上領著數量龐大卻盲目的羊群，約莫半個月的時間，在山區不斷奔跑圍圈，曲折前行。當肉眼可見遙遠的城市時，Sede 拖著疲憊的身軀走向木柰，巨大的頭顱哼哼嗚嗚，倒在她的懷裡。著急的木柰撫摸著皮毛糾結而無光澤的 Sede，為牠徹夜禱告，添柴守候，如同牧羊犬初時為她那般。

但羊群非得繼續前進不可。牧羊人夫婦不捨地將冰涼的 Sede 從木柰懷裡抱出，葬在一顆高大的柏樹下。木柰跪在自己雙手挖出的小墳前，用貼身穿著的金絲錦緞輕輕包覆牠柔軟的身體。她反覆親吻著 Sede 冰冷的臉。

重生之後，木柰從未與 Sede 分離。那晚她與枕在手臂上的 Sede 雙眼對望，牧羊犬清澈而溫柔的眼睛甚至流下了淚水。少女頻頻回首，直到見不到柏樹的樹冠，她覺得心臟那處堅硬的地方即將碎裂崩塌。Sede 冰冷的鼻子，山巔上聽見的微微笛聲，母親破爛的裙擺，父親臉上那副歪斜的眼鏡，還有**他**。五歲的他，小小的身體擋在少女面前。所有人，連同他自己都以為軍官不可能會射殺小喇嘛。木柰知道，再一次的生離死別，她整個人就會碎了。

抵達城市，牧羊人夫婦投靠親戚。在親戚經營的商店不遠處，有一間堆滿了商品的小倉庫，他們將少女藏置其中。這時木柰才剛滿十五歲，完全不知道自己身在何處。

老夫婦馬不停蹄，準備前往遠方市集買賣一路放牧的兩百隻肥羊，並祈求得到神的眷顧，掙個好價錢，才得以在擁擠的大城裡藏起沉靜秀麗的木柰。那日清晨，天還沒亮，慈愛的老夫婦分別親吻木柰的額頭，如同逃亡之際，父親與母親最後親吻自己的那般。

木柰被千萬囑咐不得外出，老夫婦要同是十五歲的女兒照料木柰吃食起居。女兒個子矮小，甚至有些發育不全，在同齡間經常被欺凌，因此個性怕生。遇見美麗的木柰時眼神低垂，不敢直視。

少女與數百條的氂牛圍巾共食共眠將近十天。低矮的倉庫以石塊堆砌，縫隙之間草率地填補過稀的泥水，就像篩子般漏著風。四面牆上僅開一扇小窗，小小的窗正對著一座山，那山峰像是面對面，準備相擁的一對情人，左右看望彼此的臉龐。木柰每天對著山為父母祈禱，為老夫婦家祈禱，為溫柔的 Sede 祈禱，也為他祈禱。然後有天，她突然聽見，山在說話。

山的深處發出轟隆隆的聲音，木柰覺得那是山的肚子在翻滾沸騰，聲響激烈到甚至能將山裂成兩半，山的裡面還有一座山。但奇怪的是，每日見面的女兒似乎沒有聽到任何聲響，於是她明確知道，山的聲音只有自己耳朵聽得見。她既害怕又恐懼，鎮日跪坐在窗前，不喝不食，緊閉著眼，手纏念珠，虔誠地低誦密咒嗡嗡。

就在同一時間，她的腹部感受到一股無法理解的痛楚，身體的深處如同破殼的卵或裂開的蛹，從一個世界邁向另一個世界。她知道自己不一樣了，母親曾經告訴過她。母親說，從那種痛後，你將成為你自己，你將是一個完整的個體。

連續三天三夜後，那聲音有如關起氣閥，嘶嘶嘶地減弱漸熄。像是一陣強風刮走一片沙漠，留下乾乾淨淨的空地，一粒沙子都沒留下。

嚴重的耳鳴突然停止後，她抬頭起身，緩緩睜開眼睛，一個長髮的男子跟在送餐來的女兒身後，大步跨進來。他的輪廓少女從未見過，麥色的肌膚細緻無毛，深邃漆黑的眼眸深處閃著柔軟的光輝。木柰知道那是來自一個潮溼豐綠的島嶼，那裡或許看得見海，母親曾經說過的海。

年輕的男子看到木柰時十分訝異，先是歪著頭，好奇地打量眼前這個雙掌合十、白皙而纖細的女孩，接著禮貌而善意地保持距離，雙掌合十說了句 Namaste，而後便聽從女兒的指引，蹲在地上，專注地揀選需要的手套圍巾。

是木柰忍不住往男子走近。他身上飄散年輕森林的氣味，腐土與枝葉的芬芳，如同她在唐古拉山脈看見的雪豹。雪豹藏身在岩石中，和地景融在一起。牠離她是如此地近，近到當木柰回頭時，雪豹的大掌正壓著她的裙擺。

十歲那年，在西藏學術圈被高度尊崇的父親，獲得大筆的研究經費支持，在任教的大學組成了研究團隊，帶著她遠赴青藏高原，在西藏北部駐點將近兩個月。當時幫忙著仁波切舅舅盛大法會的母親無法一同前行，在打包行李的時候，還多次輕怨父親怎麼會要讓兩個孩子去受凍吃苦。那是現在的木柰唯一還願意想起的日子。

年輕男子靦腆地往後退一步，不小心失去重心跌坐在地，輕柔的圍巾疊墜在他四周。木柰心臟鼓動，如千萬隻蝴蝶拍翅，情不自禁地伸出纖細修長的手指。她有些發抖，卻毫不猶豫地俯身用指尖輕觸他的耳朵。他們互相凝視的時間，窗外天空染成了無可名狀的天青色，群山明滅著銀色光芒。終於，她如同初次啼聲的鳥兒，不安地開口，像是在問他，又像是在告訴他：**是山要你來的。**

4

嘉明湖行的第三日，清晨醒來，我像是未曾睡去。朦朧的夢境中，出現巨大的冰河山脊、蜿蜒如絲的溪谷、廣闊的高原草原，以及在五、六千公尺起伏的山脈，藏羚羊與黑色氂牛正成群遷徙。睜開眼睛的時候，阿樹老早在帳篷裡整裝打包好，饒富興味地看著我。

「傅宇珊你做什麼夢啊？眼珠子在眼皮下轉呀轉的，睫毛動得比蜂鳥的翅膀還要快。」他把臉湊過來。

「你不要靠我這麼近啦。」我用手掌推開他的黑框眼鏡，臉紅了起來。

阿樹笑著扶了一下眼鏡說：「你們昨天好晚回來喔，有看到星星嗎？」

我邊把睡袋、羽絨外套塞進背包裡，邊點點頭。

「我也好想跟你一起看星星，」他走出帳篷繼續說：「但這幾天真的一睡就叫不醒，下次我們可能要去一個星星很早出來的地方。」

我笑了一下，抬頭問他。「什麼地方星星會很早出來？我怎麼不知道？」

阿樹挑了一下眉，用漫不在乎的口氣回我：「我也是有軒永不知道的事情。」

「什麼事情？」軒永突然從帳篷門口冒出來，巴了一下阿樹的後腦勺。

「馬的，這麼大力會腦震盪耶。你們這些人，話可不可以好好講？動手動腳的很不文明。喂！放開喔！」阿樹邊摸頭邊踹回去，腳卻被軒永抓住，兩個人像青少年一樣在外面打鬧了起來。

我一邊快速地打包，一邊提醒阿樹今天場勘工作的重點，包括三叉山登頂拍攝的角度、在嘉明湖周邊進行闖關遊戲需要的關卡設置點。他們兩個人在帳篷外扭打起來，根本沒在聽，我只能搖搖頭不理他們，逕自坐在營地的倒木上吃起早餐。

今天重裝出發，大家卻顯得神采飛揚，精神奕奕。軒永仍舊背著沉重的大背架，腳步卻輕盈得像是散步。我們先陡上三三五五峰，大雨後水氣充沛，我不時回頭張望，在剛升起的陽光照射下，山拗處聚攏著翻滾的雲海，很難想像這是我原以為的百岳。

我以前對「百岳」這兩個字感到卻步，總覺得那應該是人生最終的挑戰，需要累積多年的山林經驗，與對自然的全盤了解，才可以上路。沒想過所有第一次走進山的人也都和我一樣，不知道前方是什麼樣的路。

過完長長的上坡，穿越漸矮的樹林，接下來就是平緩起伏的山頭了。地勢漸降，不久後，遠遠地就看見嘉明湖。雖然提案時就已經從網路上看過千百個嘉明湖，真正抵達現場時，還是忍不住倒抽一口氣。

嘉明湖被柔美的山坡擁抱著，冬天雖然沒有如茵的綠草，但冷冽乾淨的空氣，使得湖水看起來有點像玻璃。昨夜這裡降下了大雨，嘉明湖比我印象中的還要再寬一點，大大的一面鏡子反射著天空，水面之雲乳白而柔軟，還有一些纖細如羽毛。

因為沒有風，湖裡的天空比真實的天空有更多的細節。雲裡的光沒有偏振現象，在湖面能清楚看見兩朵雲的經過，在天空卻什麼都看不見，較暗的那朵雲就這樣從空中消失了，像是不曾存在。我離開單眼的觀景窗，到底哪個才是真正的實相呢？

軒永背著包包，手插進口袋，我站在下方往上看他。後方是墨綠色的稜線，青色的天空流動著絲線般金黃雲彩，山頭附近的雲層被壓得低低的，在天際線時而湧進，時而後退。軒永臉上有不可言喻的舒坦，風吹來翻動他的前髮，他順著風望去，側面如希臘少年雕像般完美。我忍不住將鏡頭往他對焦，喀擦喀擦地拍下了幾張。

他轉頭對我笑了一下，看了看手錶與天空，要我們準備開始工作了，免得午後雲霧上來。語畢便說不打擾我們，他也得趕緊出發去拉庫音溪溪源。

「你沒問題吧？路程大概多遠？」阿樹扶一下滑落的眼鏡問。

「我趕一下進度，今天會走遠一點。」軒永說，接著對我們揮揮手，往前方跨步，人影一下子就變得好小好小。

「雖然已經跟著軒永上來很多次，但每次見到它，還是覺得好美啊。」阿樹面對著蔚藍平穩的嘉明湖，靜靜地開口：「我很高興能帶你來到這裡。」

對於這句話，我想了想，盯著湖面上那朵沒有被消失的雲說：「我倒覺得是我帶我自己來到這裡，不過很謝謝你一路上陪我。沒有你，我一定會有很多不安。」

「你不會不安的，你是那種知道自己在哪裡、該做什麼的人。只要是人都有生存直覺，過高的地方雙腳會顫抖，水太深手就忍不住想要攀附，找路時下意識避開樹幹被磨出光滑樹皮的獸徑。處在不該處的狀態或是地點，都應該感到恐慌或緊繃，甚至你的身體或大腦不得不生病，才得以讓你停下來傾聽。

「每一次看著你直覺的決定，我都會捏把冷汗。當然不是在講你切換車道，」他笑著說：「但說實在的，如果森林起了大火，兩旁的火焰延燒到道路上，我覺得你才是能穿越熊熊大火衝出去的那個人。」我笑著搖搖頭，這樣聽起來是位危險駕駛。

可以從這裡走下去嗎？我仰頭問阿樹。

他看了一下。今天超滿水位，四周的湖面跑道都被淹沒了，可能不太好走。要下去幹麼？

軒永說他喝過湖的水，是月亮的味道。

你聽他在瞎扯，有這麼多水鹿大便，不用想都知道那水不能喝。不行去。

我們高繞著嘉明湖，勘查適合活動闖關的地點。工作了好一陣子，終於坐下休息。太陽晒得身體暖呼呼的，阿樹摘下眼鏡，戴著蒼綠色的毛帽躺在草坡上，一隻手臂擱在臉上擋陽光。沒有風，沒有其他的人，偶爾飛來幾隻冠羽畫眉，三聲短促甜蜜的叫聲。我把羽絨外套的拉鍊拉到最高，套上帽兜，也躺在他旁邊。

「靠過來一點，頭躺在背包上。零度的草地躺久頭會痛。」阿樹閉著眼睛說。

我們的頭並排，手臂緊貼著手臂，雖然已經和他同帳幾晚，卻在此刻心中湧起異樣的感覺。他一隻手仍擱在額上，過了一會兒，左手牽起我戴手套的右手，放進他的口袋。我有些不安，掙脫了一下。阿樹淡淡地說：「你們可以去看星星，我難道連握著手的資格都沒有嗎？」

我愣了一下，咻一聲將手從手套裡快速地抽出來，笑嘻嘻地把冰涼的手掌貼在自己的臉頰。「看星星的時候好冷喔，但現在也超冷的。我們趕快去完三叉山，就回山屋煮泡麵了好不好？」他睜開眼睛，拍拍外套坐起身，嘴上嘟囔著講到泡麵精神都來了，還細數著他背上來的各種泡麵口味。我繼續試著轉換著話題。

「喂，喬衍樹，我一直很想問你，我們公司工程師的薪水有這麼好嗎？你竟然開得起特斯拉？」

「電車和薪水好不好沒關係好嗎？電車是一種信仰，而且我才不是靠公司那點死薪水。」阿樹以超慢動作戴上他的黑框眼鏡，裝出神氣的表情。「喂！你不准跟同事說我開什麼車喔。本人在公司可是以黃金三單著稱，別毀壞我陽光男孩的健康形象。」

5

軒永回到嘉明湖避難山屋時，天早就黑了，他全身上下都是塵土，臉上還有一道明顯的擦痕。我醒來上完廁所，正打算再鑽回睡袋，經過廚房時聽見窸窸窣窣的聲音，還以為是黃鼠狼，結果是軒永正準備煮麵。我看他一身狼狽，便把他手上的鍋子接過來，叫他先去休息一下。

麵煮好的時候，他剛好回來。擦了臉也換了上衣，顯得輕輕爽爽。他邊吃麵邊講著高水位的拉庫音溪，提到過溪時眼睛亮晶晶的，還有種腎上腺素尚未退散的高亢。我拿出OK繃貼著他顴骨上的擦傷時，他問我嘉明湖如何。

很美啊。

就這樣？

當然不只這樣。我想起那朵沒被看見的雲，側著臉說。還看到了一些東西，但心裡不是很確定。

是嗎？那就再去看一次呢？

我怕明天行程太趕，算了啦。

誰說是明天？軒永說。而且怎麼能算了呢？

那我去看看阿樹叫不叫得起來，他好像睡熟了。我起身說。

他不是熟睡的人，現在肯定醒著。軒永說。但他不會跟我們去的，走吧，你會喜歡夜裡的嘉明湖。

我們兩個人戴著頭燈前進。白天剛走完的路在黑夜裡顯得完全不同，視線只有被頭燈照射的範圍，踩在光圈裡就可以走得更專注、更快速。我發現我的肌肉有了明顯的變化，大腿變得更強壯，手臂擺動也去除了多餘的角度，步伐之間搭配著吸吐的節奏。軒永的律動更是渾然天成，完全聽不見他的呼吸聲，腳步幾乎沒有聲響，身體也感受不到頓點，像浪一般流暢地起伏。

原本覺得冷，沒戴手套的右手還插在口袋，經過向陽北峰後，額頭已經微微沁汗，把剩下的那隻手套也拔下來了。我們專注地走著，就像十五歲那夜爬都蘭山一樣。

「軒永，你還記得嗎？」走到平緩的路徑上，我們並肩而行。「第一次爬山的時候，我們把名字刻在一棵樹上。不知道十五年後，我們的名字會距離地面多遠？」

軒永露出了那個我最喜愛的表情，聰黠又有點神祕。「我知道答案，但我想要晚點再告訴你。現在，」他邊說邊關掉頭燈，示意我也關上頭燈。「珊，你抬頭看。」

我抬起頭，腦中突然聽見火花迸發的聲響。我從未見過這樣的星空，原來心中的想像永遠無法代替眼睛真正看見的。整個天空被大量星星擠簇著，盛大的星光中，黝黑、高聳、陡峭起伏的大山像從雲海中冒出，也像從另一個星球降臨的生物訪客。雲海中的雷電在群山間啪擦一閃，在遠處偶爾閃爍出紫藍、銀白、黃金的光影。

凝視著每顆星星留下的殘影，在我眼前迴旋、漂浮著，我甚至能感受到地球的自轉與心臟的收縮合而為一，隨之暈眩了起來。這是之前從未見過的影像，就像提前窺見了天堂。我想到這裡不禁顫慄了起來，電流瞬間竄過我的全身。

軒永說從這兒開始就不用頭燈了，我帶你去你從未看過的嘉明湖。

6

小女孩的睫毛在她臉頰上投下了深深的影子，獵人手腳俐落地往火堆裡添柴，乾燥的木頭在紅色火焰中發出劈里啪啦的舒服聲音。

小女孩伸手抓抓自己瘦弱的肩膀。「木柰祖母的故事，我聽過一百萬次了。在部落裡，這是一個神聖的寓言。」

祖母？被故事深深吸引的軒永，還期待著木柰少女後續的發展，一時間反應不過來。「所以，那個年輕的男子是你的祖父嗎？」軒永看著長老。

「不是，那是烏馬斯。他和達海是雙胞胎。在我們的部落，一個家庭如果誕生了一對雙胞胎，就同時帶來了白天和黑夜的靈魂，白天的靈魂會成為尊貴的領袖，晚出生的嬰兒則成為沉默的影子。烏馬斯知道自己只是借來的生命，於是當他的哥哥繼承獵場，他就下了山。烏馬斯在城市裡找到自己的獵場，他拋棄了部落，拒絕再聽從達海長老的預言，堅持搭乘鐵的翅膀飛過海洋。但黑夜的影子是不能飛翔的，於是烏馬斯墜落了。」

「我不懂，你是說烏馬斯沒回來台灣嗎？他和木柰沒在同一架飛機上嗎？」

小女孩說：「鐵翅膀的事我不知道，只知道祖母是一個人抵達部落，告訴達海他失去了兄弟。小時候，達海與烏馬斯經常掉換身分，從來沒人能分辨得出來，甚至有時候連他們自己都會忘記，今天自己是哥哥還是弟弟。他們共享著一切，互相擁有彼此，他們是這樣長大的。而就像達海繼承烏馬斯的獵場一樣，他也繼承了烏馬斯的戀人，和木柰結合。祖母縫合善與惡的靈魂之後，就一直留在部落裡。」

軒永看著獵人，他手臂上繁複的圖騰，被火光隱隱約約地照映著，忽明忽暗。那些直線、波形紋、三角或齒形，突然都變成了漂浮在紅色火焰上的溪河與山谷，原始的樹林裡有蛇群出沒。

軒永追隨著那些在火焰中活靈活現的線條，漆黑的瞳孔時而放大，時而縮小，獵人則緊盯著他迷茫失焦的眼神。軒永隱約聽見遠方傳來貓頭鷹的叫聲，那聲音混合了木頭和陶土的質地，像在撐起鼓皮的鼓身上，同時以指腹摩擦與拍擊，是巧妙而持續的提示。

過了好一會兒，軒永眼神才漸漸聚焦，彷彿剛剛從斜長的暮光中醒來。他回過神來問小女孩：「我已經聽完故事了，那麼，達海長老要我交換些什麼？」

達海長老用族語說了幾句話，小女孩搖搖頭，緊閉著嘴唇，只是將木枝丟進火堆裡。祖父哄她的語氣盡是溫柔，她的表情勉強，最後才開口。

「部落的族人在那之後，沒有人敢越過海洋，因為害怕黑色的影子跟不上飛翔，於是不敢和自己的影子分開。回到山上的木柰祖母不再提起從前，卻在死去的前一晚，對著祖父傾訴她的夢境。所以達海希望你去找到那座山。還葬在家裡石板下的木柰祖母一直想要回家，這是她唯一的願望。」

「達海長老也不敢搭飛機嗎？」軒永小心翼翼，低聲地問。獵人或許沒有害怕的事情。

小女孩手掌往上一攤，翻了個白眼，不耐煩地說：「這不是敢不敢的問題，就跟你說達海已經失去影子了，他的腳不能和土地分開。」

軒永遲疑了一會兒，沒有說話。他不知道自己是否能夠承擔這樣的重任，再者，他雖然有一個費解的夢，但十五歲之後，他再也沒有什麼事情非知道不可。他早已失去了那個想交換的東西，那個甚至可以用生命交換的東西，雖然有那麼短短、閃光般的瞬間，一隻耳朵似乎聽見海浪的聲音，但他不確定。

達海長老似乎也捕捉到了什麼，他豎起那對獵人的耳朵，同時間聽見海平面推湧而起的那一道浪，但他聽到的更多。他望進軒永深潭般的黑色瞳孔，伸出雙手，邀請軒永說出自己的夢境。

「如果聽完你覺得不值得交換，你可以拒絕去找那座山。」長老用族語說。

軒永為難地搔搔頭，而一旦決定說出口的時候，他真的感覺到，所謂夢境這東西，確實擁有改變現實流動的強大力量。

「在遇見你們的前一晚，迷路讓我累到靠著樹睡著了。我夢見一個黑影人在跟我說話，它沒有五官，臉上是像深潭般的漩渦。我蹲跪著，一隻腳的膝蓋頂在堅硬的岩石上。月光從我身後斜斜地照過來，地上的黑影從我腳下延伸到樹冠，清晰巨大。它的膝蓋貼著我的膝蓋，我側著頭思考時，它也側著頭。黑影人沒有嘴巴，於是用風、貓頭鷹、閃爍的星星對我說話。」

軒永還記得，夢裡那世界的銀河與星團融化成黑夜裡的霧，正上方的天頂星以不祥的方式快速閃爍。一切好像都快了一點似的，他的視線還不習慣這樣的速度，有時對不到焦。那黑影人開口。

你為什麼還要回來?這裡已經不認識你了。

它們曾經認識我。軒永停頓了一下才對黑影人說。

黑影人不耐煩地揮揮手，樹影激烈地晃動，貓頭鷹從胸膛發出沉沉的鼓聲。

就算我們看起來是一樣的，但月亮升起來的時候，太陽就要沉到海底，世界只能這樣運行。

那是你的世界。軒永說。軒永不想對影子認輸。

整座森林轟轟作響，所有樹葉發出沙沙的聲音。貓頭鷹無聲地展翼，巨大的翅膀從黑暗的樹縫間竄出。牠站在軒永看得見的樹梢，尖銳的喙嘴對準了心臟。

這也是你的世界。你應該要離開。因為你該追尋的東西不在這裡。

為什麼是我離開？

因為那不能是我，所以只能是你。

在夢中扭曲閃爍的銀河下，軒永看著影子。它和自己長得一模一樣，他甚至分不出誰是影子。軒永的心臟撲通撲通地快速鼓動著，一隻耳朵開始劇烈地疼痛、耳鳴。他用手掌用力地壓著那耳朵，側著頭調整了一下呼吸，在腦中排列著中性而適當的語言。盡量不要透露出情緒，他連在夢裡都這麼想。

長老豎耳聽著孫女轉述的稚嫩聲音，眼睛緊盯著軒永的表情。轉譯將語言的順序對調，節奏顯得更明確，產生的寓意更深遠。長老確認了幾個細節，聽畢後短暫沉默，然後輕輕乾咳了一下，示意坐在前面的軒永閉上眼睛。長老伸出了雙手，乾燥厚實的手掌輕輕觸碰著軒永的頭。

長老開口說話的時候，森林突然安靜了下來。周圍聽不見任何的聲響，整座山潛進深海裡。樹林裡的蛇群、貓頭鷹、閃爍的星星、剛剛還啪啪作響的柴火，一切都被吸收掉，彷彿真空。長老對著軒永說：「孩子，你想見的人，會在很久的未來見到，你不能主動去追尋。而你早就知道不能由你開啟的原因。」

軒永的心跳暫停。他以為長老會為夢裡出現的每一個符號釋義，這是他以為的解夢，像塔羅牌一樣。像是黑影代表恐懼、扭曲的銀河代表即將到來的危機，或許還會煞有其事地提醒他注意安全或健康。完全沒有預料到，這名男人以獵人的姿態，直接將利箭射進自己的心臟。**原來交換的是這個**。

軒永為了鎮定自己的情緒，停了半晌。「很久的未來」，這形容尤其讓軒永困惑。從那裡可以感覺到，無論如何，這世界上都不再存有巧合或是偶然的發生。

軒永臉色鐵青，很困難地開口：「**現在的我和以前已經不一樣了。**」

「與你無關。是她，她現在還不能保護你。」

「很久的未來是指什麼時候？她要怎麼才能找到我？她還會找我嗎？」

達海長老小心地選擇著用語，小女孩以排除感情的聲音轉譯：「也許她會，也許她不會。但你不能去追尋，你必須讓她追尋你。這只能由她開啟。這樣她才能再次結合白天與黑夜的靈魂，把對的影子縫在一起。

「她很強壯，她將會比你更強壯，因為未來她必須通過更多的考驗。當她準備好的時候，山會召喚她，星星必須彰顯她的身分，樹將迎接她來到你的面前。你們會在兩個月亮，三顆星星之下相見。」

「長老，我不明白。」軒永以乾乾的聲音說。

「時間現在不讓你明白的事情，就必須在原地等待。等待有時候也是一種前進。」

達海長老用族語講了一段話，小女孩聳聳肩，表示不知道怎麼翻譯。十歲還是有十歲的極限，或許現在還不是知道的時候。軒永試著想像一列不會出發的火車。等待有時候也是一種前進。他把長老的話在心中複誦一次。

達海用先知的眼睛看穿軒永的靈魂，過去與未來，他看穿夢境裡的預言、獵捕的警告，識破了森林裡所有的飛翔與陷阱，一切不明說的遮掩。

長老以手掌觸碰著軒永的頭頂、額頭、肩膀，然後將手覆蓋在軒永的手上，有個東西落在軒永的掌心。他睜開眼睛，正對著獵人既透明又深邃的雙眼。獵人第一次沒有用族語，開口的聲音低沉如銅鐘大鼓，一字一句、清清楚楚地說：「在這之前，你要記得，大浪打來的時候，眼睛絕不可以離開那顆石頭。」

軒永一聽見，眼淚立刻掉了下來。

我們兩個人坐在嘉明湖畔，湖面倒映著淡淡的月亮，軒永說著黑影人的夢境時，我憋著氣，把心跳的速度降到最慢，沒有任何遺漏地刻在心裡。在記憶的深處，曾經發生過像現在一樣的場景，完全地貼合。

我決定閉上雙眼，追隨著那時凝視的視線。十五年前，兩個人並肩坐在一起。黑色的海，捲起的浪，邊緣有如乳脂。巨大的月亮從黑夜中升起，海平面倒映著一模一樣的金色光影。

記憶裡的那顆月亮太亮了，沒有星星。不，一定是有星星的，像嘉明湖上的那朵雲一樣，雲和星星從來沒有消失過。我在月光海的記憶裡瞇起眼睛。

深深吐了一口氣，軒永握著我的手。我張開眼睛，停止意識裡的搜尋。他用深海的瞳孔看著我的眼睛，說出長老的預言，然後他將溼溼暖暖的手心覆蓋在我的手掌上。

一顆光滑的石頭輕輕落在掌心。我知道它所有的角度與刻痕，軒永的法法希安。

他的呼吸拂來，唇輕輕貼著我的唇，我們同時嘗到月亮的味道。鹹鹹的味道。海水的味道。

這一次，我們終於一起看見了，大浪打來之後，岸上的那顆石頭。

第五章

是終點也是起點

1

啪一聲關上停在登山口的車門時，耳朵裡像是被抽了真空，車內阻絕了所有聲音。遠方的山靜默，巨大，充滿力量，而山的深處總有千萬種聲響。風擾動森林的沙沙聲，成群的小魚拍尾穿梭於溪流泥沙中，披著暮光的山羌行走在峭壁，一隻突然墜落山谷的鳥，徑流在林下底叢隱隱流竄，螞蝗在窄窄淺淺的溪水中埋伏著，夜裡黃鼠狼在廚房與樹林之間快速奔跑，晨光中千萬隻昆蟲摩擦翅膀或以腹腔共鳴。

我經常被那些聲響搖晃，山發出的腹語總讓我措手不及。昨天夜裡坐在嘉明湖畔，我側耳聽見一群細碎的蹄聲，不禁緊緊抓住軒永握著我的手。他的視線轉向我所看著的地方，約莫二、三十隻水鹿，隨著一隻鹿角碩大的雄鹿來到灑滿碎星的湖邊。牠們離我們如此之近，我甚至可以聞到大雄鹿的微微體味。

從嘉明湖回山屋的路上，軒永說他定期上山更換紅外線相機的電池與記憶卡，拍到的大部分也是水鹿，偶爾有熊。因為都是俯角架設在樹上，所以需要繩索、吊帶。

「不過這個基金會，遞送的計畫雖然名為水鹿研究，感覺上卻不是。如果只需要指出獸徑，一般族人就可以，不需要達海長老親自上山，而且相機大多不在一般會架設的獸徑交會處。我猜，基金會要找的不是動物，是人。」

「要在山裡找到一個人，未免也太難了吧，如果那個人是故意躲起來，不想要被找到呢？」

「那機會就更微乎其微了。那是一種意志，如果不想要被發現，自己也會失去指路的能力。不過當你決心要找到一個人，那就不可能會有迷路的問題，遇見只是時間早晚而已。」

你就在這裡了，不是嗎？他用雙手摩擦我冰冷的左手。

我夠強壯了嗎？

軒永看著鹿群，側頭想了一下。這答案只有你自己知道。

咦？你的另一隻手套呢？他問。

我不知道在哪兒弄丟了。我撒了謊，我知道在那件外套的口袋。

我從後照鏡看著阿樹將背包放進後車廂，喀嚓一聲車廂自動鎖起。他坐進駕駛座，深嘆了一口氣，下巴與兩鬢冒出微微的鬍渣。他低著頭在車上的觸控螢幕搜尋，地圖出現終點的地址，小馬路。

「軒永要你去住家屋。」他看了一下兩側後流暢地倒車，也瞄了我一眼。「你這幾天都在熬夜，黑眼圈跑出來了，今晚要睡好。」他對著前方無奈地笑了笑。我突然胸口有點疼痛，鼻子酸酸的，便別過臉，打開車窗假裝想呼吸車外的空氣。他是個好人，但他對我太好了。我紅著眼眶，艱難地深吸一口氣，眼睛下方抽動。

兩個多小時的車程後，開進台十一線。先是經過小葉欖仁豐綠的林蔭，爾後轉成樹形姿態優美的瓊崖海棠，最後才是高大壯闊的茄苳。收齊三條林蔭之後沒有多久，上坡一個轉彎，往山裡開去。阿樹抿著嘴，黑框眼鏡後面落著黑影。沉默的山路，只剩下Beach House極小聲的音樂，和流暢的引擎聲。他恰到好處的切角，身體幾乎感受不到任何晃動，穩定而具有速度感。

車體滑順地帶我到昔日熟悉的路口。以前從山腳下就破破碎碎的泥土路，已鋪設平坦寬整的柏油。順著記憶中的殘廢路往上，橫向分支出去的路徑旁，有幾處立好鋼筋的工地正在施工，都面向著海。這條路旁兩側樹林的景觀也和以往稍微不同，原本密密麻麻的檳榔樹，都改種起芒果與芭蕉。阿樹放慢了速度，緩緩地開著。幾隻看起來有人餵養的狗，衝出來到道路中間吠叫。

「山下怎麼感覺多搬進了不少戶？」我將頭半探出車窗張望。

阿樹開了車窗往外看去，冷風吹著他短短的頭髮，他半瞇著眼睛。「少說還有兩、三間民宿正在蓋，大家都在申請變更地目。沒有年輕人要務農了，田漸漸空著，有些老人家開始小塊小塊地賣地，買的都是外地人。或乾脆找光電業者，全數租出去種電。」

路徑逐漸變窄，像是結結巴巴地說話，路況開始顛簸了起來。坡度驟然陡升，連續夾彎，原來殘廢路還是半殘廢的，我心裡竟然有些安慰。

不到五分鐘，阿樹將車以一個巧妙的角度開上了右方的窄斜坡，往前再開幾公尺，車停在茂密的芭蕉林外。

家屋的芭蕉林擴張得更繁茂了，面海的那側另闢了一處椰子林，高高的羽狀葉片隨著海風柔軟擺動，站在芭蕉林外探望，已經完全瞧不見家屋的一樓。背著包包走上去，原本一下雨就變成泥濘不堪的瀑布小徑上，鋪滿了碎細乾爽的灰白小石頭，踩踏的腳步聲，頗有走上日本神社參道的錯覺。

蓋在山中的家屋，高度落差開拓出三段腹地，最下的一層種滿了各式各樣的香草植物，有迷迭香、薄荷、大風草、羅勒、黃荊和月桃。第二層平坦的草皮上有兩顆麵包樹，樹下新架了一個大大的木床，正對著海景，一群小雞正躲在木床下午睡，再往上走才是家屋。

嘩啦啦地拉開漆成綠色的木門，六人的深色大木桌還是放在正中央，右手邊的廚房重新翻修過，黑漆漆的抿石子水槽被刷得乾乾淨淨，顫巍巍的木造瓦斯爐台也換成了亮晶晶的大理石檯面，總是都被各式醬料罐淹沒的切菜檯面現在一塵不染，醃漬小菜的大瓦罐挪移到窗邊陰涼處，所有的調味瓶都整齊擺放在上方新做好的木層架上，一罐一罐像是立正敬禮的小兵，一旁則是幾包上面手寫著烘焙日期與產地的咖啡豆。

加了好幾盞燈的家屋，各處都安裝了實木的扶手，角落也多了幾張隨時可坐著休息的椅凳。原本隨意置放在地板的大靠墊全都消失，換成一座高度適中的大藤椅沙發，上面鋪著柔軟蓬鬆的麻布椅墊，一看就知道是高婆婆親手縫製的。

我興奮地在家屋內走來走去，心想這就是軒永留在小馬路的原因吧。高婆婆年紀大了，過去那樣一個人的生活，已經讓他不放心了。軒永把婆婆照顧得真好，我看著茶几上隨意擱著的老花眼鏡和鉤針，幾綑顏色漂亮的毛線與裝針線的舊餅乾盒堆在一起。

阿樹將我放在門口的包包拿上樓，在二樓鋪設榻榻米的小客廳，彎下腰叫我。「傅宇珊，你要睡哪個房間？」

我輕撫著溫潤的木扶手走上去，他手插口袋，站在二樓小客廳外的廊上。我踩過藺草的清香，竹門簾後響起東北季風翻湧的浪聲，走出去和他並肩站在一起，看著不遠處的太平洋。

海的遼闊與山的遼闊不一樣，山層層堆疊，分別出距離，使你能定位自己，但海不行。開闊的海是變動的、毫無遠近感的，若沒有著眼的地方，一下子就會暈眩。無月的夜裡，黑色的海是如此的接近，下一秒滔滔白浪就會捲走一切。但有時水面幾乎靜止不動，在船上能毫不費力地將一根線穿過細針，於是怎麼也無法抵達岸邊。我知道海緊鄰著的天際線後面還是海，但我不知道那片陌生的海，會將浪打上哪一個岸。

突然想起，二十歲的軒永，轉身離開了這片海。那個從小就在浪尖上飛翔的軒永，我從來沒有想過有一天他會上岸，海水不曾再弄溼他的頭髮。我輕輕推開軒永的房門，海的痕跡全數消失。難怪，以前在家屋裡總是會踩到細碎的沙子，角落怎麼打掃都不清爽，尤其是二樓。他總是到外廊上才想到要抖落口袋裡的沙。

「軒永那些衝浪板呢？」我關上軒永的房門，轉頭問阿樹。

「在外面的資材室。」他問。「你想看嗎？我晚餐後會過去整理一下裝備。」

我點點頭，邊接過他遞來的背包，邊說我在客房隨便打地鋪就好。阿樹露出很微妙的表情，說左邊的房間後來一直都是他在睡，但軒永一定不介意我們兩個擠一擠。

「誰要跟你擠，」我搶走我的背包，走進軒永房間時大聲地說：「晚餐說好是你煮喔！我可不想再吃泡麵了。」

晚餐過後，我和阿樹戴起頭燈，拿著裝備走到家屋後方樹林裡的資材室。六、七坪的室內新裝上了明亮的日光燈，兩旁頂到天花板的不銹鋼層架上整齊堆放著各式裝備器材，約單人床大小的架高木棧板上面放了日式矮桌和靠背椅，擺著筆電與一盞桌燈。以前這裡堆滿了壞掉的鋤草機、冷氣壓縮機、小冰箱、破損的藤籃，一不小心還會被糾纏的電線絆倒。

我走到最裡面，大小不一的老窗花、舊木窗整齊地靠著牆立放，還有些尖角已刨削好的大型的漂流木，散發著檜木舒服的氣味。角落有一處高高豎起的塑膠套，積著厚厚一層灰，我微微掀起，是幾塊深淺不一、蠟刮得乾乾淨淨的黃色衝浪板。軒永的翅膀。

我瀏覽著層架上分類清楚的木工工具、鑿刀、鉋刀、手持鋸、釘槍、雷射儀，另一側則是高山瓦斯罐、炊具、繩索，岩盔、大小不一的扣環等，甚至連電池都以尺寸分別收納。完全不是我認識的林軒永，他簡直像變了一個人。

「軒永不知道在哪裡學會木工，很快地成了專業的職人。後來幾個來海線蓋屋子的外地人特別喜歡這種感覺，開始委託他設計改建。他去修習木屋結構系統工法、機電系統相關的學分，也到處去找毀損敗落的老屋，免費幫忙拆除，再把那些老建材、舊日式拉門、舊格窗運回來整理好，自己畫圖設計，配合建築事務所將新的房子蓋得和舊宅一樣，那些外地人給的費用還特別高。」阿樹坐在木棧板上，邊從包包裡掏出裝備，邊對著站在衝浪板前的我解釋。

「他就是帥，想做什麼就做什麼，做什麼就做得比誰都好。每一次看他就覺得，如果可以選，早知道我也不要念大學了。台大文憑有什麼用？出國念書又怎麼樣？我甚至不能用雙手做出一張桌子。」他用大手摸摸身旁的矮桌說。

我坐回他身旁，拿起他腳邊的頭燈，把開關按了又開。拿出炊具裡紅色的打火機，點起火光又吹熄。阿樹將瓦斯罐一一拿到耳邊搖一搖，空的放在左邊，還能用的放在右邊。他隨意哼著歌，傾身往包包深處，像正埋進去沙堆裡的鴕鳥，只露出長長的身體。他正撈出兩隻襪子時，我問。

喬衍樹，你很喜歡林軒永吧。

嗯，當然。

喬衍樹，你喜歡我吧。

他的動作瞬間凍結，薄薄的羊毛衣緊貼著突然緊繃的肌肉，將襪子慢慢放在腳邊，像在腦子裡排列著複雜演算法那般嚴肅的表情。阿樹挺直了背，轉身面對我，慢吞吞地盤腿坐了下來。

「傅宇珊，」他以不鎮定的聲音，苦笑著說：「你真是的一個很奇怪的女生。」

我說我知道。

「我從來沒有想過，要一邊整理髒衣服，一邊講這種事情耶。」

我又講了一次我知道。

空氣凝結，我們沉默了一陣，各自把夜裡冰冷的空氣吸進肺的深處。說什麼都好，我祈禱著。他是好人，但他不應該對我這麼好，我要對這個好負責。心臟咚咚地鼓動，一直準備好的話卡在喉頭。我打定主意，無論他說什麼，我都要這樣回答。他決定性地嘆了一口氣，扶了扶黑框眼鏡。

「傅宇珊，現在真的很不是時候。但不是因為這雙臭襪子，是因為我很害怕。」他瞄了一眼腳邊。「不過算了。對啊，我喜歡你。」

我鬆開憋住的呼吸。「我想的和你一樣，不不，我的意思是，」我急忙地把話說出口：「我和你一樣。我喜歡軒永，我也喜歡你。但喬衍樹，我對你們兩個人的喜歡是不一樣的。」

「是不一樣的性質還是不一樣的深度？」

我愣了一下。**我知道不一樣，但從來沒想過是哪裡不一樣**。

阿樹拿走我手上的打火機，喀擦喀擦地在眼前確認火光。火焰在鏡片上忽明忽滅，眼簾下有連續的黑影。他考慮了許久，露出終於解除 bug 的表情，乾脆地聳了聳肩。

「很好，我就講開了吧。我喜歡軒永，也喜歡你，而我百分之百確定，我對你們兩個人的喜歡，其實是一樣的。但我不確定的是，你能否分辨你所謂的不一樣。那是真的本質上的差異，或只是先來後到的問題而已。」他站起來拿起空背包，像以往一樣拍拍我的肩膀，像是要我不用擔心。

「我們三個之間沒有任何一個人是選項，誰都不必選擇誰，或誰都應該選擇誰。因為是何種關係，都沒有關係。」他低頭注視著我的眼睛，接著說：「不要被無聊的道德綁架了。你必須理解，也必須超越世俗，**因為這是我們的世界**。我和軒永在十五歲的時候就已經明白，這是早就註定好的事。」

我或許露出了不解的表情，他慎重起見，又補了一句話。接著拿起空背包，開了門大步走了出去。他的身影被月光照映著，在資材室的地板上投出巨大的黑影。

不一會兒，我聽見輪胎壓著碎石子駛離的聲音，剩下我一個人與頭頂蒼白的燈光。小倉庫中的我被層架上的千百種東西簇擁擠壓著，幾乎喘不過氣。

2

沒有辦法睡。我拚命想著阿樹最後說的那句話。**你不想理解，那是你的選擇**。而我腦中閃過的，竟是媽媽夜裡整理行李箱的畫面。我想起她每一個晚上，站在我身旁看我掛上電話，我想起她因為深愛著愛著別人的父親而忘記愛我。我不知道我應該要怎麼理解。對我來說，只愛一個人、愛著兩個人，或忘記愛另一個人，都同樣傷人。

好不容易接近天亮，睡意朦朦朧朧地湧上。微微聽見家屋一樓的木門似乎被推開，附近來串門子的野貓從長廊往下跳，柔軟地著地。過了好一陣子，一股流動的風從門縫下吹了進來，我勉強睜開眼睛，窄縫下的月光，影子在門外左右來回，猶疑不決。貓咪摩擦褲子發出嚓嚓的細碎聲音，小小的腳掌圍繞著黑影。

我等待著，影子也等待著。無聲無息。

我想起睡著前糾纏我的那句話。**那是你的選擇**。

黑影躊躇了好一會兒，喀嚓一聲，房門推開。他身上混合柴火焚燒、風吹過樹梢、山澗潺潺、芬芳潮溼的泥土氣息，是古老森林的氣味。

「珊，我回來了。」他彷彿沒有出聲地說。

早晨睜眼，我還不是很確定昨夜的造訪是夢還是現實，轉頭就看見一張明信片大小的嘉明湖速寫。小時候，他總是會帶些特別的禮物放在枕邊給我。恍惚地拿起來迎著光瞧，著上淡綠色的嘉明湖在陽光下似乎泛起漣漪。

一樓廚房傳來了滾水沸騰，杯盤微微碰撞，輕巧親密的細瑣聲響。對！他說他回來了。我穿上外套，還未踏下樓梯，便聽見他頭也沒抬地說：「喝咖啡嗎？」

「喝！」我咚咚咚地下樓。「我要喝！」

他前額的髮絲柔軟地垂下，嘴角上揚著有些靦腆的弧度。眼睛專注盯著磅秤，穩穩拉出一條拋物線。磨豆、熱杯、注水、悶蒸，那富有韻律的節奏結束後，他遞來的咖啡聞起來是熱帶雨林與蜜糖。

「我自己烘的豆子。」他背靠在流理台，用雙手將垂在眼前的長髮往頭後方攏，露出了漂亮的額頭。「不知道現在的你喜歡喝什麼，不過應該不是榛果拿鐵或卡布奇諾那派的。」

「怎麼猜的?」我問。

「不用猜啊,」他摸摸自己的鼻子。「你只喜歡簡單的東西,什麼焦糖或奶泡的,不太適合你。」

他往我身邊移過來了一點,手臂貼著我的肩膀,低頭微笑。

「昨晚睡得好嗎?阿樹有煮他的拿手料理給你吃嗎?」

「你是說辛拉麵嗎?打一顆蛋的那種?」我問。

軒永說:「阿樹會說加起士和花生醬是他的專利。」

我笑了。「有,他最後還淋上了滾燙的奶油。」

軒永笑了起來。「噢!這肯定是為了你的新發明。」

家屋的玻璃窗花透著早晨的陽光,降落在他的頭髮上,圈起金黃色的光環。他鼻翼上有兩顆小痣,像在高原上並肩吃草的犛牛,小小的黑點。窗外小雞嘰嘰喳喳,公雞時不時啼叫。

公雞半夜也會一直啼叫喔?我問軒永。

很吵啊這隻,不分晝夜叫個不停,只要人影經過就喔喔喔喔地叫起來,與看門狗沒有什麼兩樣。

咦,阿樹呢?

他沒跟你說嗎?軒永露出奇怪的表情看著我。阿樹昨天晚上傳訊息來,這週末他爸媽剛好在都蘭的家,他去給他媽媽看一下。

喔，他有提到。我裝作沒事地咕噥著。我一定是聽過就忘了。

軒永抬頭仔細看了我一眼。

要再睡一下，還是去散散步？他問。

軒永從海邊回來後就窩在資材室，說想趕快回報這趟上山的情況。我回家屋躺在他的床上刷手機，第一次仔仔細細地看了阿樹的社群帳號。果然是陽光健康、優秀青年的經典形象，三鐵、登山、籃球、單車環島、競賽、國際商展、論壇演講等照片占滿版面，不少知名活動、頒獎、運動比賽的大合照，卻絲毫不涉及任何私生活，看不出來這個人看不看電影、去哪些咖啡廳，甚至沒有任何一張個人生活照。軒永則沒有社群，搜尋他的名字只出現工作室的官方網站。

「嶼山戶外工作室」的網站設計清楚而直覺，略帶著北歐簡約的美感，是傳統的登山產業裡少見的清爽。我點進「關於嶼山」，工作室負責人的名字竟然是喬衍樹，再往下滑嚮導團隊的介紹，才看見軒永的名字。他個人頭像下方只寫著：登山嚮導，現居台東。照片裡他套著一件連帽上衣，微側過臉，眼睛直視前方笑開著，左手從額上撩起頭髮，風和陽光從背後掠過。

軒永這張照片，根本就是演員資料照嘛，我心裡想。難怪新武呂溪營地那隻小熊會說軒永都帶著正妹團上山。我捲在暖暖的被窩裡，把手機往床外丟了出去。我錯過太多了，十幾年來，軒永過著什麼樣的生活，我一概不知，他簡直像變了一個人似的。我十五歲時深深愛著的那個少年，和現在的軒永，就像是描圖紙沒有對準一樣，所有的輪廓線都微妙地錯開，錯開的空隙裡塞滿我問不出口的問題。我一直太害怕真正的答案如我想像，我就和媽媽一樣，乾脆選擇閉上眼睛。

你不想理解，那是你的選擇。

不，我想理解，我想明白。

傍晚五點過後，陽光斜斜，剛完成工作的軒永走進房間，拉開棉被的一角，看著躲在裡頭的我。他身上有一股清新的肥皂味。

這波寒流好冷啊！幫你點煤油爐？

我點點頭。他在床尾啪擦啪擦地點火，我順手拿起桌邊他正在看的書。翻開有書籤的那頁，發現書籤是一張照片，舊舊皺皺的，四角有些不平整。照片是這房間還沒有床架，只鋪著榻榻米時，十五歲的少年與少女。男孩穿著深藍色的圓領粗針毛線衣，女孩是淺米色，看起來十分柔軟的針織衫。他們頭並著頭，肩緊緊挨著。大概是用手拿著底片機，躺在地板上自拍。

照片裡的少女看起來和我有點不一樣，因為躺著，臉上的五官更突出，笑起來下巴尖尖的，前髮軟軟地落在額頭上，黑黑密密的睫毛下是笑到彎彎的眼睛，淺褐色的瞳孔裡，甚至有暈染著淡淡綠色虹膜的錯覺，像是環礁潟湖反射的綠色微光。她的表情看起來沒有在思考，困難的事情似乎離她很遠，正沉溺在某種幸福的溫暖黃光裡。

軒永添了煤油後，掀起棉被躲進被窩裡。他頭湊過來，一起看著照片，用食指愛憐的摩擦那少女露出的淺淺酒窩。我轉頭看著軒永，他仍和照片裡的少年長得一模一樣，只是時間用比較深刻的方式加深他的輪廓，像是畫黑線般，他的英挺更英挺，閃耀的更閃耀，有些難以形容的神祕也更顯得深沉，嘴角那抹似笑非笑的模樣則沒有改變。

這張照片是冬天拍的吧？好像現在喔。我說。

嗯啊。我在資材室都快凍成冰棒了。

他把自己冰冷的手縮進袖子裡，隔著衣服碰碰我拿著照片的手。

過來。我說。

我像以前一樣將他摟進懷裡，將下巴貼在他的額頭，他的呼吸在我的頸間。這樣抱著他，就像抱著另一個自己。我突然想起那時在夏威夷，那時候我也是如此肯定。不會錯的，**那個人**就是軒永。

瞬間我明白了，為什麼我知道那是不一樣的喜歡。在這空白的十幾年之間，我或許接受了誰，或許被誰吸引，曾為曖昧而苦惱，曾為分開而心碎。但我的喜歡向來並不複雜，直接而簡單，純粹因為那個人是那個人，就像因為阿樹是阿樹。我知道我是喜歡阿樹的，阿樹也是知道的。

但軒永是自己。我不是喜歡上別人，而是喜歡著自己，他就是自己。我突然覺得此時此刻無比慎重。我從沒有把握我能贏得誰的愛，不管是父親或是媽媽，但至少我還有自己。我愛軒永，是因為他是他，也是因為他是我，直接而簡單。而他早就知道了，因為軒永一直都是這樣愛我的。

軒永。

嗯。他聲音在被窩裡，悶悶軟軟的。

我愛你。

他像觸電一樣，在我懷裡全身顫慄了一下，猛然抬起眼看著我。

你說什麼？

軒永微微鬆開我的擁抱，像是費了好大的勁才把一口氣吸進肺裡。他離我太近，我看不清楚他臉上的表情。

我愛你。我知道我從沒說過，因為我覺得說出來很危險，讓另一個人知道很危險。但你不是別人，你從來不是別人。

我摸著他的頭髮，他的臉頰突然溼溼的。他什麼也沒說，繼續深深呼吸，凝視著我的雙眼，像是把生命交付給我一樣地慎重，也像是告訴我，他日後會因為這一句話而活下去。

他沉重炙熱的鼻息微微靠近，溼潤的嘴唇吻上我的睫毛。他先落下輕柔甜蜜的吻，然後呼吸逐漸急促了起來。他的吻轉深而長，身體緊貼著我。我抱著他肌肉隆起的背，瞬間發現這身體已經不是那十五歲單薄的少年。現在的我們是男人與女人，這是一個全新的階段。

他緩緩褪下我的毛衣，然後往下吻遍我身上的每一寸肌膚，最後才將手伸進去。他仍然能像十五歲的時候一樣，光用巧妙的唇舌就讓我嘆息。我雙手摸著他的頭髮，激烈的時候忍不住用手指纏繞他的髮絲。他無聲地反覆確認我的滿足已經無法再次延續，才鑽出棉被，用一隻手撐著頭，另一隻手放在我還在猛烈起伏的胸口上，眼睛看著我的眼睛。他黑色的瞳孔裡刮著失去理智的旋風，但仍然溫柔地等待我的喘息轉為平緩。他的身體隔著衣服散發出熱氣和微微的汗味。我伸出發燙的手摸著他的臉，開口問他。

你願意嗎？

他促狹地笑了一下。珊，這句話通常是男孩問的。

不是。我是要告訴你我願意。

他愣了幾秒鐘，收回了笑容。他知道我這次是認真的。

你確定嗎？**我們是可以的嗎？**他第一次開口問。

我不知道。我搖搖頭，不知為何哭了起來。可是我愛你。我說。

他皺著眉頭，閉上眼睛，露出很悲傷的表情。他輕輕吻著我的眼淚，耳朵，嘴唇，然後像是下定決心，將我的臀部拉近他。

「以後的事情，我來承擔。」軒永用堅定的語氣說：「我不能再讓你離開了。」

儘管已經如此溼潤，他深深推進的當下，我還是倒抽了一口氣，感覺自己的身體變得好小。原來這就是全部的軒永。這一切早就應該自然而然地發生，我們等到了現在，卻仍充滿了懷疑。

一直到隔天，我的身體無時無刻微微顫抖，徹夜發燙。他無法忍受離開我的身體，也不准我走出他的視線之外。

3

軒永在黑暗裡問我。

珊，你是什麼時候知道的？

我們分開之後一直到上高中之前，我都只能用父親的電腦做作業。所以我看到了。

看到什麼？

幾乎全部。通訊軟體有幾次忘了登出。所以我看到了他們的對話、上傳的每一張照片。你呢？你是什麼時候發現的？

小學升國中那年。

這麼早！你卻什麼都沒有跟我說。我驚訝地看著他。

我想了兩年，都不知道要怎麼開口，每一次見到你，就只好迴避。心裡想著，如果珊開口問我就好了，偏偏你比誰都還能忍。

我沉默，不自在地調整了一下身體的姿勢，深呼吸一次。

你怎麼發現的？我問軒永。

親眼看見的。

軒永說那一天，他和阿樹偷騎摩托車到市區打電動，阿樹連戰連贏，捨不得離開機台，他只好站在旁邊等。傍晚透過深灰色的自動玻璃門往外看，斜街角的餐廳前，庭庭阿姨先下車，接著是林葵，他高興得要命，跑出去正準備要叫住她們，突然想到這麼晚了自己還在電動間，這肯定會被罵到臭頭，轉身又躲起來，卻聽見小林葵清脆地叫了一聲「爸爸」。

我苦笑了一下。

「說實在的，瞬間根本沒有想到什麼。腦袋突然變得很混亂，那種混亂是海浪推進淺灘後的無處可去，被抬升後又被拋下，硬生生地潰堤，更證明自己是多餘的。從市區騎回成功的那兩個小時，我只能想著你。」他說。

他停下來想了想，用一個發自心底的嘆息作為停頓。

「從小到大，我都覺得我們是命中註定，完全沒有猶豫。但從那一刻我開始懷疑，我之所以會有如此篤定的感覺，會不會你有可能是我一半的妹妹。」他從背後抱著我，吻著我的頭髮。

那一瞬間我突然起了冷顫，一片微小卻銳利的刀刃滑進我的血管裡，朝著心臟的方向。我聽軒永說著，他發現後盡力分別看待我和葵，卻總是可以在我和葵之間找到極為相似的影子。

「當我吹著葵的頭髮，當我看著葵的酒窩，當葵垂下長長的睫毛。你們在哭泣前會把鼻子皺起來，甚至連指甲的形狀都如此相像。我對你的愛，是兄長的愛？還是愛人的愛？那時候我突然覺得自己很噁心，我喜歡著一半的妹妹。」他一臉為難的樣子，搖了搖頭。

我才不是什麼一半。我微弱地抗議。

軒永伸了一下懶腰。哎，那時候才幾歲呀，剛要升國中對吧？對男女關係也是懵懵懂懂，只能告訴自己，保持著純粹就好，和你保持好距離就沒事了。

「但月光海之後，我既不想離開你，又不敢擁有你，十五歲時只能用那樣一半的方式，可笑的方式。」他將光滑的大腿貼緊我的腿，低頭吻我的肩膀。他指的一半的方式，應該就是他不進入吧。

黑暗中，我沉默地盯著天花板。我才不像葵。我連一半都不像。從小，媽媽看著鏡子裡的我的那種眼神，都在告訴我，如果我長得更好看，如果我是個漂亮的女兒，或許父親就會天天回家了。

但沒有，就算我穿著媽媽燙得一絲不苟的洋裝，就算我學了鋼琴，也留著一頭及腰的長髮，結果還是一樣。她想要的終究沒有因為我而得到，我甚至不知道她要的是父親，還是美麗的林葵。

我勉強擠出了一句話。「我是我，我不想像誰。」

他翻過身看著我，黑碌碌的瞳孔在夜裡發光。「當然，你是我的法法希安。」他用阿美語說。

4

我十五歲開始演戲，像名極稱職的配角，不管劇情是什麼，每一天都即興配合，在鏡頭前好好吃飯、好好睡覺。配角不會有台詞，偶爾響起的旁白，像是腹語。

庭庭阿姨不是第三者，嚴格說起來，媽媽才是第三者。年輕的戀人老是吵得風風火火，庭庭阿姨負氣搬離，媽媽卻留了下來，將失戀而悲傷的父親帶到自己的床上。庭庭阿姨知道後，以迅雷的速度賭氣嫁給浪子般的英俊男子。算算時間，庭庭阿姨分手馬上就懷了孕，而媽媽在四個月之後才發現自己天生子宮頸閉鎖不全，根本不適合懷孕。庭庭阿姨輾轉知道了以後，天天挺著更快要臨盆的大肚子，回來照顧沒有娘家支援而全程只能臥床安胎的媽媽。她們之間，有著比與男人更堅固的東西。

小時候在浴室就常聽高婆婆和鄰居們聊起庭庭阿姨，說她漂亮又能幹，就是脾氣大了點，還打跑了長得像電影明星的帥女婿。後來的老套劇本有離奇的情節，帥女婿屢次外遇，庭庭阿姨離了婚，父親想著終於可以和最愛的初戀在一起，準備向媽媽提離婚，反倒是庭庭阿姨不願父親這麼做。她說媽媽身體變得這麼差，又不是上班的料，這樣怎麼可能獨立扶養小孩？要父親不能不負責任。

太複雜了。高婆婆有一次背對著我和女人很小聲地說。其實都乾脆離一離，對小孩最好。

如果不是十五歲的那件事，他們三個人，不，是我們六個人，應該還是能維持表面的和平，一直那樣生活下去吧。我和軒永都無從得知，軒永的生父究竟是誰。儘管他長得完全不像我父親，但那又怎麼樣？我也不這麼像我父親。長得最像父親的林葵，卻不能在人面前叫我父親「爸爸」。

要說發現這件事時我第一個想起的人，其實不是軒永，是我媽媽。我有一種恍然大悟的感覺，有一種了然於心的理解。我不是習慣向誰坦率吐露心聲，或是明白說出要求的人，但好幾次我都想把媽媽從床上拖下來，用力搖晃她的肩膀。喂喂喂，醒醒啊，想勾起食指叩叩叩地敲她的腦袋，在她耳邊大聲說，這世界上不是只有一個男人好嗎？你還有個女兒耶。

但我什麼也沒有做，隔天繼續穿著她燙整齊搭配好的衣服，傍晚她起床的時候假裝自己沒胃口，陪她一起躲過晚餐。從來沒有男人在家的晚餐。

後來，她從昏昏沉沉藥物上癮的女人，突然變成積極抗癌的鬥士。我只能更順從，也更自厭。我怎麼還可以想著這些或那些？媽媽都生病了，難道我還要繼續懷疑她為什麼要生下我，為什麼生下我卻不愛我嗎？我常常站在鏡子前拷問我自己。簡直是個惡劣的女兒。

軒永邊聽我說著如何發現父母輩間糾纏的關係，一邊熱切地吻我。比起我，他顯得漠不關心。他說他已經下定決心了，那是他們的事，我們不要管了啦。像以前一樣，軒永一旦決定就不在乎其他的事情。

他愛憐地親吻著我的鎖骨，從左邊到右邊，從右邊到左邊，每一趟反覆都彷彿第一次造訪。或是一根一根仔細檢查著我的手指，將掌心反過來朝著光看又翻過去，像是嚴格執行某項任務。被他撫摸過的皮膚都微微麻痺，就算躺在床上，他嘴唇觸及的地方，那微小電流通過時，我也常常覺得快要暈倒。他俯身靠近我，額頭貼著我的額頭，用嘴唇無聲地問。他知道我每一次都會說可以，軒永只是在賣弄他對我的影響力。

陽光從海面一路灑進沒有關門的房間，終於他願意放過我，摸著我的臀部從我身上翻下來。我身體軟軟的，只能維持一樣的姿勢趴在床上，伸長手從衣服堆裡撈出手機，瞄了一眼螢幕上的訊息，接著立刻跳起來，胡亂地將衣服往身上套。

「怎麼了？」

「阿樹兩個小時前就傳訊息說他出發，應該到了。」

軒永看著我全裸的背影，悠悠哉哉地說，那我得沖一下澡。他裸著上身，隨便套上一件淺灰色的棉長褲，經過房門走到外廊，在那不知道說了句什麼。我一時聽不清楚，正準備抬頭再問他的時候，一個高大寬闊的身影走了進來。

阿樹的臉有點憔悴，若無其事地坐在一進門的床沿，我還沒有穿上上衣，急忙背過身先把牛仔褲扣好，將散落一旁的內衣胡亂塞進包包。他面無表情地看著我在軒永的房間裡走來走去。我瞥見他看著軒永三分鐘前才扔在床頭的保險套。

你到很久了嗎？怎麼不打給我？

他用大手撫平凌亂的床單。你在忙。

我沉默，臉紅了起來。我甚至不願猜想他在門外聽了多久。

阿樹穿著一件藏青色的棉帽T，咖啡色的絨布褲，籃球隊的體格藏在寬寬大大的衣服底下。他拉出裡面的白色T恤擦擦眼鏡重新戴上，把情緒藏在黑框眼鏡後面，然後重新端詳我的臉。

很棒嗎?他問。

我看了他一眼。

他似笑非笑,嘴角有點下垂。他一向清爽明朗的五官,今天看起來不知道為何顯得有點鬆散,歪斜閒置在臉上各處。

這幾個月來,我們一起做案子,批評公司裡的政治勢力,閒聊著誰和誰的八卦。上班前一起在公司的健身房游泳,他總是輕輕鬆鬆一口氣游完三千公尺後,手裡拿著乾淨的毛巾等我上岸。週末或一起爬山,或父親偶爾得空,會邀他一起出門打球,兩個人帶著網球場上的陽光回來。我們逛書店、喝咖啡,或討論哲學,或諷刺政治,經常開啟綿長而親密的交談。

父親給他車鑰匙後,他幾乎每天下班載我去醫院,然後一起回家,有一天我發現他自然而然地用指紋開了家裡大門的感應鎖。我們總是邊看政論節目邊吃著很晚的晚餐,打開飯盒後,自動將對方挑食的菜夾進自己碗裡。後來,他乾脆把每天早晨健身完的衣服直接丟進洗衣機,和我的衣服一起洗。媽媽認定他是我沒說出口的男朋友,隨便哪對父母都會超級滿意的男朋友。

每週五晚上離開病房後,我們固定會點鹹酥雞配啤酒,慶祝社畜一週的結束。在員工人數超過兩千人的公司裡,他是我唯一稱得上的朋友。他喝多了就躺在客廳,邊聊天邊等酒勁退去,夜裡再叫車回家。他偶爾會開一下玩笑,高大的身體沉甸甸地倒在我身上,裝醉說太晚了不想走,也真的有幾次,他就這樣躺在我房間的地板上睡著。

我們其實接過一次吻。那天我也沒有喝多，但躺在客廳的沙發上太舒服，糊裡糊塗就打起盹來。電視裡的人聲像白噪音，讓意識一半清醒一半模糊。我半睜開眼的時候，他一隻手臂撐在我頭上方的靠墊上，另一隻手輕輕撥開我臉上的頭髮，俯身吻我。

到現在我都還記得，他接吻的技巧非常好，好到我忍不住回應他，我還記得當下他微微放開我，舔舔自己的嘴唇，彷彿在確認我的回應是不是真的。後來當他將手伸進來撫摸我的胸部時，我恥骨深處甚至有些酸酸的。

我最後還是將他輕輕推開。他一直都很客氣，很禮貌，很節制，不過那次他直接挑明了說，他想要我。我沒把握，或許我就是知道與他在一起的感覺，一定會和以前不一樣。但正因為這樣，當下我才沒有辦法坦率地在他面前脫下衣服，只面對欲望，而不面對他。

這些都是再次遇見軒永以前的事情，但現在，我不知道該怎麼回應他問的那一句，很棒嗎？

他其實大可不必帶我來找軒永的，或許再過一陣子，我又會假裝心裡沒有軒永，自然而然地與他在一起，而且我知道，那是和以前所有男生都不一樣的。我會真的喜歡上他——即使在一起後他才承認他是阿樹，我也會原諒他的那種喜歡。但這就是喬衍樹，善良、誠實、不耍花招的喬。

他眼神飄忽，手撐著額頭，緊緊皺著眉，嘴角卻笑著，表情出奇地詭異。

我記得很棒。他淡淡地說，雖然那已經是很久以前的事情。

我聽到了，但瞬間反應不過來。我問我自己聽到了什麼？他說什麼？

我突然間失去語言，連「**我記得很棒**」這句話的意思都無法適當地掌握。這句話好像擋在耳朵的鼓膜之外，讓腦袋關閉順利轉換語言意義的功能。肌肉還因此開始僵硬了起來，手臂不知道是冷還是怕，皮膚上布滿了小疙瘩。

沉默了好一陣子，我才慢慢走到他的面前。心臟像是被四分五裂，混亂複雜的情緒讓我不知道怎麼開口。我喃喃地說，小聲到像是對自己的耳語。

「喬衍樹，對不起，我沒發現……我怎麼會沒發現？我不知道你是。」我甚至不知道我為什麼要道歉。

「你說什麼？噢……」他抬起眼困惑地看著我，然後笑著搖了搖頭。

「嗯……我應該不算是同志，至少我確定我不只是。那是青春期的試探遊戲，只是幾次擦槍走火而已，吧。」他頓了好一會兒，痛苦地皺起眉頭再搖一次頭。然後拔下眼鏡，將臉埋在厚厚的大手裡，用力地摩擦了臉頰好幾次。

我突然想起前天阿樹離開前說的那些話。**我們三個之間沒有任何一個人是選項，誰都不必選擇誰，或誰都應該選擇誰**。他是要告訴我這個嗎？

他的表情是倔強混合失落和驕傲，很難說明的矛盾。他坐在床上，握住我的雙手，用大拇指用力揉搓我的手掌，好像要壓進一些什麼，那些他說不出口的記憶。

我們都低著頭，看著對方的手。

你在可憐我嗎？他問。

你為什麼可憐？

因為我輸了。因為**我輸給你又輸了你**。好複雜的輸法。

我微微蹲下來，看著他的眼睛。喬衍樹，我沒有贏。

贏的人都是這樣說。

他突然間面對我站了起來，阿樹整整高過我一個頭，寬闊的肩膀擋住我所有視線。

他一隻手緊緊摟著我，臉朝著門口揚聲說：「我要載她回台北了，我要把她偷走。」

軒永頭上披著白色毛巾，頭髮溼漉漉地走進來，白色T恤貼在結實的胸膛上，笑得眼睛彎彎的。「你們站在一起好可愛。」他先捏捏阿樹的肩膀，然後在阿樹面前傾身吻我，並看了我一眼。零點幾秒的一眼，他捉捕到空氣中洩露的祕密，察覺了我遲疑的表情。這是我們從小到大從沒失算過的練習。兩個孩子躺在床上手牽著手，我們是這樣只有彼此地長大。

他交代阿樹到家要告訴他，然後放開我們，哼著歌走到鏡子前，逕自吹起頭髮來。

軒永果然什麼都知道。

第六章

盡頭後再跨一步

1

從台東一口氣開回來，我們幾乎沒說什麼話。阿樹專心流暢地超車，像是打遊戲那樣努力攢得積分，一路上猛踩油門，幾乎沒有停過。回台北已經凌晨，媽媽堅持要看護推她的輪椅進廚房，說什麼也要幫我們熱一碗湯。

她交代著阿樹不准走，讓原本只是站在門口的他乖乖脫鞋進門，坐在餐桌前把湯喝完，然後又堅持不讓他再開夜車回家。「疲勞駕駛最危險了，你就在珊珊的房間打個地舖，」抗癌鬥士說：「不是有什麼可以打氣的睡墊嗎？拿出來給阿姨看一下。」

我再三保證阿樹會留下來補眠，邊哄著媽媽回房。雖然這麼說非常自私，但其實生病之後的媽媽，開始比較像個母親。

阿樹蓋著我過短的睡袋躺在床邊的木地板上，睜著的眼睛毫無睡意。仰臉盯著天花板的他可能還沒有脫離飆車時的緊繃，仍在另一個時空高速移動。他舉起雙臂畫了一個大圈，做了一個徹底的伸展，胸腔與臂膀的骨頭喀拉喀拉地響著。突然開口說，他三歲的時候，一直很想要有個妹妹。

「我幾乎是和我爸媽吵了一整年，整天嚷著要一個妹妹。他們好說歹說，不斷用各種方式說服我，妹妹不是說有就有，甚至還請了位老師用玩偶向一個三歲的小孩做潛意識對話治療。你知道，就是那種教育專家，用嗲聲嗲氣的假嗓音，以為小孩聽不出來。突然有一天，我說算了，沒有妹妹沒關係。他們終於鬆了一口氣。」

阿樹捏著鼻子假裝小男孩細細的嗓音說。**那我想要個姐姐**。

我忍不住笑出來。阿樹聽見我的笑聲，神情輕鬆了起來，坐起身用手臂撐著下巴，趴在床邊繼續說。

「小學畢業後，爸爸帶我去看他新輪調的中學，那裡和宜蘭完全不一樣，坐在校長室就可以聽得到海聲。那天剛好暑期資優班新生報到，來一個酷酷的男生。他媽媽長得非常漂亮，有一點外國人的輪廓，還有一個黏著他、跟進跟出的小女生妹妹。那個妹妹美到直接讓我下巴掉下來，簡直就是日本動漫中的美少女。你知道嗎？那種角色一出場就有自己的主題曲，背景畫面還要搭配著微風與花瓣。」

他在講葵。

「因為那個美少女妹妹，我纏著那小子不放。結果軒永從來都不提他妹妹，只會講你。我是因為這樣，才對你產生好奇。到底是什麼樣的女生？能讓這麼酷的男生動不動就說，這個珊也會。」

結果呢？認識我之後有失望嗎？我問。

「失望，超失望的。我只是和十五歲的你傳訊息，我就對自己失望了。原來是這樣的女生，簡直太帥氣了。你沒有掩蓋但也不張揚你的聰明，冷靜又小心，就算把菸蒂綁上大石頭遠遠丟進海裡，都會被嗅出謊言。其實你早就知道哪些訊息是我傳的吧？就算我再怎麼盡力模仿，你總能在兩個看似相近的合理觀點中，指出細微的差異，而我看到後總是冒出一身冷汗。如果是這樣，不管是喜歡軒永或你，我都贏不了吧。對我來說，所謂的百戰百勝，只是因為我慎選戰場，但你們之間，很難有我能作戰的空間。」

我避重就輕地說。我大概知道哪時候不是軒永，但只是靠直覺。看來我們從小就很合得來，因為小時候的我就滿喜歡和你聊天的。

他雙臂撐著身體，翻到床上來。黑暗中，貓咪走到我們中間，毛茸茸的頭摩挲阿樹的臉。我們像以前一樣，他一手枕著頭，一邊摸著貓咪的下巴。他繼續說。

「見到你之後，這樣的感覺更明確。我不知道你是如何創造某種空間，去收納這些不確定的黑暗，或許是你擁有另一種更黑的黑，讓人忍不住想把最惡劣的一面擺在你面前，試探你的底線。當然，每一個人都有陰暗面，你有我有軒永有，但那就像是月亮的背面，甚至連我自己都不想看見。

「我從未和誰說過我生病的事，我爸媽，甚至連軒永都不知道。生病就像被遺忘在這個世界，我一天一天吃掉我自己，直到整個人成為一個巨大的黑洞。但黑洞不是什麼都不存在的東西，它擁有巨大質量的空虛。我大部分時候想著死，但我也知道那是因為自己活得太嚴肅，每一件事情認真到某個點之後，我就覺得無趣了。我到底想追求的是什麼？要逃跑？還是留下？我自己也搞不懂。」

我忍不住問他問題，但被打斷的他像是迷路的小孩，找不到適當的語言，雙手揮舞著，沒有聽進我的問題。阿樹現在腦裡的轉速，簡直像他在台十一線上狂飆的車速。他流暢地超車，把我遠遠甩在身後，用完全不像平常的語速繼續說著。

「我覺得大家都在盯著我看，大家都在看我。如果我不會這些、不會那些，大家是不是就會直接看到我的背面？但在你面前，我忽然覺得，或許讓這個女生看穿也沒有關係，**或許她可以接受瑕疵品**。而你也真的就自然而然地接受了，彷彿那些最糟的，就只是一根掉落的睫毛，那麼無關緊要。你能輕易地從我臉頰上撿起來，放在你的手掌心將它吹掉。

「你讓我覺得，就算你被黑洞吸進去也沒有關係。我緊緊抓住這一刻，和之後的每一刻，也開始相信自己，或許我真的是一個好人，即便我說了謊，即便我展開了無數個騙局，即便我的出發總是充滿了目的，你都不會指摘我、批判我，或是改變我在你心中的看法。」

「喬衍樹，那是因為你很好。你是我見過最好的人。」我真心誠意地說。

「沒有。我不是。」他暫停了一下，深深呼吸。「我是壞人，我真的很壞很壞。」

我搖搖頭。他坐起身來，彷彿在確認自己所在的位置，我可以感覺到他猛然加速的思緒停了下來。他安靜地環視了我的房間一圈，然後摘下眼鏡，用手指揉一揉自己的太陽穴。

「只有你覺得我好。但，只有你就夠了。」

他拉拉我的手，將我攬進他的懷裡，下巴摩挲我的頭髮。一個沒有一絲情欲，完整信任的擁抱。

2

我們還是一樣親近，他載媽媽回診，和爸爸打球。只是他再也不會留宿在我家，或是多說一句逾矩的玩笑話。而軒永只要到山下，就立刻上來台北找我，一樣住在植物園的那個舊公寓。軒永大學休學後，公寓空了下來，阿樹便退掉台大宿舍搬了進去。每次軒永留我過夜時，阿樹就找個藉口出門一整夜，我們都很有默契地不問他去哪裡。

隔月，軒永再次進深山更換紅外線相機的電池與記憶卡，下山後在登山口傳了訊息給我。

這次我上山覺得很不對勁。

我問他怎麼了。

嚴格說起來沒什麼，但其實都差一步就發生。我覺得山在拒絕我，我覺得很不安，想問問長老。

是要回部落嗎？我回覆。

沒有啦，可能晚一點聯絡果子狸女孩。其實也不是女孩了，她都上大學了。

發生了什麼事？

有點難解釋，見面再聊。天色暗了，先開車 :(

我把眼睛從手機螢幕上移開，躺在床上想著在山上的軒永，閉上眼睛，就浮現了嘉明湖。路途上漆黑高聳的稜線，冰冷的空氣裡有松針腐化的氣味，夜裡平靜的、毫無波紋的湖，浮著淡淡的月亮。

兩個月亮。獵人說，我和軒永將會在兩個月亮，三顆星星下相見，但星星？我從不記得我有看見過三顆星星。不，星星一定就在那裡。

星期六一大早我就準備出門，媽媽坐在客廳的沙發上看著 YouTube，以兩倍慢速播放的毛帽編織教學。我坐在她旁邊，看她十隻不甚靈巧的手指頭忙進忙出，忍不住笑了出來。

「我沒想到這麼難。」這位女鬥士有點洩氣地說。

我摸摸她手上已經鉤好的幾排，媽媽選了一種很特別的白色，毛線上有點淺淺的灰，像昨夜的雪。「不會啊，這幾排鉤得挺漂亮的耶。」

她不好意思地笑了一下說。唉唷，這邊是喬鉤的啦，你看鉤得有多好！他看我戳東戳西，鉤了又拆，便說讓他試試。他看影片，只有這樣瞄了一眼喔，唏哩呼嚕就鉤了這幾排，又直又漂亮，那孩子根本是天才。

「怎麼突然會想學這個。」我轉個話題問。

媽媽拉了一下圍在身上的毯子，我把暖氣移到她腳邊。

她說：「你去爬山的時候，高婆婆來醫院教的。」我愣了一下，高婆婆肯定不是自己一個人去醫院的。

她拉著毛線邊鉤邊說：「我一直擔心，你雖然聰明，但看起來冷冰冰的，男孩子會不會覺得你不好親近，幸好喬這麼優秀。你也該好好抓住他，不要再挑東挑西了。」她又在講這些。

「我不是聰明，我只是會考試。」然後我在綠色沙發椅上不發一語地穿著鞋子，站起來拂一拂衣服。媽媽抬眼看了一下，示意要我把綁起來的馬尾巴放下來。我照做了。我怕她突然又要我換衣服，就連忙說要去喬家，她果然開心地和我揮揮手。「趕快去，玩得開心點。」

軒永將阿樹的車停在巷口，站在車前，剛修剪過的長髮顯得清爽，深藍色的針織上衣，雙手鬆鬆地插在綠色工作褲的口袋裡。身上沒有任何首飾，只有胸前一條長項鍊。

我請手藝極好的金工師傅將法法希安鑲起來，穿過黑色的皮繩，送給軒永。每一個走經過他身邊的人都忍不住回頭，他卻毫無自覺，手插在口袋神色自若，仰著頭瞇著眼，表情安詳自在。我順著他的眼神望去，原來一樓和二樓之間的屋簷夾縫裡，有一隻白橘相間，一隻腿伸得老長，舔得正起勁的胖貓咪。

我走向他的時候，手指微微震顫，左胸口脹脹的，眼眶突然溼潤。我雖然知道他屬於我，這樣甜蜜英俊的人，屬於平凡普通的我。但為了確定這件事，我們兜兜轉轉了好多年。他回頭看見我時，露出耀眼燦爛的笑容，伸出手將我緊緊攬進懷裡。我真真切切感受到幸福，幸福到覺得這種愛應該延續。

好想生一個他的孩子。

我們做的時候，阿樹還沒有出門。我們安靜地側躺，軒永將他的胸膛靠著我赤裸的背，腹部緊貼著我的腰，從後面緩緩地滑進來。我反手將他的臀部壓緊，腳踝交叉夾住他的小腿，主導著節奏，今天的我特別想要。他深呼吸一口氣，用氣音說這樣好緊，會太舒服。我問太舒服會怎麼樣，他從背後咬著我的肩膀說，我還沒有戴，不要再動了，快射了。

那就射進來。我沒想太多就說出口。他動作突然僵住，下一秒就從我身體裡抽開，我也愣住了，剛剛被填滿的地方和大腦都一片空白。他將我翻過身，緊盯著我的臉，鎖著眉頭，表情顯得很嚴肅。

「你怎麼能說出這種不負責任的話？」他在窗簾緊閉昏暗的房間裡皺起臉來。

我緊抿著嘴唇，將被子拉向自己。

「這樣只是把事情搞得更複雜，」他說：「就算我們是一般的情侶，也不應該這麼隨便。」

隨便？我突然被什麼狠狠刺痛。一道黑影在我眼前掠過，我下定決心，什麼都要說出來。

「我們就不可能是正常的情侶，不論怎麼樣我們的關係都不可能正常。你的妹妹也是我的妹妹，所以我們之間最理想的關係是什麼？兄妹？情人？還是乾脆就是簡單的砲友？」有股怨氣在胸口撩撥，我反常地提高了音調。「你難道有辦法看見我們的未來嗎？能不能請你稍微描述那是什麼樣的畫面：我去你家吃晚餐，看著你的媽媽和我的爸爸坐在一起，說伯父您好。是這樣嗎？」

軒永沉默下來，露出受傷的表情。

「為什麼要這樣說話？」

「那我不講，我們都不要說，假裝這一切都很簡單，都很正常，就像我們十五歲一樣。讓我為父親感到罪惡，為媽媽感到不堪，為葵感到內疚。因為我就是多餘的，如果沒有我就好了，如果我沒出生就好了。媽媽會健健康康，而真正相愛的人可以在一起，你和葵就擁有一個完整的家，和一個他媽的溫柔又公平的好爸爸！」

我用力地喘氣，胸口起伏，緊緊摀著嘴。我到底被什麼推往向前，完全不知道這些不祥的想法從何時開始糾纏著我。

軒永看著我，他的表情既絕望又悲傷。我其實不是想要講這些，我從來沒有想要說這些。我只是想要告訴軒永，和他在一起好幸福，這不是隨隨便便。他對我來說無比貴重，是我的骨頭和我的血液，我原本只想要表達這件事。

我緊緊閉上眼睛，想著不能哭。忍住眼淚，只是激烈地呼吸。他過來抱著我，輕輕撫著我不斷起伏的背。過了一會兒，我低聲向他道歉，說不知道情緒怎麼會來得莫名，剛剛的氣話，請不要放在心上。

你從不說氣話的。軒永說。

我聳聳肩，咬著下唇盤腿，雙手用力抓著腳踝，不安地前後大幅度搖晃著。他伸出手，溫柔地覆蓋在我的手上，他手掌上有些硬繭，摩擦著我手背上薄薄的皮膚，粗粗的觸感好像正刮去一些附著的、不舒服的、黏稠的什麼。我漸漸接收到他傳來的溫暖，我的身體也慢慢鎮定了下來，剛剛像被不舒坦的怪風穿越而激烈擺盪的森林，現在安詳得像是什麼也沒有發生過。

「我想告訴你一件事，」他深呼吸一口氣，用力甩了一下頭髮，像是要支開一些曖昧不安的影像。「我從沒跟你說過我總是做那個夢，而這或許與剛剛的事情有關。」

「什麼意思？」我問。

軒永全身赤裸，身體的一切都攤開來，脆弱的性器毫無遮掩。我張開雙腿穿過軒永的大腿，環抱著盤坐的他，胸膛緊貼的他的胸膛。

「大概就是這樣，」他說完之後，胸膛還激烈地震動著。「好像沒有真正發生什麼事，但其實已經有些暗示，有些裂縫，零零落落地開始擴散。我從來沒有錯認任何一棵樹，卻怎麼也找不到相機。而且不是只有一台，是好幾台。我攀上峭壁，走到懸崖的邊緣，沒錯，就是獵人一一帶我看到的景色，我再次確認每一個記號與自己的距離，卻怎麼樣都走不回那些樹。而從二十歲之後緊緊地跟著我的黑影人，開始變得更黑、更深、更具體，夢境簡直像每天真實地發生一次。我把這件事情告訴了果子狸女孩，結果她說長老只回覆了一句話。」

我抬起頭，第一次看見軒永的眼神露出害怕的神情。他拿出手機給我看，上面打著兩個字。

石頭

石頭?我馬上想起了達海長老的預言。「他知道我們見面了?」

「我還沒想到要說，但他看起來已經知道了。」軒永扶著額頭思考。「看起來我得趕快，如果要等到另一個獵人來提醒槍管前面有東西，那已經有點太遲了。」

3

「你就為了一個莫名其妙的老人十年前說的話，然後去找一座莫名其妙的山？」阿樹拒絕接過軒永沖好的咖啡，氣沖沖地對著他說。

軒永把咖啡放在阿樹面前。「是這樣也不只是這樣。這麼多年來，他把我帶在他身邊，像父親般將所有的知識傳授給我，這也是我唯一能為他做的。況且獵人是不會忘記任何事的。」軒永繞過桌子，在我旁邊拉開椅子坐下，牽起我的手。

我看著眼前電腦上那些畫滿等高線的地圖，標示的步道看起來全是幾百公里長。「如果真的要出發，大概是什麼時候？現在冬天，山上應該很冷，或許晚一點再說呢？」我忍不住緊緊反握軒永的手。

阿樹雙臂撐著桌子，翻了一下白眼。「傅宇珊，你好歹也勸勸他，這樣漫無目的，是要找什麼？未免也太自以為是了吧！」

「你還不了解他嗎？」我看著地圖說：「他決定好的事情，什麼時候輪得到別人勸了。」我餘光看見軒永瞄了我一眼。

「阿樹，我又不是去登頂聖母峰或是K2，不過就只是走在山徑上，找一找山峰而已。這幾天做功課，幾條有名氣的步道，大部分海拔的確都在五千到六千之間，」軒永接著說：「不過因為尼泊爾的登山文化已經高度觀光化，許多資訊分享都說相當安全，而且還可以請當地嚮導全程帶路。比起來，我在台灣深山獨攀的探勘路線才比較危險咧！」

阿樹好像放棄似地抓抓臉頰，誇張地高舉雙手表示不置可否。軒永將筆電拿過去坐在他旁邊，指指點點著ＧＰＸ的軌跡，說服他的時間比我還多，阿樹這時候簡直才像女朋友。

我走到水槽將咖啡壺沖乾淨，濾紙裡的咖啡渣不小心倒了出來，順著水流在白色陶質的水槽裡上形成某個圖案。我突然記起這個畫面。在還很小的時候，高婆婆家熱烘烘的浴室裡，澡盆裡的女人用族語在說話。小小的我蹲坐著，整群沒有翅膀的白蟻屍體擱淺在地板上，排列成一個圖案。那個形狀讓我直接聯想到死亡。

我猛然扭開水龍頭，嘩啦嘩啦地將咖啡渣的魚尾巴沖進排水口，瞬間心臟撲通撲通地快速鼓動，額頭微微冒汗，猶豫著要不要向軒永說，我其實不想要他去。

濺起來的水弄溼了我的衣服，阿樹走過來將水關小，順便幫我把兩邊的袖子捲高。我拿著海綿，滿手泡沫地對他說謝謝。他背靠著流理台站在我旁邊，看著專注於地圖的軒永背影，輕聲地說：「你們早上吵架。」直白的敘述句。

嗯。你聽到了？

老房子隔音都不太好。

我繼續洗著碗。

我沒聽你們說過這些。他把洗好的碗接過去擦乾，放在旁邊的舊碗櫃裡。

沒什麼好說。我頓了頓，又補了一句。講了也沒用。

你們申請過戶籍謄本嗎？

我把杯子遞給他。軒永申請過了，林葵上面寫的不是我爸的名字，但她就長著我爸臉，比我更像我父親的女兒。那種東西一點意義也沒有，要靠那些紙或證件證明自己的存在，證明我就是我，我一向覺得荒唐。

阿樹歪了一下頭，沒說話。或許想要緩和一下氣氛，他突然換了個口氣。

「或許我們也一起去尼泊爾呢？就當作出國玩？」

「玩什麼玩？媽媽下一次化療又要開始，嘉明湖的報告上星期遞交後，接下來就是雪山、玉山、眠月線和合歡群峰的勘查報告了。」

「唉唷，怎麼聽起來你像個工作狂？」阿樹露出淘氣的神情，用手指戳戳著我的肩膀。「那合歡山我可以睡松雪樓嗎？」

「可以啊，你騎著帥氣的單車上武嶺，我來訂一間躺著看日出的大房間，你的社群照片又可以增添光彩。」我洗完碗，雙臂撐在水槽上，笑笑地酸他。

他先用乾布擦乾我的左手，我有點不自在，自己抽回來擦，又抹一抹流理台邊緣的水漬。他仰頭看了一下天花板。「你們這些遠離社群的邊緣人，現實世界的連結已經不夠用了啦，不要以為網路是真實世界的延伸，現在已經完全翻轉過來了。很多時候你在虛擬世界遇見的人，甚至比現實更真實，就像你的夢境也有可能是另一個真實的平行宇宙一樣。」

軒永回過頭說：「阿樹！你過來一下。」阿樹應了一聲，拍了拍我的肩膀，就走到軒永背後。他一手插著腰，一手撐著桌子，看著螢幕上軒永指著的地方，熱烈地討論了起來。

不要阻止軒永，這是屬於他的追尋。我看著他們兩個人的背影，突然有這種感覺。時間是一條幽微曲折的路，也是一座隱蔽迂迴的山，有起點也有終點，只是我們從不知道何時是開始，何時才算結束，就像做夢的時候，啪嗒一個響指，你已經在途中了。引領我們交會的指示，在此刻匯流，原本只是涓涓的伏流，變得有力量，變成溪流本身。

源頭或許幽閉黑暗，甚至有時潛伏在深深的地下，幾乎已經迷失或乾涸。但追尋的本能，讓我們記起地殼隆起群山前，我們都曾是一片海。那段記憶使我們都記得，我們曾有乘載任何事物的強大能力。而這個力量將驅使我們向前。

4

Kathmandu 加德滿都

體感零度，大雨

降落在特里布萬機場，等待安檢與領取行李的，全數都是平均身高不超過一百七十公分的尼泊爾男人，不知為什麼一個女人都沒有。這些男人看起來都有點憂愁的樣子，穿著款式有點落伍的皮外套與牛仔褲，並且在室內就戴起了飛行員款式的雷朋墨鏡。

辦理簽證手續的時候，窗口梳著油亮頭髮、留著漂亮鬍子的男人問從哪裡來。台灣，軒永說。你看起來像是日本人。漂亮鬍子繼續說。台灣在哪裡？中國旁邊。漂亮鬍子抬起頭來，晃晃頭腦說，尼泊爾也在中國旁邊。他要一張證件照，軒永放在桌上往他推去。漂亮鬍子眨眨眼，說這不像你，還有別張嗎？愣了一下，軒永瞬間懂了，再掏出另一張一模一樣的照片，下方壓著五百盧布。漂亮鬍子說，沒錯，就這張。沒錯，這也就是尼泊爾了。

踏出機場，形形色色的聲音與氣味砰砰砰擊來，看慣了台東蒼鬱的山脈與蔚藍的天海，這裡一眼望去是淺褐色的土地，按著喇叭疾駛的小車捲著滾滾沙塵。每個男子都過來拍拍軒永，短短時間內一樣的對話大概重複了十次以上。幾乎是一字一句不差，只是順序有些對調而已。是日本人嗎？來爬山嗎？我的某一個親戚是嚮導，你需要嚮導嗎？

到這個問題時，軒永才會開口。謝謝，但我想自己爬。然後那些男子會用可憐他的表情對著軒永搖搖頭說，你一定沒見過真正的山。

軒永越過那些人，果斷踏上一台沒有冷氣的巴士。一放下背包，旁邊晃悠過來一位個子特別矮小的男人，應該不到一百五十公分，一張圓圓充滿喜感的臉，蒙古人種的臉型，卻有印度人的五官輪廓，鼻子挺而大，占掉臉大部分。他短短的脖子緊縮在鮮紅色的棉織領子中，看起來有點聳肩，下半身穿著青少年尺寸的黑色牛仔褲，不笑的時候習慣把下巴抬高，用手指不斷整理自己的鬍子。很難感受到真實的年紀，不過眉間有幾道深刻的紋路，軒永猜想或許三十五到四十五歲。小男人把自己像小孩的身子塞在大背包與軒永中間。

日本人？小男人問。

心裡嘆了一聲。台灣。軒永說。

「我知道台灣。一座島，每一個人都看得見海。有小籠包和TSMC。」小男人用稱得上是流利的英文說。

軒永忍不住抬起眉看看小男人。

「台灣人，有錢，」小男人努努嘴看著軒永的手機。「蘋果？最新的？」

他不知道怎麼對一個外國人解釋，台灣人習慣花一個月的薪水買一台有上網功能的照相機，但其實只有詐騙集團或快遞會打來，只好沉默。

「來爬山嗎？」小男人看了一眼軒永手上具有高度計的電子手錶，挺著微凸的肚子，窸窸窣窣打開藍色的塑膠袋，用大拇指和食指輕輕捏起不規則的麵團，幾乎是還沒有成形就被推出來販售的甜點。他邊舔著手指邊問。

才抵達這個城市沒有多久，已經回答了太多問題，軒永看著窗外，聳聳肩沒有說話。其實他也不知道怎麼說明，是有目的地，但不知道從何找起。

這時候一名長臉清瘦的駝背乘客上車，對著軒永搖搖手上的小紙片，指著軒永的位置要他起來。來回一陣子才搞懂，原來這是對號的巴士，軒永甚至是將自己的大背包放到小男人的位置上了。

長臉乘客用尼泊爾話大聲抱怨，像在斥責觀光客的自以為是。軒永漲紅了臉，搖搖晃晃地在全速衝刺的車上準備站起來，小男人壓著他的肩膀，將手上的食物遞給了長臉。一瞬間，兩個尼泊爾人笑咪咪地一起捏著麵團，有說有笑了起來。

軒永訕訕地向小男人致謝又道歉，拎起大背包想把占據的位置還給他，小男人嫌麻煩似地搖搖頭，指著軒永與長臉的說些什麼，那人反而回過頭遞來一顆蘋果。

小男人說：「我說你臉這麼臭，是因為你弄丟馬了。」

「可是我沒有馬啊。」軒永低聲地說。

「誰知道呢？」小男人聳聳肩。「也許你會在尼泊爾買一匹。」

巴士揚起巨大的塵沙，加德滿都的一切都沾染了一層薄薄的、遮掩的、粗顆粒的不確定感。街景與人物都灰撲撲的，聲調與氣味也是。只有這個穿著紅衣服的矮小男人不一樣。此時加德滿都降下這個季節罕見的傾盆大雨，當地人紛紛往車窗外看，嘖嘖稱奇。

到了塔美爾，雨勢未歇，且變得相當冷，或許將近零度。果然是海拔一千四百公尺的城市，軒永心裡想。套上登山專用的風雨衣下車，小男人也淋著大雨下車，用一臉理所當然的表情對軒永說，吃飯吧。

是相當美味的食物，如果不是當地人的話，肯定不知道這樣的餐廳。走進錯綜複雜的小巷，爬上漆黑窄小的二樓，這家只賣達八的小店擠著滿滿當地人。不知道為什麼一樣沒有女人。穿梭在人群中的年輕人應該是兒子，不停幫大家續加扁豆糊和咖哩蔬菜。大家都安靜地用手抓食，只有當女主人從廚房拿出一小鍋東西時，掀起一陣不小的騷動。此起彼落要再加米飯的手勢，與舔食手指表示稱讚的嘖嘖聲。胖胖的女主人將滾燙奶油淋在米飯上，吱吱作響，香氣逼人。

小男人對著女主人抬抬下巴，示意幫軒永續盤，她殷勤地將兩人錫盤上的各式菜色填滿，不一會兒又笑盈盈地端來一大盤剛炸好的雞肉和淋著醬料的餃子。這是Momo，小男人邊說邊用手捏著餃子，左右搖晃沾滿醬汁後一口吞下。

軒永問他是熟客嗎？小男人大笑，拍了一下大腿，說這是他大姐的餐廳，她可是加德滿都最會煮飯的女人。香料奶茶上桌後，小男人問軒永，有地方住嗎？

我等等去找。軒永回答。

行啊，等雨停吧。小男人看著窗外的滂沱的雨勢說。

喝完燙口的馬薩拉茶，軒永靠在餐廳的臥榻上，就這樣不知不覺地沉沉睡去，睡得相當舒服。身體飛行過好幾片土地後深深疲憊，人自然就會變得軟弱吧。快進入夢中的他忽然這麼想，如果再繼續淋著這種零度的雨，或許真的會放棄找什麼山頭也不一定。

大雨三天沒停，他就在餐廳樓上的房間住了下來。一早淋著雨去那些賣著劣質仿冒登山用品的裝備店，打聽著可能的消息。後來他打算從安娜普納大環線與其支線開始找起，大家都說那是能一次看到最多山頭的步道。

小男人似乎是個忙碌的生意人，從早到晚都在講長長的電話，精力充沛地敲打著計算機，在紙上刷刷刷地寫下數字。他的名字叫畢傑，尼泊爾語是贏家的意思，他說他是龐大家族中唯一的男孩，親姐妹加上堂表姐妹總共有十八個女生。「於是我的出生就是我人生的巔峰了。」軒永邊舔著手指上加德滿都最好吃的達八，邊聽他說。

那你呢？你的家裡有誰？

媽媽和妹妹。軒永說。

幾個妹妹？小男人問。

軒永突然想起在黑暗裡的那場對話，一半的妹妹。

「我想，只有一個？」我想只有一個。他其實是想要肯定地說出這一句。

「只有一個妹妹？」小男人搖搖頭。「你肯定非常寂寞。」

小男人說因為家族遺傳，他從小就長不高，在小男生之間常常被欺負，講了好幾件小時候發生的事情。簡直就是霸凌嘛，軒永心裡想。念了兩年小學，就不想再去學校了，在家裡輕鬆多了，他說。開始在家裡幫忙做生意後，原本孤僻的個性反而漸漸開朗，跟著外國客人學英文，自己似乎是有天分的樣子，漸漸拓展父母原本的生意，規模愈做愈大。這兩天剛談成了一筆大買賣。

「接下來一整年都可以不用工作了，」贏家閉著眼睛伸伸懶腰說：「怎麼樣，你要去爬山了沒？嚮導費我可以算你便宜一點。」贏家總是非常有生意頭腦的。

軒永看著他鮮紅色的上衣，和有別於當地人的喜感圓臉，於是就決定跟著小男人一起啟程了。

5

在機場送走軒永後，異常安靜的阿樹載我回家。到巷口我解開安全帶準備下車，他才像是從夢中驚醒一般，忽然問起媽媽化療的時間。

化療開始晚上都要睡在醫院了嗎？他問。

嗯。

等工作忙完，偶爾也可以跟你換班喔，我相信阿姨會很歡迎我的。

當然。我笑了。我就怕她會興奮到睡不著。

那我可要謝謝她認證我還是有魅力的。他扶了一下眼鏡。想不到還沒三十歲就有中年危機了，做人好難。

我轉過頭看著他的側臉。我又想要向您推薦我的奶茶人生了。

他哈哈笑了起來。噢，傅宇珊，這麼久之前的事情，你竟然還記得！

當然啊。我說。你那時候對我的開車技術可嫌棄得很呢。

我現在還是很嫌棄的喔。但這絕對不是性別歧視，我可是百分百的女權主義者。

我很高興你這樣說，畢竟我是唯一能帶你衝過森林大火的女性駕駛。

阿樹親密地捏捏我的手。我不想要太喜歡你，你趕快給我下車。

我關上車門，站在車外對他揮揮手。

他降下副駕駛座的車窗對我說：「軒永若是平安，告訴我好嗎？」

「當然。」

他關上車窗，車子駛離的時候，我都還能感受到他從後照鏡凝視著我的視線。

6

接下來的日子，和遇見阿樹前幾乎一模一樣。我搭捷運上班，準時下班回家張羅晚餐，幫媽媽擦澡，洗完衣服後打開筆電再繼續工作。因為準備再次化療，媽媽原本稍稍留長的頭髮，又被看護推剪成帥氣的短髮。我可不想要每天在醫院的病床上撢頭髮，她是這麼說的。

這次住院前，媽媽突然很有想法，幾乎像是以出國旅遊的心態準備行李，購買新的浴巾、睡衣、襪子、帶有小蒼蘭香氣的乳液，興致勃勃地挑選營養補充品。家裡每天都會收到幾個小紙箱，她熱心地將保健食品的劑量，以娟秀的字跡細細抄寫黏在瓶子上，把不同口味的倍力素仔細貼好標籤，甚至還申請了各種能量營養品的試飲包。家裡熱熱鬧鬧的，簡直像是高婆婆以前準備豐年祭的模樣。

有天晚上，她顯得神采奕奕，邊扶著牆邊走到我房間，呼吸有點急促，臉頰紅撲撲的。她穿著一件淡紫色的長洋裝，領口和袖擺都精緻地繡著鵝黃色與褐色交織的絲線，貼在胸膛的衣料柔軟得像清晨剛升起的薄霧，將她病後瘦尖的下巴襯得精緻而靈巧。

以前我總覺得媽媽的五官淡淡的。眼睛是介在雙眼皮和單眼皮之間的內雙，鼻子不挺不塌，留著一頭及肩的黑色長髮，平均女生的身高。唯一要說最讓人一眼難忘的，是媽媽臉頰上有一顆漂亮的黑痣。若有人不經意瞥見她沉靜的表情之外，偶然洩露淘氣機靈的笑容，就會對這個平凡的女人印象深刻了起來。

我驚呼了一下，病後的媽媽久違精心打扮，甚至戴上了我從未見過的那種，垂墜在耳下晃呀晃的耳環。小巧精緻的紫色寶石，映襯著她蒼白的臉。

「漂亮嗎？」她拉拉洋裝的裙襬，有點沒信心地問。

「媽媽漂亮，衣服也漂亮。什麼時候去買的？」我笑著過去讓她扶著手臂，走到房間的全身鏡前。

「你阿姨送的。」

阿姨？

她摸摸自己的領口和衣襬，突然像我小時候一樣，看著鏡子裡的我們，眼神在兩個身影之間溜來轉去。

「你看，」她笑咪咪地拍拍我扶著她的手，要我看看鏡子裡的自己。「我們笑起來真像。」

我愣了一下。我一直以為，她懷上我，是想要得到一個父親的複製品，結果生下來的只是更像自己。而另一個女人所生下的孩子，像極了自己深愛的男人。如果可以，她會不會更想成為美麗林葵的母親？

她注意到我的表情，似乎有點不解。她的眼神對著鏡子裡的我，像是在問怎麼了。我看著鏡子裡鼻子和嘴巴如此相像的兩個女人。原來她從來不是拿我跟林葵比。

「你是因為我笑起來像你，才喜歡我笑嗎？」

媽媽疑惑地回答：「當然呀，所以你要多笑啊。愛笑的女生才有福氣。」她笑咪咪地看著我，然後要我找剪刀修剪袖口多餘的縫線。

我邊在抽屜翻找，邊假裝不經意地問她：「那你幸福嗎？」

「我怎麼會不幸福？我以前就想著，如果能和你爸爸在一起一輩子該有多好。」她接過我的剪刀，專心翻著袖口。

「但這個男人不是只有你。」我一時衝動地脫口而出。

她聽見了。但她像是不意外，表情反而有種了然於胸的坦白。「他心裡有我就好，我沒有求他心裡只有一個人。」她頓了頓，用大力推開門讓風迎面吹進來的表情，乾脆地說：「愛是一種能力，有愛人的能力，或被愛的能力。有這種能力的人，能愛更多的人，或是被更多人愛著。或許你以為愛人是苦，但其實被很多人愛著，可能也是另一種苦。」我看著鏡子裡的媽媽，不自覺地鬆開嘴唇。

媽媽捏捏我的手。「我不像你們。你和你爸爸都有強大的心，能承受被愛時伴隨的苦，承受愛人時必要的苦。」

我搖搖頭。我不知道我想表達的是我不強大，還是我不像父親。

「珊珊啊，人不會計較深愛著的人是如何相愛的。」

「那是因為我們是家人，不是別人。」我恨恨地說。

「他們都是家人。沒有誰是別人。」

媽媽一口氣說了太多話，要我扶她到床上坐著，給她一杯水。若是以前，我或許又會體貼地轉移話題，因為不想要她煩心。我常常在想，我為什麼從來沒有問過關於他們的事？在任何時候都沒有開口問過，哪怕是在我成年以後。

在他們的年代，孩子是不能問父母任何問題的。不准開口問那些大人知道、小孩知道，而他們卻假裝我們不知道的任何事情。

但現在的媽媽不一樣了，或許我一直錯看她，她其實從小到大就一直是個鬥士，被拖進廁所霸凌卻仍然站在旗隊最前方的資優生，無聲對抗有強烈控制欲的外婆，愛著好友也同時愛著我父親。她如此聰明，我的聰明來自她的聰明，或許我們根本都一直在玩捉迷藏，但其實從來沒有誰認真地想躲起來。每一個人都想要被找到，於是就可以不用再逃。

我鼓起勇氣問：「我和軒永是兄妹嗎？」

她沉默了好一陣子，溫柔回望我的眼睛。

「不是，和你們有血緣關係的只有林葵。葵是你們的親妹妹。」她摸摸自己的頭髮。

「從小我們讓她知道所有的事情。不過實在不知道要怎麼再讓她去理解或是接受，這邊的親哥哥與另一邊的親姐姐，是男女之間的愛。要她去明白這些，對一個小孩來說太辛苦了。」

不知道該回答什麼。我心裡想著，那個時候，我算不算也是個孩子？

「我不知道你和軒永會如此深刻，我們都以為你們不過就只是孩子的遊戲，時間過了、長大了，就會淡了。我不知道你會這麼割捨不下。」媽媽悲哀地低頭，看著自己的手。她的眼眶溼溼的。

她摸著膝蓋上的洋裝，歪了一下頭，瞇起了眼睛，像是閃過一下微小的什麼，想了想說：「就像我也一直以為，你阿姨是原諒我的。我永遠忘不了她打你時看著我的眼神，那巴掌其實是要打在我臉上的。」我們都分別想起那一天晚上的畫面。軒永跪著，恨恨地對著庭庭阿姨說，不要覺得全世界都對不起你。

「你什麼時候發現我知道的？」我問。

「我知道你打開過我的行李箱。」

十五歲那年，從父親電腦裡跳出的對話框，改變了我的世界，我變成一個失去語言的人。父親在遙遠的新店山區有著另一個家庭，一樣的配置：一個妻子與一個女兒。那裡更耀眼、更美麗。

小時候以為夜裡媽媽開開闔闔整理的行李箱，是準備離開我的行囊。有天打開後，裡面卻沒有一張我的照片。她每天翻閱難以割捨的，裡面沒有我，全是她和庭庭阿姨少女時互傳的交換日記本、紙條、照片、保存良好的幾件舊洋裝，還有看起來像是禮物的紀念品。年輕時的父親與可能是軒永爸爸的英俊男子，敞開著襯衫騎著摩托車。輪廓極深，像是混血兒的庭庭阿姨穿著短洋裝，緊緊貼在父親的背後。他們三個人簡直是海報的模特兒，我看著幾乎出神。我對這張應該是媽媽拍下的照片特別有印象，因為庭庭阿姨看著鏡頭的眼神，混雜了許多複雜的情緒。那是身為美麗女人的自覺，也有贏者的憐憫與愧歉。

而此時此刻的媽媽看著我，也是一樣的眼神。她早就知道我發現祕密，她肯定馬上就察覺了，只是不知道她是透過什麼跡象，或許就在我打開她行李箱的那天也說不定。但離彼此打破沉默的時機愈來愈遠，漸漸我們也一起覺得這種沉默才是最適合的。我們都假裝這是一個虛構荒唐的故事，偏偏情節全都是真的。

我突然有一股氣憤，每一個人都用沉默保護自己，保護另外一個人。揭開沉默的人是罪人，開口說話的人將會使所有的人受傷。我就這樣活著，不發一語地活著，把自己沉在水最深的地方，於是所有的聲音聽起來都如同腹語。

「媽媽，你知道嗎？我已經厭倦要活在提醒自己不要埋怨、憎恨別人的生活中了。我也很厭倦要警告自己不要愛上任何人，因為我是看著你的背影長大的。直到現在，我就連自己都不愛了。連自己都瞧不起自己的人，怎麼可能有資格被愛著呢？但你為什麼非要我這樣活著不可呢？為什麼你要讓我覺得，愛是一件不對的事情呢？」

我繼續說：「你不能失去爸爸，爸爸不能失去阿姨，林葵不能失去父母，那我呢？那軒永呢？你們只是三個自私又混蛋的大人！」

媽媽驚訝地看著我。我此生第一次頂嘴，就說出這麼難聽的話。她摸著胸口，掩著嘴巴，像是不讓自己哭出聲音來。看護或許聽到我大聲說話，走到房門前關心地探視一下，看到我們兩個人臉上都是淚，尷尬地連忙轉身準備離開。

「沒事，麻煩你先幫媽媽換下洋裝吧。」我輕聲說。用手抹一抹臉，我低著頭穿上外套，從掩面啜泣的媽媽身邊經過。我不想正眼對到任何人。

7

Manang 馬南

體感負十五度，灰色的雪

從貝西沙爾出發之後，就遠遠離開了文明。沒有瓦斯，限制電力，全是蹲式廁所，下方是深深的糞坑。這裡不用衛生紙，全是用水清洗，從水桶裡舀水，刷刷地淋在下方堆得尖尖的糞便上。有時候水桶裡的水結凍了，就要用雪。

這幾天經過的村落，都緊閉著門窗，到恰美之前甚至有好幾個無人村莊。破落而沉默的村落深鎖著，從各方面來說都給人一種筋疲力盡的感覺。

天微亮，軒永就會跑向附近最高的山頭，因為山是立體的，所有的東西都是立體的。獵人告訴過他，你不能只看眼前的那面，就確定那是對的，你要以各種角度去觀看，甚至繞到背面去確認。但眼前都是八千公尺的大山，就算站得已經比玉山還高，也無法抵達巨人的背面。軒永半蹲著，用手撐著膝蓋，肺部劇烈起伏。他抬著頭看著馬納斯盧峰、安娜普納III與IV，它們都像是一座大山應該要有的樣子，安靜、龐大、古老，充滿著奧祕。他不知道他要去哪裡，但他確切知道，盡頭後才有可能是目的地。

繞著安娜普納群峰的大環線，隨著山勢蜿蜒深入，支線沿途幾乎沒有人煙，簡直愈來愈蠻荒的態勢，雪季這時候已經找不到任何營業的吃食店，通常都是小男人鑽進去某個尋常人家，買些已經乾硬的饅頭或是微微發霉的蘋果。山腰間放牧的馬與犛牛成群，陽光灑在馬兒光滑的頸子，毛髮發出不可思議的光暈。

午餐吃用水泡軟的饅頭和水煮蛋，休息時軒永素描著犛牛，坐在一旁的小男人說他喜歡犛牛和羊，不怎麼喜歡馬。「犛牛和羊比較聽話，馬很難馴服，跟女人一樣。」小男人摸摸他下巴稀疏的鬍子說。

因為總是岔出去主步道的分支找各個山頭，好不容易才抵達馬南。這天小男人毫不猶豫地走進一間三層樓的旅店，那種程度已經不能叫作山屋了，簡直稱得上豪華，竟然還能洗個溫水澡。軒永坐在柴火爐前蒸著溼漉漉的長髮，這樣的海拔和低溫若沒有好好保暖頭部，很容易有高山反應。

一上步道後幾乎是全素，不過這旅店的菜單卻有少見的新鮮乳製品與犛牛肉漢堡，小男人堅持要軒永嘗嘗，自己作主交代店家，點了幾道奢華的菜色，當然是用軒永的名字賒帳。軒永莞爾一笑隨他擺布，坐在柴火爐前，熟練地將犛牛糞放進爐內，撥弄一下微紅的餘燼後，蹲下吹氣，再從外面撈了一盆雪水放在爐上，準備煮茶。小男人坐在旁邊穿著蓬鬆的紅毛襪，舒服地高抬雙腿，興致盎然地看著軒永。此時走進任何人，決計會覺得他才是客人。

馬南之後就沒有大城市了。小男人說。

這裡是大城市？軒永問。

「當然啊！這裡有一座湖、銀行、咖啡廳、雜貨店和洗衣店，而且旅店是滿滿的一條街呢！」他對著窗外所有大門深鎖的屋房，用尼泊爾語念念有詞，然後搖搖頭，表示來的不是時候。

「夏天，步道上就可以看到很多年輕女孩子。你該早一點來。」

「我沒有要年輕女孩子，我要找一座山。」

「我知道，我知道，你每天都像個瘋子一樣找那座，站著兩個人的山。」小男人假裝嚴肅地點點頭。「但你看，現在這裡只有我們呀，」他環顧四周，裝模作樣地撐著下巴。窗外正啪嗒啪嗒地下著灰色的大雪。「到底會有誰在這種大雪還站在山頂上呢？」

的確，偌大的三層樓旅店，就他們一組客人。軒永邊吃著剛剛端上的香蕉煎餅和馬薩拉茶，邊想著每一家店的馬薩拉茶都有自己的個性，香氣有決定性的差異，不過像這杯如此美味的茶，讓軒永在很久以後困在雪地時，都還能清楚記得味道。

記得這個味道的不是舌尖，是旅人的身體。這家旅店的廚房起碼能摘下兩顆星星，他心裡想。

品味著米其林程度美味的食物，坐在鋪設著犛牛皮、褪色剝落的沙發上，旁邊靠著牆層層疊疊起到天花板的單人軟墊，牆上歪歪斜斜掛著印度電影明星的簽名。曾經色彩鮮豔的毯子，都散發著一種淡然衰老的氣息。夏日熙來攘往的小巷，即便被冬日暖陽照得發亮，也仍然沒有辦法喚醒一絲蓬勃生氣。

他第一次覺得，也許自己錯了。他一直試著把自己縫進去陌生的地景裡，從混亂、無所適從中努力找到一處線頭，試著抽絲剝繭。但或許這趟追尋不能靠眼睛去確認，冥冥之中要他前來的夢境只是個開始。軒永心裡有種直覺，終點或許需要去到比睡眠更深的地方。

8

我低著頭快步走著，不知道能走去哪裡。忘了帶手機，連進便利商店買瓶水都沒辦法。沿著重慶北路走到重慶南路，下意識地走到植物園的舊公寓，我仰頭看了一下，五樓公寓的燈是暗的。

按了電鈴，過了許久都沒有回應。手插口袋直打哆嗦，正猶豫要不要離開，一樓鐵門喀拉一聲打開。我抬頭望，一個高高黑黑的影子站在五樓的外陽台。

家門半掩著，客廳的燈沒有開，阿樹站在落地窗外的陽台，些許的菸味飄進來。我邊打招呼，邊摸索著牆上的開關。阿樹低低地說別開，我便關上門，走出去陽台和他並肩站著，遠遠望去，植物園一片黑壓壓的。

原來你會抽菸。

原來我會抽菸。阿樹吐出長長的煙霧，用鼻子哼笑了一下。

他轉過身靠著陽台，微弱的路燈照著他的側臉。他的頭髮亂糟糟的，落腮鬍看起來已經好久沒刮。不到一個月沒見，雙頰就有點凹陷。因為工作太忙了嗎？我心裡想。他將抽完的菸用力熄在陽台的菸灰缸中，裡面的菸蒂半滿。阿樹穿著灰色寬大的棉帽T，雙手插進黑色褲子的口袋中，不發一語。我陪他站著，像陪著一顆沒有水的樹。已經忘記我為什麼而來。阿樹身上的味道不一樣，口氣不一樣，連長相都像另外一個人。

你吃飯了嗎？我過了一會兒問。

他搖搖頭。我們盯著植物園黑壓壓的樹影，一陣風從遠方吹來，樹冠的黑影被搖晃著，發出聲響。我似乎聽見不知道從哪裡傳來的海浪聲。不太對勁。我看著他消瘦的側臉，突然接收到了什麼。在特定時刻，能將影像、音軌、嗅覺、觸感完全分開儲存的阿樹，大腦正以耗損的速度運轉著。

拿藥了嗎？

他盯著我，表情像是正在考慮一件人生大事的樣子，然後緩緩點了點頭。

我穿過黑暗的客廳，逕自將廚房的燈打開。水槽乾乾的，垃圾桶裡是空的，連個回收的餐盒都沒有。冰箱的冷藏室只有一包烏龍麵條、幾根枯黃的蔥、兩顆皺掉的蘋果。我把櫥櫃裡找到的乾香菇先泡軟，連同冷凍庫的魚板一起切成細條狀。拆封過剩下的高湯包放入水裡，滾沸後取出，再將材料一起放進去轉中火。連顆蛋都沒有，盛碗時只好把細細的蔥花和櫃子裡僅剩的一些柴魚片灑在麵上。

阿樹端坐在餐桌前，擺好筷子，雙手將碗接過去，乖巧地吃起麵來。我沒把廚房的燈關掉，於是餐桌一半亮一半暗，阿樹高大的身影坐在暗的那邊，寬闊的肩膀垂垂的，眼眶下陷，皮膚像褪了色，白白灰灰。上次見面是送軒永去機場，原來一個人會在這麼短的時間內，完全變了個樣，就像一朵雲瞬間變成另一種雲。

我靜靜地繼續看著他的臉，他吃完後沉默地把碗洗好，走到我旁邊說了今天的第二句話。「累了，我躺一下。」面無表情推了一下眼鏡。

我倒了一杯水走進他房間，他在黑暗中窸窸窣窣倒了幾顆藥在手上，接過杯子仰頭吞了。我問他看了什麼醫生。

他將帽T脫下來，隨意扔在椅背上。我環顧了一下房間，緊閉的窗簾，黑暗攀著牆壁蔓延，像顆密不通風的繭。「同學開的，睡前就只吃鎮定劑和安眠藥而已。我本來就一直都有在吃助眠的藥。」阿樹半躺在床上說：「陪我說說話，或許你在，我有機會可以睡著。」

「什麼時候開始的。」我站在床邊問。

「軒永飛走後幾天，就開始焦慮。」阿樹停了一會兒，又接下去淡淡地說：「你不要誤會，我不是因為想念，只是他也曾這樣頭也不回地離開，又讓我想起以前的事。」

「以前的事。」我重複了一次，他點點頭，肩膀無力地垂著，粗大的十指交叉放在盤坐的腿上。他摘下了眼鏡，喉頭用力吞嚥了幾下。

「以前的事，」我小心翼翼地提問：「是指希力頓的事嗎？」

阿樹抬起眉看我，臉上露出很驚訝的樣子。

「你怎麼知道？」

我坐到床邊，扭開了一盞小小黃黃的床頭燈。

「軒永不跟我說的，大概只有這件事。而他不願意開口的原因，我猜是因為你。」

第七章

不是這裡也不是那裡

1

大學的第一個暑假，軒永和阿樹鎖上了老公寓五樓的鐵門，回到久違的台東。第一週兩個人說好先應付家裡，安安分分地照三餐被餵食，第二週就立刻跳上摩托車，騎到富岡漁港搭上往蘭嶼的船。二十歲的軒永，背包插著長長的蛙鞋，阿樹則買了簇新的面鏡與呼吸管。抵達開元漁港，希力頓靠坐在連車窗都搖不下來的老車，等著兩個興奮不已的弟弟。

希力頓胖了一點，微微凸起的肚子應該是喝酒喝出來的，他緊緊摟著笑著跑上岸的軒永，在船上吐得半死的阿樹則慢吞吞地拖著腳步，蒼白著一張臉。他們取笑游泳隊的阿樹暈船暈浪的模樣，模仿他整張臉塞進塑膠袋裡乾嘔的聲音。

蘭嶼的海藍得通透清亮，陽光照在海平面上波光粼粼，就像是數萬顆星星在另一片天空中隨意誕生。阿樹懶洋洋地將頭靠在車窗，讓自己變成一張帆，網住海風與滿地遍野的秋海棠。他的胃喚醒了火焰，燃燒著身體，劈里啪啦地翻騰著。他半閉著眼睛，伸出手掌讓軒永按摩著。

島上幾乎沒有汽車，有車的都是當地人或是店家，希力頓從後照鏡看著兩個弟弟的臉，想著早上下海打的魚應該要怎麼料理。他回來蘭嶼已經好幾年，還是一樣沒有什麼長進，經營民宿或搞水肺都太花錢，也是有想過開間小餐廳，但又覺得會綁住自己。媽媽雖然是達悟族，但當初堅持嫁去台東，為了那喝起酒來六親不認的父親，曾與蘭嶼的親戚起過激烈的爭執。媽媽的靈魂回去了以後，希力頓就背叛了海去桃園做工。種種細故，希力頓也沒臉回去媽媽的娘家。對族人來說，一半一半，算不上什麼血緣關係，而在島上，沒有族人的幫助，等於魚沒有海。

他第一次聽軒永說起自由潛水，覺得滿好笑的，這麼簡單的事情到底為什麼還要有人來教，更別說教的人都會了，還需要去考什麼教練證照？但軒永一直說服他，自己愈想也愈覺得可行。軒永前陣子在台北考取了潛水教練的資格，雖然在希力頓的指點下，他早在十五歲那年就可以 No Fin 下潛二十米，那考試對他來說輕輕鬆鬆。希力頓理智上知道早晚要去考，但心裡不知道為什麼就有點排斥，海對他來說就是家，那考試對他來說，像是外人拿著紙筆要來點評他在家裡有多自在。

目前島上還沒有自由潛水的專業潛店，或許準備一些浮球、防寒衣、蛙鞋，家裡一樓簡單裝潢一下就可以變成教室，比水肺便宜多了。搞不好有點錢後，二樓還可以打掉隔間整理成通鋪，讓學員們來住。第一次覺得好像真能試試看。希力頓想著想著，覺得自己也許可以重生了。

希力頓坐在面海的涼亭瞇起眼睛，看著兩個第一次上島的大男孩興致勃勃，說要去找什麼祕境。笑死了，哪有什麼祕境？島上真正的祕境全都死過人。他揮揮手要男孩們先去，身體半倚著木床開了罐冰涼的啤酒。如果阿樹也能考到教練執照，這樣就有兩個信得過的人。他知道只要他開口，這兩個弟弟肯定不會拒絕，但他真的要把兩個大學生困在這座他恨不得逃離的島上嗎？他曾經有多厭倦那些若有似無卻緊緊鎖住他的，老人們的眼睛，現在又回來這個島，有時真想結束被太陽晒著的時間。他再開了一瓶啤酒，喉頭滑進冰涼的液體，是不是年過三十後，所有的酒喝起來都像水了？

阿樹從小在框框裡長大，他的海是五十公尺沒有間斷的折返。泳池裡只有長度與速度，並不存在著深度，所以每一次的平壓，他都緊緊捏著鼻子，試著體會軒永說的「打開軟顎把空氣推到鼻腔」。攀繩下潛到累的時候，他就抓著浮球，咬著呼吸管，低頭看著軒永。軒永像隻發亮的海豚，在珊瑚礁間游來游去，而自己簡直是隻大猩猩。

而大哥希力頓，那又是完全是不一樣的境界了，在某一個深度前，希力頓完全免手平壓，在阿樹的眼裡，那速度簡直是神。寧靜的清晨，面著湛藍平靜的太平洋，下海前的希力頓哼著傳統歌謠，吐一口口水在面鏡裡，用海水洗臉沖頭，低沉的歌聲如滿潮時的浪聲，像是為海上的神魂祈禱。阿樹聽著聽著，也敬畏了起來。

這天滿月，才剛下過大雨，午後希力頓站在岸邊咕嘟咕嘟喝著啤酒，軒永邊觀察著海象，邊準備三個人的裝備。希力頓瞇著眼睛盯著，離岸有一段距離的船隻上，有個穿著防寒衣的男人手勢誇張，看起來正在教新手學員怎麼穿戴裝備。希力頓一直沒辦法真的喜歡這些夏天才來蘭嶼的白浪，但他們的確為島上帶來新的商機。

當地的居民之間有一種舒適懶慢的氣氛，花不了什麼錢，也就不急著賺太多錢，若你太積極、太汲汲營營，反倒會被訕笑。不過看著那些漢人新開的潛店一團一團出海，錢沒有游到自己的魚槍下，希力頓難免會心急。

這些外地人普遍都很客氣，不過潛點就那幾個，一旦人多，就要互相。下海後軒永原本想著此處海流平穩，海底地形正巧也不太好綁繩，先下了底鉛。但船上的教練遠遠地用大聲公喊著不好意思，這團學員都是水肺新手，要求軒永幫忙固定好浮球。

本來喝了酒就會悶悶不樂的希力頓見狀，便一聲不響地拿著魚槍，游到抓著浮球的阿樹旁邊說，自己要去港口遠一點的外海抓魚。剛灌下一瓶人生旅安，這兩天平壓還不算開竅，又很容易暈浪的阿樹，強忍著喉頭的噁心感，對著輕鬆立泳的大哥開口，要不要等軒永綁好浮球上來再向軒永說？阿樹沒把握希力頓隨便一指的地方是海的哪裡，自己的程度根本沒辦法當希力頓的潛伴。

希力頓顯得有點不耐煩，再晚就打不到什麼魚，他來海邊可不是來泡泡海水的。他看著船上那群人緊盯著軒永在海底深處的背影指指點點，人多勢眾。他沒好氣地告訴阿樹，我說你是潛伴你就是。轉頭便弓身下潛，長蛙消失後一點水紋都沒有。

阿樹浮在海上晃呀晃，看著希力頓遠遠漸小的背影，心裡才剛覺得太帥了，一陣酸氣湧上，轉眼就把早餐全吐了出來。軒永終於把浮球和導引繩固定好，浮出水面，對船上的教練打了一個OK的手勢，回頭便看到阿樹身旁圍著一堆嘔吐物，忍不住大笑了起來。這個好朋友陸上的運動樣樣都行，下了海卻變成緊抓著浮球的小男孩，無奈的神情和他高大的身材極不成比例。

軒永把嘔吐物撥遠，讓阿樹先休息了一會兒，反覆確認阿樹的狀況，又幫他再次調整負重帶、面鏡與呼吸管，便跟著阿樹做今天的十六米下潛練習。兩個人浮出水面後，軒永提點阿樹剛剛姿勢不到位的地方，阿樹隔著面鏡，看著軒永在海中一次又一次示範正確動作與錯誤姿勢的細微差別。

軒永像想起什麼似地看了一下手錶，在海面上快速地巡視了一遍，語氣有點衝地問，希力頓呢？阿樹的腦袋還停留在自己和軒永動作的交叉對比畫面，一時沒有反應過來。他跟著環顧了大海四周，突然分不清希力頓隨手一指說要打魚的方位。他只記得，大哥一下水就說要去外海看看，但已經好一陣子了。軒永扯開呼吸管嘆了一口氣，說時間不早了，要去找一下。

阿樹解開了第二顆浮球的連接繩，拉著沉重的浮球跟在軒永的後方，他們游了至少兩百公尺，軒永突然開始下潛。阿樹在後方拉著浮球猛踢蛙鞋，這裡的海流與練習的地方完全不一樣，他似乎怎麼努力都沒有移動。他看著軒永上上下下地確認，突然向他打個手勢，要他趕快跟上。

他們憋著氣，頭埋在海裡，軒永要阿樹仔細看著他手指著的地方，那裡應該是水流交會處，與綁繩處那輕鬆見底的海域完全不同。約莫二十米或更深的地方，似乎有什麼黑影在混濁中翻動，軒永匆忙地交代阿樹開始吹哨大聲呼救。

軒永知道這裡。希力頓常常說這裡不是幼幼班來的地方，連軒永要當他潛伴，他都還覺得不夠格。那裡有惡靈，希力頓說。獵人追捕到獵物後，會湧上不可思議的腎上腺素，他們往往可以憋更久的氣，一手拿著魚槍，一手摸著礁石的石縫，像鯊魚一樣安靜等待，忘記自己沒有鰓。

軒永終於看見希力頓沉在海底，在一個飄滿浮游生物的天然洞穴前，寬度三公尺，高約七層樓，魚簍被凹口的礁縫卡住，魚槍的線也被突起的石頭牢牢糾纏。不行，軒永心中閃過一秒，這裡我搞不好頂不住。但他沒有放緩下潛的速度，一碰到希力頓便馬上奮力解開他和自己的負重帶，鉛塊一落，就緊緊抱著哥哥的胸膛快速上升。

阿樹大聲呼救，但海平面上沒看到任何其他的人。他突然想到那艘載著潛客的船，便朝著印象中的方向拚了命地游過去，一看見白色的船底，立起身放聲喊叫，伸長了雙臂奮力揮動。正在船上整理裝備的教練看見阿樹蒼白著一張臉，馬上知道發生了事，立刻調了船頭，跟著阿樹折返的背影開去。

阿樹帶領著船，在海上快速划著手臂時，身體被每一道四面八方湧來的浪拉扯著。他並不是心中有羅盤的那種人，他沒有軒永的直覺，知道自己應該往什麼地方前進。阿樹適合昭然若揭的目標，這一輩子都在履行所有人對他的期待，他不知道自己該追尋什麼，只好每次都先追求贏。他游得飛快，回到浮球附近時，心和胃都一樣翻騰，他埋在海水裡搜尋，瞥見約一個游泳池遠的地方，小小的兩個黑色身影，靜靜的，安詳的，動也不動地停在海的中間。

軒永抱著希力頓軟綿綿的身體，往海面奮力踢水，一隻耳朵啵的一聲，眼前閃過一片白光。他像是漂浮在真空中，海流推著抽筋的大腿輕柔晃動，緊緊摟在懷裡的希力頓也跟著飄了起來。到了到了，他心裡慶幸浮力救了他們，忍不住深呼吸一口氣。原來自己真的有鰓，海水聞起來像某種金屬或礦物，帶著鐵鏽與鹽分的氣味，沉甸甸地在肺裡膨脹、蔓延，他又忍不住用鼻子嗅了好幾次。

浪在海底聽起來是一陣又一陣忽強忽弱的鼓聲，發出類似嗡嗡或是咚咚的聲響。小浪小浪小浪，軒永下意識地數著，但他不想等那第五道大浪了。現在好舒服，也覺得好累，身體像要溶解了，不如先睡一下吧。此時懷裡安靜的希力頓用力抽動了一下，再一下。軒永記起了哥哥，勉強睜開眼睛。但他睜開眼的時候，發現自己並不是在海上，他正站在台東的房間裡；懷裡緊緊抱著的也不是希力頓，是十五歲的珊。

沒有錯，那是十五歲的珊。懷裡的她，臉小小圓圓的，呼吸細細淺淺，嘴角對著酒窩彎起弧線，濃密的睫毛在月光中落下清晰的影子。屋外響起過年時才有的鞭炮聲，她光裸的肩膀跟著炸裂聲響細微顫抖了一下，他忍不住輕輕握著。二十歲的軒永站在這個十五歲少女面前，竟感到羞澀不安。**你願意嗎？**她抬起清澈如琥珀的眼睛看著軒永時，軒永的心臟停了一拍。

他好想問那少女，你現在過得好嗎？現在的你還記得我嗎？但他問不出口。十五歲時你愛著我，但二十歲的你，有沒有可能愛上了別人？二十歲的你，還會想念我嗎？

他深深吻了眼前的少女，對十五歲的珊說：**對你，我一直都是願意的人**。

軒永的兩隻耳朵啵啵啵地響了起來。

體感負二十五度，陰，小雪

每一天都在不一樣的地方醒來。雖然是雪季，但在大環線上，還是找得到藍色屋頂的山屋，再不然也還有一、兩戶窮到沒辦法移居的人家。若住在尋常人家，通常主人都會讓出最好的房間。說是最好，但對一般人而言，蓋著幾年未洗的被褥，對著貼上紙板的破窗，受著喜馬拉雅山脈刮下的寒風，四、五千公尺的，沒人能睡得安穩。多數人一到高海拔，身體就會產生某種程度的變化。

而完全不需要進行高度適應的軒永，幾乎每晚一沾到床鋪就昏睡，然後做夢。天未亮時從同一個夢裡醒來，在冷徹骨髓的氣溫中朝著斷崖絕壁出發，像是渴望一切更惡劣、更艱險。

有時牧羊的人攔下來問他從哪裡跑來，軒永會遠遠地指著村落的方向，對方瞪大眼睛感到不對勁地搖搖頭，嘀嘀咕咕地說那是不可能的。但軒永從來都沒有想過可能不可能，只要是他看得見的地方，他就一定會抵達。他怕的是眼睛看不到的。分開的那些年，他忍耐著，把心練得不輕易為事物而感動，而一旦見到珊，那些練習就在剎那間蒸發，像是什麼也沒存在過。

他環顧著山頭，沒有放過每一個可能的角度。肺劇烈地擴張，心臟咚咚地鼓動，他想起少年的他用薄薄的胸膛抱緊珊時，心臟激動的程度似乎就要撞裂他的皮膚，他知道，到現在也都還是無法控制。達海長老要衝動的他牢牢記住，等待也是一種前進，耐心與針線都能縫合最漫長的時間。長老預言時曾用族語講了一段話，那時候十歲的小女孩沒辦法翻譯，後來的後來，軒永學會了彩虹的語言，既是複習又是預習著每日睡醒前的同一個夢。他終於聽懂，獵人那時告訴他，在山裡，當兩個影子重疊的時候，有一邊要獻出心臟。

3

阿樹用食指與中指緊緊壓著太陽穴，像拚了命要用手指觸摸到傾倒而洩的回憶，聲音低沉到我幾乎聽不見。他說當他看見軒永的時候，軒永已經BO了。肩膀內縮，下巴低低地靠在胸前，姿勢就像是舞蹈表演完，低頭謝幕的樣子，另外一隻手臂則緊緊箍住希力頓。

他們兩個人漂浮在離海平面約三米左右的深度，剛激烈海泳完的阿樹見狀立刻下潛，卻怎麼樣都無法將他們兩個人一起拉上來。游泳時遺失呼吸管的阿樹浮出水面換氣時吃了一大口水，右膝上面的肌肉劇烈地抽筋，但不行，沒有時間調整呼吸。當他準備再次下潛的時候，聽到撲通撲通兩聲躍入海裡的聲音，原來後方的船隻已經趕到，教練們一個人托住軒永的後腦勺並掩住他的口鼻，另一位試著扯開軒永抱著希力頓的手臂未果，只好由下往上撐著希力頓，一起拚命往上猛踢。

當軒永的臉浮出水面時，面容慘白中帶紫，嘴唇轉成黑灰色，摘下面鏡後的眼睛微張，眼球突出，眼白出現大塊的血斑，口鼻發出了幾次類似打呼的呼吸聲。三人奮力將軒永與希力頓拉到船上，全身發紫的希力頓則已完全沒有任何反應。

一位教練連忙去找攜帶式氧氣瓶，另外一位將上肢已經僵硬的軒永擺成側躺復甦姿勢，著急地朝著他的臉吹氣，拍著他的臉頰，不停喊著軒永回來，阿樹持續為希力頓急救。一切極度慌亂，船隻劇烈搖晃，大聲的呼喊，船艙傳來的無線電海難呼救，海面布滿趕到現場的黑影，一顆顆咬著呼吸管的頭，黑壓壓地像浮在水面的椰子，充滿壓倒性的末日感。所有的眼睛都緊盯著船上。

軒永回來！阿樹看著面向自己，手臂不自主抽搐，嘴唇微張不斷吐出水的軒永，他的腦中突然啪嗒一聲，像緊緊繫著的螺絲硬生生斷裂。他飄飄忽忽的，活到至今所建構的所有東西在瞬間垮掉了。

軒永回來！阿樹突然失去音軌，眼前的黑影將他屏蔽，他發現自己也開始漂浮起來，像是無人機的視角，從後腦勺的地方，逐漸放慢飛遠，他甚至可以看見自己對著希力頓壓胸與人工呼吸的樣子。

阿樹沙啞地說，上了救護車之後，怎麼離開蘭嶼、怎麼抵達醫院，他已經完全不記得。軒永被推進加護病房，昏迷了整整七天，到阿樹能進去的時候，軒永還是插著呼吸器。四周都是機器，身上布滿管線與電纜，他全身變得腫腫脹脹的，蒼白到簡直像醫院的床單。

阿樹別過眼睛不敢看他，怕自己會哭出來。軒永眼球布滿了血斑，很辛苦地抬眼看了阿樹一下，對著他緩緩伸出發燙的手指，讓阿樹輕輕握著。

阿樹坐在床上，盯著軒永的手。「護士跟我說，軒永喉頭與聲帶過度攣縮，兩耳耳膜撕裂，聽力嚴重受損，現在講什麼可能都聽不見，當然也還無法說話。護士在旁邊講話的時候，軒永眼睛眨也沒有眨，只是盯著我看，而我能做的只是回望他。我不知道他想要跟我說什麼、想知道什麼。我辦不到，如果你在，如果是你們……」

他寬闊的肩膀顫抖，緊閉著眼睛，雙手用力壓著額頭哭了出來。那悲哀絕望、斷斷續續的哭聲，是從胸膛深處發出的。

我緊緊抱住他。

阿樹靠在我的肩上沉沉睡去，我坐在他的身邊，仔細拼湊著這幾個月來不解的片段與對話，終於恍然大悟。在第五道浪之後，海背叛了軒永，因為聽力嚴重受損，不得不暫時休學。之後的軒永，走進了山裡遇見獵人和果子狸女孩，接下了基金會的工作，和阿樹成立了嶼山工作室。阿樹在這次意外後則開始諮商，被動地接受藥物治療，沒有告訴過任何人，一直到遇見我。

他曾經提過他極痛恨被藥物主宰的感覺。大學畢業後他決定斷藥，戒斷症使他焦慮昏沉，就算是清醒，也像是走在黑暗的隧道裡。他必須天天提醒自己，抬頭其實會有星星的。儘管那時候，絕望的隧道裡什麼也看不見。

阿樹說。生病以後，你會覺得吃什麼藥都無所謂了。這些醫生處方籤，和那些透過管道買到的各種藥丸或貼片，中間的界線已經模糊，心裡已經沒有任何差別。有時候吃了藥，感官被完整打開，甚至更能明白活著的意義，意識和心一樣都變得軟軟的，任何微小的善意都像是充滿愛。但那是一條捷徑，直接通往終點，完全失去過程，你不知道你是怎麼抵達的。就像是一道困難的數學題目，你直接翻到了答案，但永遠不知道怎麼解題。他說，這樣活著比死還不如。

我拉開窗簾，清晨的陽光緩緩灑進房間。他的睡顏，消瘦的雙頰，緊鎖的眉頭，淺淺起伏的胸膛。我猜他將蘭嶼意外的責任全攬在身上，天性善良的他，或因為愧歉，或因為責任，之後面對軒永，自己變得複雜難解。

房間裡靜悄悄的，他的眼角殘留著溼氣，我想起他剛剛激烈扭曲的哭聲。為什麼軒永不復學？為什麼工作室的負責人是阿樹？那裡還遺漏了什麼沒有說。我腦袋快轉，將所有事情重新排列組合一次，但那個什麼執拗躲在細節裡，每當快捕捉到時，又滑溜溜地轉身鑽進記憶的泥濘中。我深深吐了一口氣，暫時還沒有辦法。

我怔怔地想起二十歲那年，在浪聲打進房間的夜裡，發生在夏威夷的我與蘭嶼的軒永之間，那難以解釋的共時性。宇宙以隱姓埋名的方式，使一切變成有意義的巧合。瀕死的軒永透過希力頓與查斯，用著忽明忽滅的心跳，越過一整座海洋，在千萬顆閃爍的星空中，朝著天際線認出指引他的那顆星，接著奮力乘著風、浪、雲與洋流，找尋那顆特別的石頭。

他找到十五歲的我。

4

Thorong La Pass 駝龍埡口

體感負四十度以下，暴風雪

沒有月的夜裡，雪地竟也能反射出星光。在億萬顆星星串起的銀河下，軒永越過海拔五千四百公尺的駝龍埡口。黑夜裡，他緊盯著每一座山的形狀，那些黝黑、巨人般的稜線，直到睫毛上堆積著一層厚厚的細雪。

這場暴風雪像是要把整個冬天的殘忍，都收進這個山谷中。

小男人在冷冽狂風的持續吹襲下，牙齒不停打顫。他吼著問軒永，看照片不行嗎？網路上有很多山頂的照片，現在 Google Map 點進去，連聖母峰山頂的照片都有，比親眼看到的更清楚。他在軒永身後沒停過碎語，聲音斷斷續續，有些被暴風吹走，有些則被雪埋住。軒永沒說話，頂著大雪悶頭走在小男人前面，為他開路。

軒永的手指與腳趾失去知覺，嘴唇發紫，在這個眾神的所在，他只能靠每一秒的直覺走下去。他一向只信仰來到面前的預言，或是夢境，因為對他來說，現實裡只要忍得住疼痛，無條件接受一切就容易得多。他一直以為愈往前跑，應該就愈靠近終點線，但阻止他前進的惡風，究竟要他付出什麼樣的代價？

風雪中，軒永很想停下身，轉頭對小男人說，看照片不行，多清楚的照片都不能算數。我就是沒辦法坐在冷氣房裡用滑鼠瀏覽幾千張照片，然後選出幾顆最有可能的山頭，告訴達海長老說，就是這座山了。我必須抵達現場，被現場撼動，被現場告知，我非得親眼確認不可。我知道我並沒有神賦予的天分，祂或許憐愛我，但我從來不是祂的寵兒，不論我對祂說了幾次自己的名字。這可是比我的生命還要重要的交換，我必須眼見為憑。

好不容易在暴風雪下越過埡口，軒永遺失了一隻冰爪，小男人的帽子與兩支登山杖都被山留了下來。上路已經超過半個月，非要今天越過埡口，是因為兩個人手上的盧比不夠用，而在山裡的每一天都需要現金。這裡不是台灣，每一天的糧食與住宿在雪季可是攸關生死的問題，這是喜馬拉雅山脈殘忍的現實。

相當陡峭的上坡，就會有相當劇烈的下坡。先在佐莫索姆的街上找到簡單乾淨的旅店，軒永終於卸下緊繃的心情，解了一個長長的小便。昏暗狹小的廁所牆上有一面小小的鏡子，他洗了臉照鏡子一看，嘴唇龜裂，雙頰消瘦，鬍子茂密地長了出來，只露出炯炯有神的眼睛。他被高山的紫外線晒出特有的沉黑膚色，看起來反而有點像雪巴。

軒永前往銀行換錢。位於木斯塘的佐莫索姆是個極為熱鬧的小鎮，從機場出來的一條小街，兩旁豎立著滿滿旅店與餐廳的木牌，而這就是熱鬧的定義。這裡似乎盛產蘋果，地上到處都堆滿已經裝袋的果子。比掌心還要小的蘋果雖然沒有什麼水分，但口感扎實，咬下後帶著一股清新的酸氣。

累癱的小男人吃完續加了兩次的達八後，用舌頭舔著十根手指，心滿意足地翹起二郎腿來。差不多快結束安娜普納大環線了，但仍然一無所獲，軒永心裡煩躁，買了一瓶當地的蘋果酒，攤開地圖，急著確認接下來應該要往哪裡探查。

「嘿！老弟，我告訴你，只要五百塊美金，我們就可以從這裡一路走到一個很美的地方。」小男人勾起小小的食指，用指節敲敲地圖的最北邊，在道拉吉里峰與馬納斯盧峰的背後。「Upper Mustang，上木斯塘，我外公和外婆在還沒有搬到城市前，就在那邊牧羊。」

那裡有山嗎？軒永問。

「山山山！你這十幾天看得還不夠多嗎？」他突然氣憤地比手畫腳，用尼泊爾語快速地自言自語一大段，再逕自拿起軒永面前的酒瓶直接對嘴喝了一大口，搖搖頭大聲嘆一口氣。「你不去真可惜，我曾看過一個女生，就是來自上木斯塘另一頭的山，那可是我此生見過最美的人。」他瞟了軒永一眼。「我知道你沒興趣。」

我是沒興趣。軒永對著地圖說。

小男人自顧自地說：「就算只是看照片，我也知道她的不同，簡直就像是從天上下凡的仙女。你懂吧？我第一次聽到台灣也是因為她。」

干台灣什麼事？軒永漫不經心地問。

「我媽媽老是說，仙女說話的聲調有特殊的柔美，連眼皮都是柔和的，笑起來還有個淺淺的酒窩。」他捏著鬍子瞇起眼睛，可能一併想起了自己的母親，臉上的表情既甜蜜又安詳。「聽我媽說，仙女後來去了台灣。」

軒永愣了一下，從地圖中抬起頭來。你說什麼？你再說一次。

「老弟，你不是對女人沒興趣嗎？」他促狹地瞥了軒永一眼。「我媽說仙女是從神的那一邊來的，有個年輕的男人千辛萬苦幫她弄到了假身分，給她一張機票去台灣。我還記得她有個很美的名字，Muna。木柰，在尼泊爾語中代表新生、希望的意思。」

軒永吃驚地倒吸了一口氣，瞬間手臂汗毛直豎，全身起雞皮疙瘩。原來追尋在一開始的時候就已經抵達，這樣的巧合讓人不知道該狂喜還是恐懼。不，軒永想著，我早就知道這個世界不再存有巧合或偶然，冥冥之中，我註定走進一張逐漸被收緊的網。現在的我只是一隻搖搖擺擺的小魚，全然不知道自己以為的汪洋，其實只是神的一個水族箱。

5

我幾乎在復返奔波。英國出差的父親回程被耽擱，於是我一個人忙著媽媽化療的入院評估，往來醫院和植物園的公寓，加上工作。阿樹的狀況愈發嚴重，雖然可以申請在家工作，但高強度的工作內容使他不得不用藥，盡全力專注，下班後就完全斷線。他理智上知道不能再繼續鞭策自己，心裡卻做不到。失去了睡眠的航線，心臟有時無預警地疼痛，夜裡也經常被心跳重擊，不得不起身拚命吸氣。我變得愈來愈沒有辦法讓他一個人，擔心哪一天他就這樣永遠把自己關起來。

安頓好媽媽再到他家，都超過十點。他總是幫我開了門，就屈著膝蓋躲在被窩裡，背影看起來像個無助的小孩。狀況好時，他會順從地吃完餐桌上的飯菜，然後安靜地抽完一根菸才進房間，偶爾坐在不開燈的客廳，不發一語地看著我加班。

有兩、三次，他睜著眼睛做夢。我從沙發上醒來的時候，他就坐在我腳邊看著我，或者應該說，只是眼睛朝著我的方向。我帶著警覺邊出聲確認他的狀態，邊用斜眼看一下手錶，通常是發生在凌晨兩點多。隔天向他提起時，阿樹都是一臉驚訝，說自己什麼也不記得，夜裡的確有醒來，但躺在床上翻來翻去，不過是單純地睡不好。

「我是不是有病？」他苦笑著說：「我在講什麼，我就是有病。」

我發現自己有股想要擁抱他的衝動。「我們慢慢來好嗎？」我說。

他垂下肩膀搖搖頭。「我不想要慢慢來，我想要明天就好。」他摸摸自己的臉頰。「我覺得這個人不是我，又覺得這個人才是我。」他皺了一下眉頭，手掌用力摩擦著臉頰，試著不哭出來。

「我已經不認識自己了。昨天的我、今天的我、明天的我，一直都是三個分開的我。

昨天才想以被遺忘的姿態隨便死去，今天的我又渴望被太陽閃耀，活得刺眼。我一下覺得愛人才能長出真正的力量，一下又覺得被愛綑綁到動彈不得。」他臉頰溼溼的，大手放在我的肩膀上搖了搖。「我是誰？」

「你是喬衍樹，會把花生醬加進泡麵裡，喜歡無糖飲料，曾經打過耳洞，穿起綠色的襯衫非常好看。」我看著他的臉說。

如果我殺過人，你會喜歡我嗎？

如果你殺過人，我還是會喜歡你的。

你知道是假的才這麼說。

就算是真的我也會這麼說。

他抱著我哭了起來。

這天晚上，公寓家門反常地沒鎖，或許他今天終於出門了，我心裡想。拎著晚餐，我逕自走進客廳，照舊是暗的。阿樹的房門下微微透出了光。不知道他在不在家？我悄悄推開房門。

阿樹聽見開門聲坐起來，兩個身影在床上。他頭髮凌亂，光裸著身體，眼下有深深的黑眼圈。他懷裡的女孩則抬起頭，臉藏在阿樹身後，只看得到她傾瀉著一頭長髮。

我突然間愣住，雙腳像被石化了一般，幾乎是慢動作地轉身把門帶上。這或許只是相對論，震撼愈大，時間愈慢。我到廚房放下晚餐，閉上眼睛緊抓著手臂，指甲深深陷入皮膚，試著理解剛剛映入眼前的畫面。

我瞬間想起第一次看見阿樹抽菸，他站在陽台，臉朝著遠方，說他一直都不是擅長掩飾的人。阿樹一向不會把A說成B，如果一件事情的開始就需要遮遮掩掩，那他就不會開始。所以他才帶我去見軒永。而這也是他不打算遮掩的方式嗎？

我無法解釋心裡的情緒，或許夾雜著心碎無奈，或許是難堪失望，複雜到像是地表下錯綜糾纏的樹根，一時不知道該斬斷什麼。只套上一件棉褲的阿樹走了過來。

嘿，吃飯了嗎？我背對著他匆忙地將晚餐從袋子中拿出來，佯裝沒事地問。

他伸過手碰了一下我的手臂，我竟像受傷似地躲開。躲開後又覺得自己反應太大。我簡直莫名其妙。

我有需要對你解釋些什麼嗎？

不用不用。我使勁搖著頭。當然不用，那是你的自由。

我只是太痛苦了，我很害怕。

我轉過身看著他，他的眼神露出非常寂寞的樣子。

他輕聲說。那只是睡覺而已。

我還是搖搖頭重複了一次。那是你的自由。

他高高的身體彎下腰，下巴輕輕靠著我。他蒼白的皮膚涼涼的，像一片不管注入多少水都依舊荒涼的沙漠。

「你不要這樣，我們都知道你在說謊。」地球盡頭的沙漠說。沒有任何生命跡象的沙漠，當然也不可能有樹。「你知道嗎？我好怕你。愈是不可行的事情愈有一種魅力，因為失敗變成一種安心。我有病，我好想贏也好想輸。」我們之間隔著一團又一團凝重的空氣。

阿樹奮力包裝，那內心巨大的缺陷到底是什麼，需要靠這種扭曲的方式解脫。對藥物上癮，對性上癮，藉由感受高潮，感受刺激，感受空白，去逃避感受自己。激烈的性愛，誰的擁抱都可以，或許他這樣才能前進，才能離開自己的混亂。但不論降下多少雨，都沒有辦法填滿他的乾渴。而這樣的空虛，像徘徊不去的幽靈，在某一個特定的時間就會造訪。

我在心中嘆了一口氣。我接不住你嗎？

你接得住。但現在讓我墜落一下，讓我走一下捷徑。對不起，對不起。

他用留著別人體溫的手圈著我說。我只是不知道怎麼辦。

我又知道該怎麼辦了嗎？我說。

我輕輕掙脫他的手，逕自走了出去。長髮女孩站在房門後，半掩著臉。就算只是半張臉，我也認得出來。她美麗的輪廓，長長睫毛下淺琥珀色的瞳孔，筆直的及腰黑髮，果然像是阿樹講的，只要她出現的時候，背景自然就搭配著微風與花瓣。

她就是阿樹的捷徑？

整夜沒辦法睡，隔天開完早會，身體還恍恍惚惚。在茶水間準備泡咖啡的時候，踩著高跟鞋的大鑽石走到我旁邊。

大鑽石說：「媽媽最近的身體狀況怎麼樣？」

我遲疑了一下，不知道她是要探聽還是關心。「這幾天正在準備化療的入院評估，所以稍微比較忙一點。」

「對啊，看你的出勤就知道你忙，都滿準時下班的嘛。」

一時之間不知道該回什麼。

「我都把工作帶回家做，不會掉棒的。」

她把杯子沖乾淨後，甩一甩手，背靠在流理台淡淡的說：「沒有說你掉工作，其實你效率一直都很好，要我直白地說，你做得比其他的人都更好。但花最少時間卻把事情做到最好的人，其他人要怎麼想？有時候上班不是個人的事，是一個團體的事。我知道你一個人就能把事情做好，但我的期待是一群人一起把事情做好，因為只有最好的一個人是不夠的。在平凡的群體中，能者就該要多勞，這就是現今職場的通則……」她盯著自己瀅瀅的指尖。

「或者應該說是通病。你的存在會讓其他人不自在，只好雞蛋裡挑骨頭地抱怨，為什麼你都可以準時下班而他們不行？其實對我來說，只要做得夠好，我才懶得管誰什麼時候下班。但身為主管，不得不以不正義的槓桿去維持某種病態的平衡。雖然那只是一種假象，並不代表真正的公平。我從沒希望誰會懂，但你是個聰明人。」

她轉過身，像是要拍拍我的肩膀，但瞄了一眼進來倒水的人，便收起了手大步走出去。我的肩膀像是已經承受那未發生的重量，喉頭緊緊的，趕快喝了一口水。

以前遇到這種事情，只能和阿樹說。原本以為同一間公司，他最能同理，但會不會其實我才是那個依賴的人？他總是懂得如何寬慰我，和他在一起永遠特別輕鬆。我昨晚離開前，他說我或許不適合再過去了，如果他繼續向我靠近，到時候會不知道怎麼面對軒永。

「雖然我早就不知道該怎麼面對他了。」

女孩站在阿樹的門後，側著耳朵仔細地聽著。

好不容易撐到下班，回到家電梯門打開後，手指按上大門的感應鎖時，直覺一股異樣的流動從門後穿透。不安地緩緩把門打開，果然是有客人在。

媽媽這次入院前，熱心約了不少朋友前來家裡敘舊。因為在醫院裡，我只能穿著睡衣，都不能好好打扮。她說。她的朋友大多是大學和高中時代的同學，姐妹久違聚會，嘰嘰喳喳的，熱鬧非凡，有些阿姨還帶著稚嫩的孫子前來，大家一起顧小孩。

但今天不太一樣，空氣出奇地凝重，又有種異樣的親密。面對門口的媽媽抬起頭，眼神有不同於往日的光彩，臉頰紅撲撲的，不知道為什麼，看起來非常美。背對著我，身影高䠷纖瘦的女子轉過身來，是庭庭阿姨。

她齊長的短髮到下巴，一邊頭髮塞進耳朵，露出飽滿的額頭。耳垂戴著一圈捻成金色繩線的碎鑽耳環，款式相當別緻。一件淺草綠V領的喀什米爾無袖長洋裝，剪裁簡單而高雅，輕柔的羊毛軟軟鬆鬆地貼著她白皙的皮膚，露出細細的手臂。身上沒有其他的首飾，身邊放著一個柔軟的真皮編織包包，白色包包旁則隨意擱著幾個紙袋。

庭庭阿姨乍看之下完全沒變，仍然是我記憶中有著驚人美貌的女人。定睛一看，手背皮膚的緊緻度、髮際間露出的白髮、嘴角與眼尾的紋路，仁慈地洩露一些祕密。但輪廓骨相極美的她，反而因為時間堆疊出一種難以言喻的光芒。內斂的優雅與和諧的姿態，那是行李箱裡的舊照片中，豔麗懾人的年輕庭庭所沒有的。

我腦袋一時混亂，把前一天阿樹房裡那女孩的臉，與眼前的女子重疊在一起，她們幾乎同一時間闖進我平靜的生活。我假裝鎮定，淡淡地說我回來了，然後對著庭庭阿姨點頭笑了一下，打招呼說阿姨好久不見。庭庭阿姨非常自然地說你回來啦，簡直就是這個屋子的女主人。她轉頭對著媽媽說：「她小時候像你，長大後怎麼這麼像她爸。」

「對啊，珊珊是醜小鴨變天鵝，差不多上大學後，臉頰的嬰兒肥突然消失，五官就跑出來了。」媽媽熱心地招手要我坐下。「姐姐你看看，她們是不是很像？」我順從地走過去貼著媽媽坐下來。庭庭阿姨筆直地盯著我的臉看，瞳孔左右移動，先是點點頭，又歪著頭說：「珊珊有她自己的樣子。」

她溫柔地問了幾句，靠近哪裡上班、怎麼通勤、什麼樣的公司，然後和我討論了產業的一些新動態和想法。最後一個問題，她猶豫了一下，不過還是問出口。

「聽說你有親密的好朋友？」

我愣了一下，和媽媽對看了一眼，媽媽也是一臉疑惑。不是媽媽提起的，這個女人怎麼會知道？

媽媽把話接過去：「對對，男孩子叫喬，公司同事，家教好，又溫柔體貼。」庭庭阿姨像是有點寬慰地點點頭。她問媽媽能不能請看護燒一壺熱水，說客人送了一餅百年的普洱，想泡茶給大家喝。

媽媽走進廚房之後，我和庭庭阿姨面對面坐著。我知道她有話要對我說。她開口：「知道你有對象真是太好了。我一直想為過去的事情道歉，那時候年輕衝動，做了些事情，知道那一定有傷害你。」她從質感高雅，看起來昂貴的白色包包深處，掏出了一個綿線編織，舊舊的黃色小袋。「高婆婆知道我今天會遇見你，要我帶來。這是早該送你的禮物，終於有機會拿給你。」她對我伸出手，輕易地把這十幾年翻了頁。我接過小袋子，喃喃地說謝謝，胸口空蕩蕩的，不知道要回應些什麼。

「婆婆身體都好嗎？」我問。

「還可以，不過有點距離的車程就嚷嚷著頭暈。之前軒永三年的事情結束後，」她瞄了一眼廚房，看護正翻找著櫃子深處的茶具，媽媽像指揮掛畫的美術館館長，說上面一點再左邊一點，對對對。

她繼續說：「事情結束後，我就希望婆婆搬上來台北，大城市的醫療資源還是比較多。說到這裡，你爸爸一時半刻回不來，請我過去醫院幫忙幾天。這幾年到底我也都掛心著，之後你就好好忙自己的事，這裡有我。」

「這裡也有我。」我用堅硬的語氣回答。

「當然。」她笑了一下，眼角有非常漂亮的細紋。

她對看護點了點頭，起身攙著媽媽坐下，俐落地張羅著桌上的器皿後，又轉過頭和媽媽親密地聊起天來。她一一拿出紙袋裡精緻的睡衣往媽媽身上比劃，兩個人像以前一樣摸著衣料，討論起是否值得採購進貨的話題。

這一切都讓我無法呼吸。我悄悄走進房間關上門，坐在床邊深吐了一口氣，頭脹脹的，太多資訊轟轟作響，每句話都像要掏空人似的。

庭庭的體溫和林葵的身影從門縫裡鑽進來，壓倒性的侵略。或許誰都不需要我。為什麼她們都要來跟我搶？完美的她們已經這麼幸福，為什麼還需要這麼多愛？

手機螢幕跳出一則阿樹的訊息。

你今天沒來。

我盯著這訊息好幾分鐘，然後輸入答覆。他秒回。

我不知道為什麼昨天我要那樣說。聽起來像個混蛋。

圖示顯示著我已經讀過這個訊息了。雙手拇指放在鍵盤上迅速移動，打了又刪除。過了許久，我還是不知道該怎麼說。此時對話框出現一個長長的訊息。

我們三個人之間並沒有互相推翻，和你也不是一種清算，我只是現在面對所有人都有愧。我覺得你值得最好的愛，只是我現在還沒有力氣給。但我也不覺得只有軒永給得起。

螢幕上仍出現對方正在輸入訊息的跳動符號，我別開眼緩緩吸了一口氣，拿起棉織小袋，黑暗裡，一個東西落在掌心。一顆透明的、中心隱隱約約透出綠光的石頭，高婆婆的法法希安。小時候我若是哭鬧，婆婆會拿起法法希安放在我的舌頭下方，說這是一顆有魔法的糖果，不過要小心，只要不吞進去，就永遠不會融化。奇怪的是，儘管知道那是在哄小孩，但流著眼淚的我會馬上安靜下來。大人都說，這顆石頭比真的糖果還要管用。

手掌上的法法希安有著獨一無二的稜角，和軒永在機場為我戴上的法法希安一樣，光澤滑潤而柔美。我把它含進口中，用舌根緊緊壓著，它一如往常，既堅硬又柔軟。

手機這時才跳出訊息。

很可笑吧，憑什麼拿我自己跟他比？但我就想要比。因為遇見你，以及其後的種種，無論好壞，對我都是重要而美好的開端。若再一次，我仍會往你走去。

你現在有空嗎？我需要你。

我站起來把手機放下，打開書桌上的檯燈，從衣櫃拿出新的床單開始鋪床。拍鬆枕頭，貓咪跳上剛拆下床單的床墊，我抱牠到地板又跳上來。我手邊忙著，但好幾次從桌上拿起手機，來回看著和阿樹的往復訊息，不停捲動回到最後一句，讀了好幾遍。

門外嗡嗡的對談聲，剛剛庭庭阿姨那意味深長的笑容。她說，**這裡有我**。我從來都沒辦法這麼自信地說出這句話。我打從心底不相信，有人會真正的愛我，因為我就是這麼彆扭，連我都不愛自己。但即便是這樣的我，會不會還是有人願意好好珍惜？

只要小心不吞進去，就永遠不會融化。我打開叫車 App，最近的一輛車將在三分鐘後抵達。

第八章

抵達只是不離開

1

Pokhara 博卡拉

三度，夜雨

只是打開車窗，軒永幾乎第一眼就愛上了這個城市。博卡拉的主街清爽寬闊，不像加德滿都，呼吸就揚起塵土。大大小小八座湖坐落其中，襯著遠方喜馬拉雅山脈層層山巒，湖水碧綠清澈，甚至有點像是記憶中的新店碧潭。小碼頭停滿要載觀光客遊湖的小船，湖畔草地上長椅散散落落，旁邊的小攤兜售著麵包、玉米、成串的葡萄，與看起來很久都沒賣出去的幾隻風箏。臉頰通紅的小孩們在旁邊踢球，穿著清涼的白人女孩像在海灘晒太陽那般趴在草地上。但這裡沒有海。這裡的人沒有看過海。

主街兩旁的店面蔓延，有大大小小的手織包包、色彩繽紛的旁遮比與沙麗。招牌寫著中國字「美利奴羊毛」，店頭堆著滿滿的圍巾與毛衣。各式異國的餐廳、冰淇淋店，白色的人形模特兒穿著仿冒的登山褲與防水外套站在門口，看起來比當地人更適合喜馬拉雅山脈。

從街上曲曲折折彎進巷弄裡，才能見到日常的景象。互相追逐的孩子，到了中年不知怎就豐滿了起來的婦女，瘦長的老男人用腳踏車載著一箱水果沿街兜售。僅

三、兩張桌子的小吃店，沒有開燈但人潮絡繹不絕。還有街角只有一張椅子的男士理髮店，主人頂著時髦的油頭，穿著短褲在店門口剪腳趾甲。這樣的巷內藏著幾家小規模的旅社，出入的都是當地人。

博卡拉不僅有來自全世界的遊客，也是尼泊爾當地最受歡迎的度假勝地。許多住在加德滿都的城市人，會趁著兩、三天假期，搭上八到十小時的巴士，搖搖晃晃前來這綠色的小城。金髮碧眼的外國人大多集中在高級的湖區附近，那裡最近推出了幾所全素旅館，還有一整天滿滿的身心靈課程。清晨他們把瑜伽墊鋪在面湖的草地上，太陽出現的那一剎那，全部人的手指都用力地指向天際。

小男人先帶軒永回家。有前院的兩層水泥獨棟公寓漆成明亮的黃色，寬敞而通風，看起來是新蓋的。寶藍色的柵欄內是一處仔細照料的庭院，種植著許多香料植物與各色花卉。右側修整良好的草地上，有個小巧的發呆亭，上面擺晾著剛刷洗好的鞋子和衣物。小男人滿意地晃著頭，手指指二樓，說姐妹們應該把房間都整理好了，這幾天就睡在這。

軒永放下了包包，說想先去拜訪主人父母。雖然軒永早就從果子狸女孩口中知道，那牧羊人夫婦的親戚在主街上有一家商店，但當小男人提及時，他還是忍不住起了雞皮疙瘩。小男人說父母婚後努力攢錢頂下了店面，以前只是賣圍巾和手套給遊客，現在有成群女兒幫忙，店裡轉型賣起了登山裝備。畢竟博卡拉除了是尼泊爾第二大城外，也是所有交通與熱門步道的轉運站，各式各樣的登山者都會往這裡匯流，購買上山尚缺的裝備，也在下山時拋售永遠不會再用到的雙重靴與冰爪。

軒永與小男人抵達店面的時候，長輩們剛好去廟裡祈福，兩個妹妹連忙迎出來招呼，大約八、九歲的小女孩馬上衝出去，說要去買哥哥喜歡的烤玉米回來。

小男人用英文說：「沒有什麼地方比家更好，」他瞟瞟軒永。「你應該找個女人定下來，不要再去找什麼山了。」軒永微微一笑，站在旁邊的年輕妹妹，突然紅起了臉。

軒永繞了繞放著流行音樂的店鋪，問起從地上堆疊到天花板的所有商品，庫存怎麼分類存放。十七、八歲，紅著臉的妹妹緹卡用帶有柔軟口音的英文說，店面後就是一個大倉庫，哥哥花錢增蓋的。小男人說，以前有個獨立的小倉庫，但距離有點遠，不想讓爸爸媽媽跑來跑去拿貨，所以就少用了。

「那個小倉庫現在在幹麼？」軒永假裝不經意地問。

「沒幹麼，堆一些幾十年都賣不出去的舊圍巾吧。」小男人說。剛衝出去的小女孩又跑著回來，笑著把熱騰騰的玉米遞給哥哥。小男人用手撥下炭烤過的硬硬玉米粒分給軒永，說尼泊爾的玉米品種有著特殊的嚼勁與香氣，一定要嘗嘗。然後一邊和小妹搶著吃，一邊心不在焉地交代緹卡帶軒永出去走走。

軒永說想看看那個小倉庫，緹卡低著頭紅著臉，拿了鑰匙帶他往後走。一離開主街，巷弄裡就特別安靜。大約五、六分鐘的走路時間，緹卡與軒永並肩沉默著。軒永從沒想過要營造這樣曖昧的張力，但他那張漂亮的臉，總讓他顯得特別。

軒永知道，他總是知道，面對有些女人，他也不是沒有動心過。二十幾歲的時候，軒永讓這些女人的身體經過，盡量溫柔，盡量不著痕跡，做的時候也嘗試要讓彼此感覺到愛，但擁抱後的空虛與孤獨，從來沒有騙過他和女人。那些東西總老老實實在激情過後抵達，一次也沒有缺席。

某一天，真的是某一天，他做完以後，旁邊的女孩光裸著身體，邊看手機邊和他自在地聊天。她的陰部還溼漉漉的，帶點潮味，粉紅色指甲滑過一張又一張的照片。他看著女孩的螢幕，突然厭倦了。如果沒有愛的話，就是一具身體，自己也只是一塊肉，頂多就是有溫度的肉而已。那次之後，他就把所有的交友軟體都刪了，再也不用社群。身旁的男性朋友們都佩服他斷然禁欲，但軒永只是不想再假裝那些關係裡有著什麼。**那裡真的什麼也沒有**。

緹卡把倉庫的鎖打開，雖然說是鎖，不過也就是台灣那種普通的黃銅信箱鎖，舊舊小小的，隨隨便便就能扯開。在這已經過了大半個月，軒永知道尼泊爾其實相當安全，特別是山區，就算去睡個長長的午覺，放在桌上的手機、錢包，多半也不會有人動。

倉庫打開後，霉味撲鼻而來，像是拉出經年被塞進抽屜深處的冬衣，空間裡充滿被遺忘的味道。靜置的棉絮揚起，空氣裡懸浮著細塵，在突如其來的光線下，折射出一波又一波的浪，打在泥造地板上。時間在這裡停滯多年，牆腳邊放著錫製的水桶與勺子，簑衣隨意擱置，一張實木的舊藏床上鋪設著色彩鮮豔、圖案繁複的羊毛厚墊，上面還有張氂牛毯，看起來像是個能夠小歇的空間。

緹卡走在軒永前面，慌張地拾撿倉庫裡隨意擺放的物品，歉然地解釋著這裡太久沒有用了，應該要過來先打掃一下才對。軒永站在臥榻旁，笑笑地問她，自己待在博卡拉的時候，能睡這裡嗎？

妹妹堅決地搖搖頭。

客人要睡家裡，家裡每晚都有柴火爐。這裡冷。

沒關係，我剛從山上下來，不怕冷。

沒有電，沒有自來水。

我有頭燈，水提進來就好。

緹卡似乎有點鬆動，但還是說要問過哥哥，小男人儼然是一家之主，姐妹們既尊敬又寵著他。年輕的妹妹酷似印度女孩深刻的輪廓，黝黑的皮膚上透著青春健康的氣息，她把長辮子甩在身後，踩在臥榻上墊起腳尖，好不容易才打開了牆上的小窗，捲起袖子能幹又俐落地開始打掃了起來。她將軒永趕出門外，要他先回黃色公寓休息，晚餐過後再拿行李過來。

軒永只好摸摸鼻子，手插口袋沿著湖邊慢慢踱著步。博卡拉和加德滿都不同，主街上各種國籍的遊客，男女都隨意紮著馬尾穿著涼鞋，年輕的白人大多聚在咖啡館的戶外席位，彈吉他拍著鼓輪流遞菸，有些嬉皮的氛圍。

軒永停下來饒富興味地聽著音樂，一位金褐髮綠眼，約莫三十歲的女人注意到他，用手肘推推身旁的女伴，下巴示意軒永的方向。美麗慵懶的她們撩了一下捲捲的長髮，露出友善又魅惑的表情，軒永以漂亮的笑容回應。她們用拇指與食指舉高了捲菸，向他招招手，軒永猶豫著，往她們的方向跨了一步，又像是突然想起什麼似的，對她們笑笑搖了搖頭。兩個女人交換了一下眼神，其中一位站起身對他高喊了一句Je t'aime。

住進小倉庫的晚上，博卡拉下起傾盆大雨。湖的城市水氣氤氳，灰色的霧雲將群山籠罩，連輪廓都不剩。氣溫驟降，緹卡在臥榻邊放了兩個大保溫壺，仔細鋪好了床，被子也多給了兩床，還細心在前後掛了兩個太陽能充電的燈。軒永淋著大雨打開門的時候，還一度懷疑自己走錯了地方。

他看著因為大雨而緊閉的窗，想著這一切不可言喻的巧合。雖然榮格認為兩個或多個事件有意義的巧合，牽扯到的不只是機率。但軒永仍然不懂，十年前遇到獵人如果是因，那麼只憑著直覺，甚至像是內建GPS系統，導航至此的自己，將迎接什麼樣的果？頭燈照著手上的筆，軒永隨手在空白處畫下她的樣子。不管怎麼樣，他刷刷刷地在紙上寫著。只要找到那座山，就要馬上買機票回台灣。

軒永裹在冰冷的被窩中縮著手腳，聽著規律的雨聲，恍恍惚惚地墜入睡眠。

木柰有一個藏族名字，但她到後來已經不記得。她跟著母親整燙仁波切的紅色袈裟，舅舅在幾天後將結束三年的閉關修行。從十歲開始，天還沒有亮，母親就會把木柰叫起來坐在床前，將她一頭長髮與各色的絲線一起打成辮子。母親的家族顯赫，禮儀繁複，她一早就穿著金銀兩色、錦緞鑲邊的藏服，白色的高領襯衣搭配著紅珊瑚、黃瑪瑙與天珠交串的長項鍊，用嚴格的眼神要求木柰將裙子後面的褶子打得特別俐落。

清晨，母親提著糌粑、酥油、藏茶與拌著人蔘果的酸奶前往寺廟的修行所，仁波切已多次交代妹妹餐食中不要再提供珍貴的食材，但母親從來就不聽。送完餐的母親繞塔轉經輪祈福時，偶爾還會與女兒抱怨自己的哥哥，只懂得讀經，不懂得愛惜自己的身體。

「你以後幫你弟弟做飯的時候，要比他更懂得愛惜他。」

木柰點點頭，耳朵上小小的珊瑚耳環跟著晃呀晃。眼前經過幾個踢著球的小喇嘛，她想起從小就有佛緣、剛進寺廟的弟弟。記得一天夜裡，木柰幫躺在小床上的弟弟剷著氂牛糞進火爐時，停在牛糞上的一隻蒼蠅被熱氣燻暈，才五歲的弟弟竟立刻將稚嫩的雙手伸進火爐裡，飛快拾起牠並衝去雪地。他輕輕捧著小蟲吹氣，蒼蠅悠悠醒轉，緩緩振翅飛了起來。

弟弟用細細的童音交代正在幫他敷藥的木柰，要姐姐千萬不能說。柔巴是弟弟的名字，和他的個性一樣，指的是特別會忍耐的人。安靜的木柰笑笑地點頭。年幼的弟弟還在愛撒嬌的年歲，摟著木柰的頸子，親親她的臉頰說：「我將娶你為妻。」說完便把頸上那顆老三眼天珠扯下來放在少女的手上。這是嘎瑪柔巴出生那夜，仁波切為他命名時，從身上取下親自為他戴上的，不僅是全家族，也稱得上是西藏少見貴重的寶物。

據說那天夜空特別清朗，已過了半夜鳥鳴仍不止，狼群嚎叫，氂牛與羚羊整晚直挺挺地站著，幾萬雙眼睛盯著天空同一個方向。夜半從東向西落下了三顆如火球般碩大的流星，長長地劃過整個天際，或許因為是在海拔五千公尺的地方觀看，那些星星巨大到遮住整片蒼穹。

藏民們都認為星星是先抵達群山巔，載著眾神來顯現神蹟，爾後返回天際，繼續照拂良善之地。那晚青藏高原各處都是嗡嗡震耳的誦經聲，宛如祭典。而那夜出生的孩子，名字前面都被賜予嘎瑪這兩個字，代表星星的孩子。

嘎瑪柔巴的臉晒成漂亮的棕色，咧嘴笑起來的模樣像是世界上最柔軟的事物。木柰急著將這顆千年的石頭再戴回弟弟細細的頸上，嘎瑪柔巴撇撇嘴，將手放在木柰的肩膀上說，他將來是要去當僧人的，不需要這個寶物。木柰取笑弟弟，你要當僧人的話怎麼娶我？五歲男孩一本正經地說：「我不是說這輩子。」

木柰清清楚楚記得這一幕，什麼都不願意傷害的弟弟，到最後為什麼是那樣死去的呢？

小倉庫裡，木柰每天跪在窗前為他祈禱，淚滴落在念珠上，那是弟弟死後，她親手從他滿是血的頸子取下的。一百零八遍又一百八十遍，幾千萬次無聲的祝禱，念珠被盤得溫潤而晶亮，那顆加進去的三眼天珠經過手指的時候，溫度高到快要融化。

雨停了，她突然聽到木床發出輾軋聲。

夜裡雨突然停了。軒永多年來已經習慣側睡，讓優耳的那側朝外。他因為蘭嶼的意外，一隻耳朵聽力嚴重受損，後來只相信眼睛看見的東西。所以當他聽到嗡嗡不斷的持誦聲還不以為意，勉強睜開眼睛，看到床邊跪著一個少女的時候，他忍不住倒抽一口氣。

她拿著念珠，合十的雙手蒼白瘦弱，像是一隻剛出生的小鴿，微微發亮的側臉映著月光，一頭及肩的柔軟長髮。少女秀麗的輪廓看似由畫筆細細勾勒出來，還剔透倒映在白幕上的皮影，宛若來自另一個世界，而那個世界的一切都比較清秀。

少女聽見軒永起身時木床發出的聲音，抬起頭驚訝地盯著軒永，一動也不動。少女琥珀色的眼睛極淡，外面圍繞著一圈淡淡的青色，像是一道弓形的銀河。軒永屏住呼吸，連眼睛都不敢眨，維持一樣的姿勢，腋下微溼，害怕再發出任何聲響，驚擾了她。

少女緩緩地站起身，寂靜的深夜裡，只剩下長裙在地板上發出細微的窸窣聲。她像是沒有重量地移動，靜靜地站在床沿，花了很長的時間，低頭端詳著屏息的軒永，甚至將視線移到他額頭冒出的冷汗。他們互相凝視著，軒永知道少女看得見他。他們都知道彼此不是幽靈或殘影。

木柰和上一次見到他一樣，忍不住伸出手輕觸眼前年輕男子的耳朵，只不過這次露出了然於心的笑容，用如雛鳥啁啾般悅耳的聲音，是問也是告訴他：「是山要你來的。」

軒永突然驚醒。

2

庭庭阿姨獨特的美感，將媽媽的病房打造成溫馨怡人的房間。每日更換窗檯上的鮮花，在醫療電動床鋪上細緻的純蠶絲床單，小冰箱裡隨時有削好的水果，床頭櫃上放著一盞橘紅色的小燈，代替慘白的醫院燈管。

因為她在，父親來的次數變得頻繁，甚至有次我看到媽媽牽著父親的手，仰著頭和庭庭阿姨說些什麼。我不知道這是在上演什麼世紀大和解，但他們三個人自成的圈圈並沒有我的位置。所有電視都演著父母捨不得放手讓孩子追尋的劇情，年輕兒女被填充過多的愛與寵溺，不曾索求於是毫無眷戀。在這裡，我倒像是那些父母。

週末看護放假，一早抵達醫院，推開病房就看見庭庭阿姨正在和母親說話，我瞥見放在門旁的兩個行李箱，猜想阿姨應該是要出差。下半年的整個台灣，總是趕在耶誕節前要將所有國外的訂單結案。父親早在兩天前就飛去英國參加年度會議，庭庭阿姨對媽媽說，她得趕去歐洲進行最後一批高價葡萄酒的採購。

今天的她畫了精緻的妝，深刻的輪廓更顯俐落，身旁的媽媽看似淡了幾階，連五官都模模糊糊的。庭庭阿姨以歉然的表情說，這次簽約非親自出馬不可，但她真的放心不下醫院這裡。她用擦著淡褐色眼影的眼睛試探地問媽媽，林葵能不能偶爾過來？

媽媽連忙答應，說當然好，轉頭問我：「珊珊也好久沒有見到葵了吧？」我想起站在阿樹房門後，盯著我的那半張臉。「嗯，十幾年沒見了吧。」我走過她們身邊，將一大片的窗簾刷地拉開，看著窗外綠色的稜線，沒有讓誰注意到我僵硬的表情。

週一的晨會，照例是先報告這星期預計的工作進度和重要提醒。我抬起頭望著黑壓壓的會議室，大家都低頭盯著眼前發光的小螢幕，只有正在報告的人對牆上的投影畫面說話，像是自言自語。會議室裡除了機械的講述聲，還有飛快敲打的鍵盤聲，八卦從這台筆電射往那台筆電，小群組對話框也漸漸累積未讀訊息的數字，十五，十八，二十。

我不用點開大概也知道，可能是討論等等午餐要吃什麼，或是週末去了哪家餐廳。聊天頭像是水蜜桃的莉莎，正在忍不住抱怨婆婆插手教養兩歲女兒的事。女生同事們會用貼圖代替真實的擁抱，我心不在焉地滑過一長串對話。

冗長的例會結束，會議室亮起慘白的燈光，我才正打開小群組傳來的點餐連結，大鑽石突然提到我的名字。我猛然血液凍結，低著頭豎起耳朵仔細聽。原來是替研發團隊設計的台北大縱走企劃，被提報參加年度的 Design Thinking 大賽。幾個本來就特別想討大鑽石歡心的人熱心鼓掌了起來，坐在身邊的同事討好地拍拍我的背。大鑽石等掌聲結束後說，傅宇珊之後會盡全力為團隊爭取榮譽，大家要一起協同幫忙。

散會後，大夥魚貫而出，我故意留到最後，等大鑽石從螢幕裡抬起頭來。她似乎有點驚訝散會後還看見我，闔起筆電時眼睛瞇瞇的，轉了一下肩膀放鬆地對我笑了笑。她聲音低低地說：「知道你蠟燭兩頭燒，最多就只能做到這樣了，接下來你自己加油。」然後咳嗽了一聲，馬上恢復成她平常面無表情的樣子，推開椅子站起身，挺直背踩著高跟鞋大步走出去。

下午電腦中的行事曆，馬上就跳出被交辦與喬衍樹共同會議的通知。那天離開公寓後，我再也沒有與喬衍樹見面，甚至不知道他已經銷假回來上班。我刻意提早五分鐘進會議室，但就算事先準備好，仍感到坐立不安。我不知道他等等會是喬，還是阿樹。

喬衍樹敲敲門走進來，手拿著筆電，穿著白襯衫捲起袖子，看起來特別清爽。頭髮剪短了，鬍子也剃得乾乾淨淨，瘦了不少。他清了一下喉嚨，拉開了椅子，刻意坐在我的對面，長腿輕鬆地交叉，微微碰到我的腳踝。我想起他最後一次傳給我的訊息。

我覺得你值得最好的愛，只是我現在還沒有力氣給。

「傅宇珊，恭喜你。」

我渾身發窘。「什麼啊，只是提報，又不是得獎。」

他笑開了臉。我記起他笑起來有多溫暖，多讓人放心。

他對著我眨眨眼睛，自嘲地說：「你難道不知道我喬衍樹可能是執行長的私生子嗎？消息最準確了。剛去打聽了一輪，你一定會得獎的。」

我笑著說：「什麼私生子？我只聽說你擁有公司三分之一的股份呢。」

阿樹拍了一下腿。「要是我真的有這麼多股份，我就全賣掉跟你去庫克群島開珍珠奶茶店，我研究過了，全世界只剩下那邊還沒被攻占。」

「最好是，聽你在亂講。」我笑了一下。

他稍稍頓了一下，有點不好意思的表情。「開玩笑的，之前我只顧著玩，讓你夾在這麼多事裡。而你還能把工作做得這麼出色，」他停了好一會兒，低著頭仔細端詳著自己的手。「然後，我卻懦弱到需要靠那些。」

胸口突然緊緊的。我們一起沉默。

我試著換一個話題。「海島國家，感覺很需要一杯冰珍奶。」

他笑著問：「那你會陪我去嗎？那裡是星星很早出來的地方。」

我點點頭，突然一陣感動。

像是說好再次一起遺忘，我們絕口不提那段在隧道的日子。那天下班自然而然地與他約在公司側門，開車一起去醫院，他還嬉皮笑臉地央求護士多給他一床被，當晚就睡在病房。媽媽這次化療裝了胸前式導管，原本輕微感染，有些不舒服，但一見到他就笑得合不攏嘴，阿樹嘴甜又總能討阿姨輩歡心，不一會兒他便坐在媽媽的床邊教她滑短影片，逗得她呵呵笑。

為期半個月的療程即將結束，評估報告出來後，再幾天就能順利出院。心情極好的媽媽和阿樹正拿著好不容易完工的毛帽試戴，互相取笑對方。我邊笑邊拿著熱水瓶，一推開房門，就看見林葵。她站在門外不知道多久，手裡抱著一把淡藍色的花束，表情有些僵硬。

一位熟識的護士走過來對我說，剛剛就覺得這位小姐長得特別像你，但又沒聽說你有妹妹，所以才沒主動帶進去。我連忙胡說妹妹前幾天才剛回台灣，準備幫林葵拉開房門，房內就傳出阿樹爽朗的笑聲。她臉色一沉，把花推給我，低聲就說要走。我連忙請護士將花順手拿進病房，急急追上去問她要不要一起喝杯咖啡。

醫院晚上的美食街仍熱熱鬧鬧，若不刻意觀察有多少人是坐著輪椅或披著白袍的話，甚至與任何一間鬧區的百貨公司地下樓沒什麼分別。晚上喝咖啡的人少，稀稀落落的幾個人穿著醫院制服坐在角落滑手機，有人摘下眼鏡就著沙發打起盹來。

林葵緊抿著雙唇，雙手一下放在膝上，一下調整咖啡杯，一下摸摸頭髮。她穿著一件淡粉色上衣和米色牛仔褲，淺卡其色的及踝靴子，手腕上一條細細的金色手鍊，沒有戒指。看起來質感很好的翻領駝色大衣，和奶油色的小羊皮包整整齊齊地擱在旁邊的椅背上。我挺起背脊，抬頭看著落地窗外陰陰的天空，明亮的路燈在醫院專屬的車道上灑下一排如白晝般的耀眼光線。

真不知道怎麼開口，便問她今天怎麼來的。她沒有回我話，反而停下手上的動作，突然沒頭沒腦地說：「你知道，那天在阿樹房間裡的是我吧？」

我像機器人一樣，脖子僵直地點了點頭。盡量不要顯露任何情緒，我心裡想。

「姐姐，你知道嗎？我們偶爾會一起睡覺喔。從他大學，我高中，開始一起睡覺。」

她稍微歪了一下頭，吸了一口氣，繼續說。

「我的第一次就是給他的，在那個房間。」

嗯。

「你知道嗎？阿樹一旦不吃藥後，通常都很想要。這時候他就會來找我。」

我搖搖頭。我為什麼非知道這些不可？

「因為在我們的世界裡，做愛的人可以不相愛。」她靜靜地說。

磨豆機喀拉喀拉地攪碎豆子，填壓器咚咚地將咖啡粉壓實，蒸汽噗噗燙熱馬克杯，背景音樂是喇叭音質極差的巴哈無伴奏大提琴，低音的時候就只剩下忽大忽小的滋滋聲。她豆大的眼淚，一顆一顆從眼眶無聲地滴在咖啡廳廉價的木紋桌上。我靜靜地看著眼前這個堪稱人生勝利組的女孩，她精緻的粉紅色眼影，寬鬆柔軟的針織衫斜斜地露出鎖骨。

我從未了解她，跟著她出場的主題曲到底會是哪一首？我想起庭庭阿姨拿法法希安來的那一天，媽媽問阿姨我們像不像，而我極力不想和她相像，到底是為了什麼？看見完美的人訴說自己的不幸，而那不幸，還真的是壓倒性的不幸。她連這個都能蓋上一個勝字，從她出生開始，我什麼也贏不過她。完美的她，完美的她們。

但如果要說什麼有命中註定的事情，那就是她是我的妹妹。我們一起玩耍過，洗澡過，從樹上一起摔下來。我抱過她，梳過她的頭髮。我深深嘆了一口氣，試著回應林葵要我知道的事情。

「開始爬山之後，發現我很喜歡山。但與其說我喜歡山，還不如說，我喜歡難以抵達的地方。我喜歡曲折隱晦的森林，我喜歡探險，我喜歡那些被箭竹林掩蓋而終年陰暗的路徑，我喜歡踏上它時腳下感受到柔軟腐敗的土層，我喜歡從沒有機會晒乾的露水，聞起來有一種被遺忘的氣味。」

我觀察她的表情，猶豫了一下，然後伸出雙手，包覆住她握著馬克杯的手。

「後來才發現，或許是天性，因為，我也喜歡難以抵達的人。**因為難以抵達，所以一切都是自願的**，愈複雜愈掩蓋，就複製愈多迷途。但我不怕，因為就是要看到那種黑，我才進來的。我總是在找一條最困難但能直通核心的獸徑，不管那要花多久的時間。我說的，你能明白嗎？」

視線藏在水最深的地方，慢慢浮上來。我妹妹用和我一樣的眼睛看著我，琥珀色的眼睛，兩個平行宇宙裡各自的星辰。

「這是你的答案嗎？」她想了一會兒之後反問我。

「沒有，這不是回答，因為你要我知道的事情，對我來說有點困難。我並不理解你所說的那個世界是怎麼運行的，但或許那裡的人，都是難以抵達的人。」我老實說。

「所以，要花很長的時間去靠近嗎？」她問。

「理論上是，因為在真正的世界裡，沒有不前進就能抵達的地方。」我告訴她。

經過漫長的沉默，她動也不動。咖啡廳的背景音樂換成了鋼琴協奏曲，一樣糟糕的音質。

「我從小就知道所有的事。」她眼裡的星辰忽明忽滅。

「大家都在努力愛著彼此，努力不傷害彼此，然後努力不受傷，每一個人擁有的再減去失去的，看起來都是負數，這讓我覺得，愛是一件浪費時間的事。

「姐姐，我很羨慕你，我也羨慕哥哥。但我羨慕你們和我討厭你們的是同一件事。你們只有彼此，卻決定這世界只有彼此就夠了，我擁有一切，我卻覺得……很無趣，為什麼我會這樣呢？爸爸媽媽愛我，或許是因為我的臉，是因為我長得像她，或是我長得像他。其他男人愛我，也只是因為我的臉而已。我覺得很可笑，光是一張臉就可以有這麼多愛。但沒有關係，因為只要擁有的多，我就不會是負數。那你告訴我，這麼容易得到這些的我，為什麼要去一個難以抵達的地方？」

因為你想愛阿樹嗎？我過了許久才開口。

「就算他是一個騙子？」

對，就算他殺過人。我說。

林葵緩緩把頭髮勾到耳後，深深呼吸，胸膛起伏。每一次吐納，臉上的淚似乎就乾了一些。最後她恢復成平常的模樣，傾瀉的直髮，美麗的輪廓，針織衫下青春盛放的曲線。剛睡醒的年輕醫生，打著哈欠經過我們時，停下腳步回頭看她，揉了幾次眼睛。

「沒有，我不想了。」她明確地表示。「我曾經想認真，但那真的很不適合我。愛對我來說不應該是愈挫愈勇，不應該要破關斬將。對於那些花時間才能抵達的人，我沒興趣。」

我看著林葵。她是這麼地美，美到每一次都是她說再見。我第一次明白那完美的底下，或許和我一樣彆扭，一樣曾經懷疑有人會愛真正的自己。一直到這個時刻，我似乎才認識我的妹妹。我們是如此相像，看起來篤定擁有一切的人，與假裝沒有也無所謂的人，都同時受著深深的傷。

她抽了一張桌邊的白色紙巾，輕輕擦拭桌上的淚痕。

「姐姐，我來只是要跟你說這件事情而已。」

為什麼這件事，重要到你要親口跟我說？我不解地問。

「你真的不懂喔？姐姐。」

她將美麗的臉微微一側，嘴角浮出媚惑的微笑，小小的邪惡。擦過眼淚的紙巾折得方方正正，端正地擺在桌角，像一塊被縮小的鹽田。她換上非常客觀的眼神看著我，安靜地告訴我。

「關於阿樹，你要忘記所有你曾理解的方式。」

和她告別後，我站在醫院的騎樓下，恍惚地看著車道兩旁水銀燈下傾斜的雨絲。不要理解，不要用腦袋想，那會是什麼方式？

雨下得正大，前方兩個看似剛探完病的中年男子站在車道旁抽菸，沒有帶傘，沒有交談，可能在等雨停。他們面無表情地抽著，在醫院外面像是不要命地一根接著一根，把人生的苦都吸進可能已經壞掉的肺裡。隨著雨而來的菸味，讓我突然記起一個夢。

庭庭阿姨來家裡那天，我曾猶豫要不要叫車去植物園的舊公寓，後來含著法法希安睡著了。夢裡我聞到了菸味醒來，阿樹像是剛從陽台抽完菸，坐在我的腳邊。我相當混亂，難道我有來找他嗎？下意識地看了一下手錶，沒錯，又是凌晨兩點。

我記得他說他需要我。我從沙發起身，輕輕牽起他的手，帶他走過遠處透著微光的無聲隧道，穿越濃密的黑暗，避開他曾迷過的路。他坐回床上時，沒有放開我的手，厚厚乾乾的手掌從腰間滑進我的背，顫抖的他將臉貼著我平坦的腹部。

顫抖的他將臉貼著你平坦的腹部。他將你的衣服褪下，撫觸你的時候和第一次一樣，你恥骨覺得酸酸的。他要你跪下，憐愛地撫摸你的頭髮、下巴、喉頭，在你嘴中強烈地勃起。你無聲地跨坐在他身上。將堅硬的他引導到你的裡面。他無法選擇，只能緩緩沿著潺湲的源頭滑入。你也無法選擇，不由自主隨著他安靜的深入，扭動，喘息。你們逐漸陷進古老森林落葉堆積的深泥中，原始的氣味，清新卻腐敗。你裡面的他，堅硬又脆弱，和外面的他一樣。

你們面對面，你閉上眼睛做你的夢，他睜著眼睛也做著他的夢。你們都在睡，但身體卻如此清醒。每一道皺褶、紋理、溼潤與緊繃，你們都知道完美契合。你們以那麼小的地方結合，它們沒有比大腦大，甚至沒有比心大。

時間的長短不存在，只剩下潮汐。你們湧起又退下，那個什麼像一道又一道的浪打過來。他沒有辦法制止他的身體，你也沒有辦法控制你的，該發生的就是會發生，該來的都會一起來。

你強烈地收縮著，激烈的他在裡面射精。月亮升起，太陽沉進海底。那一瞬間，你終於明白，他要你體內溫柔收集另一種他，是因為他想要運到另一個世界。**在那個世界裡，做愛的人相愛**。

你們曾經抵達沒有人踏上的，眾神的山巔，是墜落也是誕生的那天，天際線上布滿星星，每一顆星星都是對的方向。他親手交給你的天降石，那排成三隻眼睛的星陣，早已存在千億年。每一世藏在你背後的合唱，如同腹語，曾經是丈夫，曾經是孩子，曾經是兄弟，也曾經是愛人。但什麼解釋都不重要，那些情節，那些補償，那些創傷，有些事情，身體比你先知道。

因為每一種死去前，他都以肉身保護你。你知道，你也將永遠保護他。

3

軒永突然驚醒。

他睜著現實的眼睛搜尋眼前的一切，層架、圍巾、保溫壺、裝滿水的錫桶，他確定他不是在夢中。低矮黑暗的倉庫浸在銀白色的月光下，一切清晰可見。滴滴答答殘落的雨聲，鼻腔裡凜洌刺人的空氣，他沒有看時間，他知道這是某個特定的時刻。擺盪在太陽所及與不能及的時刻，擺盪的之間無法定義，無從切割。夢境是某一世的記憶，另一種性質的生命，如同雷電、暴雨、迷霧與風的啟示，全是生命的本質。

軒永起身下床，走到床邊，用手指觸碰剛剛少女跪著的地方。當然沒有溫度，他搖著頭苦笑，閉上眼睛，沮喪地盤腿坐了下來。雨停後，過分凝滯的空氣使他受損的那隻耳朵激烈地耳鳴起來，大腦深處嗡嗡作響，幾乎要將身體鋸開來那般劇烈地疼痛。軒永面對牆，用手掌用力壓著耳朵，強忍著，調整了一會兒呼吸才睜開眼。窗戶被打開了。小小的窗正對著一座山。清朗的黑夜裡，龐大沉重的山體，山巔被白雪覆蓋著，在月光的照射下閃閃發亮。嶙峋山峰在兩旁聳立，像是面對面凝視對方，準備相擁的一對情人。

軒永的心臟猛烈地跳動，在黑暗幽靜的倉庫中發出巨大的聲響，心跳激烈地鼓動，幾乎就要窒息。他找到了，他終於找到了。他不可抑制地狂喜，心中自然浮現珊的臉，就快能見到珊了。同時他也想起來，他想起了，那是同一雙眼睛。

你曾經在這裡。你想起第一次在這個小倉庫，她說過她來自一個看不到海的國度。你想起你在月光下吻了她，並且與她深深交合。那不像上一輩子的事，就像剛

剛才發生。你們交換了彼此的真名，並且立誓要去對方出生的地方。你記得那個連她自己都遺忘的藏名，她叫木桼，但她的真正的名字是嘉措多札，大海的石頭。

連外套都沒有穿上，在深夜零下的博卡拉街上，軒永朝黃色公寓的方向狂奔。

4

和林葵告別後，我搭電梯回病房樓層，發現走廊上亂哄哄的，穿藍色病人服的病患與白袍醫生一起站在公共區高掛的大電視前，人們將頭高高仰起。穿粉紅色的護理師們圍在護理站的電腦前，捂著嘴不停驚呼。我遠遠聽見新聞主播激動高亢的聲調，說著這會不會是某個國際組織的恐怖攻擊。

我將剛剛隨手擱在櫃檯的熱水瓶抱在懷裡，走到走廊盡頭的茶水間，飲水機旁有個穿著病人服的年輕女生，頭髮披散在臉上，手背貼著塑膠注射軟管，推著點滴在電鍋前用單手熱飯菜。我問她需不需要幫忙，她虛弱地對我搖搖頭，低低說了聲謝謝。飲水機旁有扇大窗，從那裡可以看到隔壁院棟的室內，窗戶內側懸貼著像是剪紙的小紙片。應該是小朋友的病房。雨下得更大，我看著剪成鳥與蝴蝶的紙片被風吹得像是振翅一樣。

我總覺得，醫院像是漂浮在宇宙的國際太空站，身心疲憊、行動遲緩的太空人，在漫長而無止盡的光年旅行中，被餵食計算好的食物，推進各種實驗測試，為防止肌肉萎縮與維持循環系統，完成規定的運動量，完全喪失身體的隱私與自由。我按下熱水鍵，微微聽見茶水間外仍然情緒高漲的電視播報聲。現實的世界竟然比科幻小說還荒唐，我心裡想。

一進病房，就看到表情無奈的阿樹捧著插滿藍色花朵的花瓶，正依照媽媽的指揮轉動角度。每一面都很漂亮啦，他對媽媽說，不然我每小時來轉十五度？媽媽看見我走進來，轉頭笑著問，是誰帶來這麼漂亮的一束花？

我瞄了一眼阿樹，他正熱心地調整花瓶，身材高大的他特意蹲到媽媽的高度，手撐著膝蓋歪著頭看。廊外傳來咚咚咚的快跑聲，病房房門突然啪的一聲被用力拉開，林葵被大雨打溼的長髮披在身上。

阿樹和媽媽都嚇了一跳，尤其是阿樹。他迅速瞄了衝進來的林葵一眼，又立刻想從我的表情看出端倪。我窘迫地說：「哎，剛剛葵來送花，就在樓下喝了杯咖啡……」邊解釋的同時，邊看著神色緊張的林葵。她穿著淋溼的大衣，不發一語地到處翻找。會是什麼東西遺落了嗎？我正納悶著，便瞧見她從雜誌堆裡找到遙控器，急忙地開啟高掛在牆上的電視，將音量轉大。

畫面中，新聞女主播急促地播報：「這是三十年來最嚴重的空難，除了飛機墜毀，跑道上正等待起飛的兩架飛機也受到爆炸波及，上百位旅客受難。依照目前拿到的旅客名單，墜毀的機上確實有從博卡拉返回加德滿都的台灣旅客，總共十七名。以下幾個目擊畫面，是由尼泊爾現場民眾的手機拍攝。大家可以看到，在墜落前機身這個大幅度的轉彎……」

阿樹撥開林葵，僵直地走到電視前，仰著頭看著一架巨大的飛機急轉彎後，右側機翼低空直衝鏡頭，劃過低低的屋頂。手機仰天拍到機腹後，鏡頭忽然激烈晃動，接著響起巨大的爆炸聲。畫面突然轉向不遠處的機場跑道，一團橘色與黑色的龐大火球以高速在地面上滑行，衝向停在一旁的幾架飛機。一連串巨大炸裂聲轟轟作響，眼前燃起高高的火焰。

幾段可能是不同人拍攝的短影片重複播放，畫面突然閃爍著「最新消息」四個字，一次又一次的爆炸，四處噴射的飛機殘骸，跑馬燈開始顯示官方釋出的台灣旅客完整名單，一個名字接著一個名字從螢幕下方滑過。林葵著急地轉頭問：「姐姐，哥哥有沒有說他什麼時候回來？」

我視線越過了林葵的臉，從她後方電視裡，看見了他的名字。

林軒永。

第九章

同時看見月亮與太陽

1

等到我真的有印象，一醒來就在植物園那個舊公寓裡了。我從沙發上勉強睜開眼，慶幸著原來只不過是場夢。阿樹像以往一樣坐在我腳邊，只是這次他是醒著。我看著他說，喂，我夢到軒永墜機了，超可怕的。他皺著眉不發一語，大手輕輕放在我的肩上。

耳朵深處不規律的嗡嗡聲，頭部像被鈍物重擊，右手臂被包紮著，摸摸睫毛上方，眼皮浮腫得像一坨被浸爛的破布。我不明白，我想聽懂阿樹現在正在對我說的話，可是始終無法了解。腦子一團混亂，身上皮膚的每一公分都像被灼燒般地疼痛。

我還清楚記得在機場那天，說再見的時候軒永緊緊抱著我，貼著我的心臟是那樣激烈地跳著。他額頭貼著我的額頭，將脖子上的法法希安越過我們之間來到我的頸上，露出一抹我最喜歡的微笑，那種不言可喻的親密。他低聲說，等他回來，再一起去都蘭山看那棵刻上我們名字的樹。「你一定會意外。」他笑著說：「十五歲之後，你幾乎沒長高過。」

為什麼正在發生的幸福，會和正在失去的幸福，非要是同一件事呢？如果愈被吸引，愈深入追求，就愈可能失去某一部分的自己；或是愈往前跑，就愈靠近結束。那，我們為什麼要出發，或者，為什麼我們要相遇？如果取消這一切，我們的人生會不會有不一樣的結局？這超越我目前可理解的範圍，我試著思考，可是怎麼也想不通。

阿樹的嘴巴開開合合，正在努力說明的樣子，但他的聲音就像吹在海浪上的遙遠風聲，我只聽見自己心跳時輕微的雜音，身體隨著漲潮的海浪，一波又一波地被沖往陌生的岸，靈魂的一部分已經留在某處我從未踏上的國度，那地方沒有任何我需要理解的事情，沒有痛苦的事，沒有絕望的事。

就在一瞬間，我似乎遠遠地從海上聽到幾個字，那關鍵字抓住了我。漸漸的，海浪慢慢退潮，露出一點沙灘。媽媽。我將瞳孔慢慢聚焦回阿樹的臉上，他說了好幾次。

媽媽。我喃喃地重複這個關鍵字。

看護已經趕過去醫院，你弄傷自己，把媽媽嚇壞了。阿樹喉嚨啞啞地說。

我疑惑地摸摸右肩，劇烈地疼痛。低頭看了一下被包紮的傷口，完全不記得。

你不斷尖叫，情緒很不穩定，幾個人抓都抓不住你。他紅著眼眶，欲言又止。幸好認識的醫生趕過來幫了忙，要我帶你回來。

揉揉身體，果然有多處瘀傷。恍惚地摸摸口袋，問起我的手機。

他說，要看新聞嗎？手機昨天被你摔爛了，用電腦看好嗎？我點點頭。他將筆電拿了過來，好幾個視窗都正播著空難的新聞，只是轉成靜音。阿樹邊調整音量邊說，他看了一整夜的新聞，或許是深夜裡搜救沒什麼進展，那些外流出來的手機畫面只有一具又一具焦黑的屍體。其他的國際新聞也都只是重複一樣的消息。

我盯著女主播，她高亢的聲調已恢復平靜，用正常的語速播報。昨日發生在尼泊爾加德滿都機場的飛機爆炸事件，不確定是否為恐怖組織攻擊，或是飛安問題，然而飛航安全一直都是該國最令國際詬病的致命傷。尼泊爾機場處於高海拔地區，氣候易出現急遽轉變，但幾乎都是老舊飛機，甚至連副機師、雷達或GPS設備都沒有。目前尼泊爾各機場已經下了禁飛令，不許任何飛機起飛降落，也在機場外架起範圍廣大的封鎖線，首都開始實行戒嚴，大批的外國旅客需要從陸上交通轉由印度出境。台灣外交部正積極爭取，在可能的罹難旅客名單中可有一位家屬輾轉安排至加德滿都，但是否能接近事故現場，目前都還在等候最新消息。

我轉頭問阿樹，軒永的家屬會是誰去？他吞吞口水，說林葵已經在前往桃園機場的路上了。不知道為什麼，我聽到時竟還笑著說，為什麼不能是我？我也是他的妹妹啊。

我用手捂著臉，雙肩顫抖著，心裡空盪盪的，想不哭出聲音，卻沒有辦法。阿樹緊抱著我，下巴緊靠在我的額頭，他的眼淚也滴在我的手上。

之後在醫院恍恍惚惚，甚至好幾次回過神時，不知道自己為什麼站在這裡。護理師們特別看照我，幫忙著媽媽的評估報告與出院手續。因為林葵臨時離開，阿樹急忙將新店山上的高婆婆安置回台東都蘭的爸媽家。一切亂哄哄的，遠在歐洲的父親與庭庭阿姨也緊急暫停行程，分別準備回台。

但此時，媽媽比任何時刻都更有信心。她每天打電話給高婆婆時，總是用十分開朗的聲音宣布。

軒永從小就對時間很沒有觀念，連學測都睡過頭，一定會錯過那班飛機的。

軒永肯定又在哪裡玩瘋了，你記得他和珊珊小時候一天到晚都在外面闖禍嗎？

林葵輾轉抵達尼泊爾後，才知道現場一切資訊非常不明朗。像是雖然有旅客名單，但只是機票的購買紀錄，甚至線上與臨櫃售出的數量加總都與官方宣布的不吻合。當天實際的登機狀況是以非常隨性的方式處理，聽說博卡拉機場那天早上刮著異常的大風，氣流非常不穩定，不管是往加德滿都、盧卡拉、佐莫索姆的班機都是延誤再延誤，候補再候補。當時沒能上機的旅客說，所有人都只能手持一張小紙片待在現場等地勤大吼，不要說航班資訊的電子螢幕，連個廣播器都沒有，如果不是圍在登機口，根本不會知道這班飛機是取消還是起飛。要是上個廁所買杯咖啡，你的飛機就有可能搭上一陣好風，在那個瞬間就起飛了，你只能在登機口眼睜睜錯過。

「媽，如果軒永沒事的話，一定會跟我聯絡的。」她掛掉電話後，我轉頭對她說。

「林葵不是說尼泊爾收訊很不好？」抗癌鬥士樂觀地說：「你不要再胡思亂想的，我看你乾脆去台東看看高婆婆。你爸爸和庭庭阿姨快回來了，我來照顧他們。」

2

到了台東才知道，阿樹也直接提了離職。

他開著軒永的藍色Ｔ４來載我，才幾天臉就晒成棕色，體格瞬間褪去台北的模樣，像換上一件新衣服似的，變得結實而精壯。他說他爸媽很高興高婆婆能一起住，吩咐他趕緊在動線各處裝上扶手，還簡單改裝了浴室。

我對他說起抗癌鬥士的論點，他點點頭說，依照林葵在現場的說法，可能罹難的名單上，有一半的人是已發現托運行李或可辨別的屍體，而軒永目前是被列在另外一半的待確認名單中。

「聽說在離墜毀現場遠處的森林中，還有人發現一位被飛機抛出的乘客呢。」新的阿樹故作輕鬆地說。稀奇的是，我身邊的每個人都比另一個人更樂觀。我們開在接近黃昏的台十一線上，我看著車窗外白浪翻飛的太平洋，軒永是在一個沒有夕陽的地方長大的。一個從小就只會看見開始的孩子，不會那麼輕易接受結束。

長距離的沉默行駛。我想起軒永曾說過，我們必須擁抱距離，才能靠近自己。恍惚地眺望道路前方一一閃現的綠色路標，富岡、加路蘭、都蘭、隆昌、金樽。軒永也是一個地名接著一個地名地往前走。突然一個念頭閃過。佐莫索姆機場。軒永曾在這裡打過電話給我，語氣既是恐懼又是狂喜，他說他終於知道木柰的行蹤了。

我向阿樹借手機，看著手機的地圖努力回想。他曾說過一個玫瑰色的城市，從佐莫索姆只要花五百塊美金就可以啟程，木柰是在那裡獲救的。

找到了。Upper Mustang，上木斯塘。我放大了地圖，那裡離西藏的邊界如此近，近到像是翻過一座山脈就能抵達。

阿樹側眼看我匆忙翻找地圖，或許是想要轉移我對搜救進度的狂熱，突然轉過頭來對我說：「我離職了。」

「什麼？」我驚訝地從手機螢幕上抬起頭來。「怎麼這麼突然？」

他想了一會兒，用手扶一下眼鏡，意味深長地沉默著。果斷超越了一輛大型的運輸卡車，快速打方向燈開回原本的車道。

「有件事一直沒讓你知道。應該是說，軒永一直不想讓人知道。我並不是要嚇你，但我為此展開無數的騙局，此生變成一個把謊說得很好的人。你可以從此以後都瞧不起我，」他看了看後照鏡。「但沒有關係，因為如果時間可以倒轉，我也沒有勇氣做跟當初不一樣的選擇。」

就算是這樣，你還是喬衍樹。我說。

他苦笑了一下。「你一定知道我是嶼山工作室的負責人吧。過兩天有個承包案一定要上山，軒永現在不在，我乾脆離職頂他的位置。我從沒能為軒永做些什麼，但至少我能保住嶼山，那是他最在意的東西。」阿樹把車窗打開一個小縫，一股冷冷的風吹進來，車子內部響起不一樣的回聲。「至於為什麼負責人不是軒永，是因為那時候他還在假釋期。他不想要工作室的成立或接案，因他有前科紀錄而變得太複雜。」

前科紀錄？我提高聲音重複了一次。用「你知道你在說什麼嗎？」的口氣。

阿樹默默地點點頭。問我會冷嗎？

不會。我斷然地說。

兩旁的天色暗了下來，平日車流少，明亮的車燈讓立在兩旁筆直的樹幹一一顯現又消逝。星星和月亮還沒有出來，只有隔著車窗微微的浪聲。過了許久後他才開口。二十歲那年發生在蘭嶼的意外，被希力頓平時沒來往的台東親戚大作文章，他們堅持軒永身為專業的潛水教練，卻讓遇難者進行有極高風險性質的野潛漁獵，指派了水性較差的學員擔任潛伴。教練自行至海底長時間架設錨繩，未能充分照看同行者，導致遇難者在危險海域被魚叉釣線纏繞致死。

儘管參與搶救的教練與阿樹皆出庭作證，積極解釋事發當下的狀況，律師也找來經常一同漁獵的朋友說明，希力頓是島上公認的潛水打魚高手，甚至可以說是蘭嶼族人認可的漁獵指標人物。他免手平壓下潛二十米是稀鬆平常的事，即便他生前並未有任何潛水證照。但希力頓父親這邊的親戚貪心著希力頓的遺產，不只金樽漁港邊那間小屋，還連著後方一大片土地產權，更趁機獅子大開口，要了高額的和解金。

「軒永那小子卻什麼都認，最終被判了刑。後來態度良好，假釋三年。和解金他也沒爭，一口氣答應了龐大的賠償，拒絕所有人的幫忙。他打從心底就覺得那是他的責任，他本來就該阻止喝了酒的大哥下海，但其實被希力頓交代方位的人，根本就不是他，潛伴是我，犯錯的是我，人是我殺的。我才應該是那個耳朵壞掉的人，我更應該是留下前科的人。

「最後開庭那天，他對著我說，十五歲之後，他失去什麼都無所謂了，但我與他不一樣。最可笑的是，我不知道我愛他，是因為他願意為我承擔一切，還是因為我接受了他並沒有比我自己重要。」阿樹雙手緊握著方向盤，眼睛盯著前方黑色的道路，面無表情地說。

風吹亂長髮，我在胸前緩緩打了一條長辮。這就是庭庭阿姨說的三年，也是林葵所說的騙子。那時滑溜溜鑽進記憶泥濘裡無法捕捉到的問號，我先吞進肚子裡，此刻才真正明瞭，身旁的這個人，可能是個什麼樣的人。到剛才為止還覺得是很安心的存在，現在卻不知為何全像虛構，我們幾可亂真發生過的曾經，是否終究不是真的？才一段車程的時間，世界就被他搖晃成混濁的海，強勁的海流在黑暗中捲成漩渦。不應該是這樣。

我屏著呼吸，閉上眼睛。身體感覺到車子一個左轉，彎進小馬路。咻咻的風聲，兩側樹葉拍打在車體上，柏油路的盡頭，開始顛簸的殘廢路。輪胎壓過細碎的小石子喀拉喀拉，低垂的芭蕉葉掃過車頂發出刷刷的長音。

風被森林收攏，樹濤溫柔起伏。車子巧妙地一個上坡，右轉後平穩地停下，幾乎沒有感覺到煞車。引擎熄火。聽見兩側窗戶喀嚓一聲往下降，家屋熟悉的氣味湧來，鹹鹹的海風飄散著香草植物的氣味，在記憶深處簽名。浪聲襲來，我聽見了夢的預言。

我仍舊閉著雙眼，黑暗中伸出手。他或許有些遲疑，過了一會兒才堅定地反握。此時我緩緩睜開眼睛，獵戶星座腰帶的三顆星星，在夜空以不一樣的節奏閃爍。

「沒有人是完美的，我不是，你也不是。或許終其一生，我們追求的都不是獲得，而是失去。失去翅膀和魔法，失去做夢的能力。但那幾乎是充滿宿命感的，你終究會失去那個自己。我們能決定的，只有何時失去，與如何失去。兩者之間從不折損彼此的存在。」

我緊握他的大手，感受到我們重重的脈搏，逐漸變成同一個節奏。我跟著節拍，一次又一次用力撞開他緊緊抵著的心門。「而就是這些失去所產生的不安與恐懼，才讓自己和自己苦苦對抗，因為如果不這樣，不透過失去些什麼，我們就無法感覺自己還活著。

那些會想起死的人，都只是太想活得完美。」
我知道我將說出口的並不尋常，遲疑了好一下，鼓起了勇氣。
「我知道你，我見過每一世的你。每一個你都不完美。但每個不完美的你，累積成某種罕見的完美，那是只屬於你的模樣。而此生的你，是我見過最好的版本。喬衍樹，你是我見過最好的人。」
他低著頭，將我的手緊緊貼在臉頰，肩膀微微顫抖，淚水從眼眶滑落。門終於打開了，視線展開此世陌生的地景，我們踏上只出現在夢中的樓梯，站在八千公尺的山巔上，一同側耳聽著遠方嗡嗡的誦經聲。我和他在青藏高原滿天的星空下緩緩墜落，愈是接近，背後投下的黑影愈是巨大，多黑都沒有關係。
啊，我知道你在哪裡了。軒永。你正在很深很深的地方。我緊握著胸前的石頭，聽著夢的預言、貓頭鷹的鳴叫。你曾說過，離開是為了更靠近。

3

周圍突然變得靜悄悄的。先是風乍然停止，接著是鳥叫與蟲鳴，遠方沒了狗吠與浪聲，樹葉不再擺動，連細瑣的摩擦聲都消失，彷彿一起約好，家屋展開一種睡眠儀式，像是要推進更深一層夢境似的。隨著浪聲捲來的大雨，決心要擦拭比它更清醒的痕跡，是某一種意念的執行，以令人窒息的方式，激烈地降落。

我圍著披肩，坐在二樓長廊的藤椅上，闔起書瞇著眼睛，注視著這罕見的大雨。其實我什麼也讀不進去。這天自清晨阿樹打電話說要過來，我就坐在外廊等著。腦袋裡無數思緒閃過，幸好家屋沒有電視，摔壞的手機過兩天才會辦好。要是有新聞或網路，我肯定又會著了魔地一頭栽入搜救進度與各種猜測中吧。我望著滂沱的雨勢發愣，這樣的雨，阿樹應該會被困在山上，回到家屋至少是明天的事。

夜色完全地暗下來，一陣芭蕉葉斷裂墜地的聲音，像準備訴說祕密的最後一聲嘆息，也是造夢者的前戲。雨勢中，遠方兩盞黃色的車燈在朦朧水氣中逐漸接近，車體以謹慎疑惑的氣場前來。那不是他。我警覺地伸長頸子，傾盆大雨中依稀看到一台紅色的小車緩緩開進芭蕉園。

我疑惑地站起身。不像是鄰人過來探視，或許是迷路的旅客錯認這裡是某間民宿。被茂密的樹叢擋住視線，車子不知道是開走還是熄了火，芭蕉園恢復成隱密無聲的一團黑影。雨仍執拗地下著，海還不夠溼，夢還不夠深。

過了好一陣子，我才聽見踩在小石子上細碎的腳步聲，連忙下樓，打開家屋各處的燈。雖然不應該害怕，但家屋位在山的深處，獨居者還是要有些警覺。快步走到門口，綠色的木門就被嘩啦啦地拉開，燈下站著兩個人影。

在前面推門的，是一位個子嬌小，頭髮剪得短短並染成淺茶色的少女。圓滾滾的眼睛，棕色臉頰上有許多雀斑，兩邊的耳朵戴著一對細細的銀色大圈圈，耳環晃動反射著頭頂的燈光，在臉上投下金屬特有的閃爍。她背著雙肩包，奶油色短外套裡是一件咖啡色洋裝，黑色的厚底短靴。時下大學生的裝扮。

「請問這是林軒永的家嗎？」她用富有表情的聲音開口。聲調非常有韻律感。這讓我突然對她產生一股親切。

是的。我回答。

她笑開了臉，像是遊戲終於打進了最後一關。「我叫阿畢絲。」

我猶豫了一下，回了句你好，然後說：「真不好意思，軒永現在不在。」

「我不是來找軒永哥哥的，我要來找住在這裡的人，她叫傅宇珊。」

我聽到自己的名字從她口中說出，不知為何竟沒有感到意外。我說了我就是之後，她露出一臉「我早就知道了」的表情，非常乾脆地拍拍身上的水痕，轉頭和後方還撐著傘的黑影點點頭。

影子慢慢地收起了黑色的大傘，先是看見雪白的頭髮，整整齊齊地扎成一個小馬尾在頸後，然後是那雙眼睛。大概是上了年紀而駝著背，但過去高大健壯的身影還藏在原本的骨架裡。他先低頭歉然地微笑，整張臉揚起溫柔的皺紋，但看著我的眼睛露出了難以描述的異樣光芒。我震了一下，全身的血液瞬間凝結。

是獵人。

我愣愣地盯著獵人。在他身後，雨將黑灰色的天和黑灰色的海連成一片。突然起風了，激烈的雨勢夾雜著風勢，厚厚的雲快速移動著。我無法分辨天與海之間的界線，就像我無法分辨眼前現實中與腦袋想像裡的這個人。我凝視著他的眼睛，對方則用一種類似永恆的目光回望。

阿畢絲坐在門邊，邊解開靴子的鞋帶邊說：「這是我祖父，叫他達海就好。他聽得懂一些國語，但說得很爛，他不想學。」她淘氣地做了一個鬼臉，然後撐著手臂跳著站了起來。「那——」她好奇地來回確認我們的表情。「我們可以進去嗎？」

我回過神，躲開獵人的眼睛。「當然，請快進來。」

我欠身讓開入口，帶客人到大木桌。她攙扶著祖父，我到廚房準備熱水與茶點。阿畢絲想必就是果子狸女孩了，雖然過了快十年，依舊和軒永形容的一模一樣，只是如此活靈活現地跳到這個時空，讓人有些措手不及。

果子狸女孩在家屋探頭探腦，熱切地將隨意擱置的毛線和書本翻了一遍，又把軒永自製的木碗木杯拿起來把玩。她站在樓梯上好奇地往二樓張望，獵人用族語說了一句什麼，她嘟著嘴走回祖父身旁，咕噥了一下，才將後背包抱在胸前，一屁股坐下。

我還沒把熱茶與點心放到桌上，阿畢絲就問起軒永。她說上星期在學校宿舍看到新聞嚇了一跳，趕緊打電話到部落。幾天後新聞熱度過了，就再也沒看見後續的報導，祖父非常擔心。我快速地解釋，因為墜毀的飛機與被爆炸波及的旅客名單眾多，當局政府還未查明爆炸原因，於是先封鎖國境，目前只允許一位家屬留在現場，加上官方訊息又十分封閉，無法證實的小道消息漫天流竄。

「軒永的妹妹說即便她人在現場，也不知道該相信些什麼。每天只能看著布告欄上不停增刪的失蹤名單，或是到機場和外交辦事處碰碰運氣。她昨天說有人在博卡拉機場看見背著大包包的長髮亞洲人，但似乎不是搭上飛往加德滿都的墜毀班機。」我盡量簡單扼要地說：「她雖然想前往博卡拉探聽看看，不過因為有不少恐怖組織紛紛跳出來自稱是自己的聖戰行動，導致目前的國情不是太穩定。她還是會暫時留在警備充足的加德滿都，繼續等待最新的消息。」

阿畢絲一邊口譯，不時嚴肅地點點頭。身旁的獵人對著孫女說話，像是在確認些什麼，阿畢絲用族語回覆。我擔心說得不夠清楚，又補充了一些。

看著祖孫倆，我忍不住好奇地提問：「你們怎麼知道我在這？」阿畢絲露出孩子氣的表情，微微抱怨說，珊珊姐姐你的手機都打不通，我是打去台北家裡，你媽媽說你在軒永哥哥這裡。

「你們怎麼會有我家的電話？」她沒有直接回答我的問題，反而露出謹慎的表情，拉開後背包小心翼翼地拿出一個牛皮紙袋的包裹，約莫巴掌大小。

「這是祖父在空難消息兩天後收到的，是軒永哥哥寄來的。」她說。

我驚訝地接過那個包裹。他的手機訊號在尼泊爾時好時差，經常一進山裡就八、九天不見蹤影。我當時忙著工作和醫院的事也不以為意，想不到之後怎麼也連絡不上。

我撫摸著牛皮紙袋的封面，黑色的字跡線條爽朗，微微往同一個角度傾斜，他的筆跡。上方的寄件處是一個博卡拉的地址，中間收件者的名字則寫著 Tahai Tascukan。我抬頭看了一下獵人，他指了指自己，親切地對我笑了一下。

我從袋中倒出一本筆記本，獵人用眼神示意，鼓勵我打開來看。我翻開封面，第一頁就用英文寫著，緊急聯絡人 Fu Yu Shan，下方是我的手機和家中電話。

翻開了第二頁，軒永用黑筆畫著某座山峰的素描，左上方標明日期時間、氣溫體感、山名等細節。第三頁、第四頁，大部分都是這樣的形式。Manaslu、Dhaulagiri、Annapurna III、Annapurna IV……有的時候是重複的山名，可能是移動了海拔高度或是方位的不同，同一座山的山峰就呈現出截然不同的樣貌。其中也夾雜著一些動物、山屋或溪谷的素描，某一幅我一看就知道，軒永畫的是小男人翹著腳在柴火爐前打瞌睡的模樣。軒永經常在畫面的空白處，寫下兩、三句話，像是這一頁寫著：「負二十度，角膜脫皮。一整天視線模糊，睜著眼睛卻覺得瞳孔積了厚厚的一層雪。」

我看著看著，不禁紅了眼眶。他打給我時什麼苦也沒講，他多疲憊、多心累都不會說，就像十五歲他裸著上身跪在家人面前，或是二十歲為了蘭嶼的意外出庭，他從未想要辯解什麼。

獵人要阿畢絲翻譯，說軒永接下了獵人的請託，去尼泊爾找一座山。他知道獵人眼睛不習慣看螢幕，所以沒拍照，而是仔仔細細地畫下每一座山的各種角度，寄給了他。我邊聽邊再翻了幾頁，情緒愈來愈激動，怕忍不住哭了出來，便將筆記本闔了起來，遞還給獵人。

「謝謝你專程來分享，這真的是珍貴的紀錄，也是禮物。」

獵人搖搖頭，把筆記本輕輕推回我面前。我有點不解地看著他。

「雖然是寄到部落來，但祖父說，軒永哥哥是要他轉交給你的。」阿畢絲說。

我或許露出了一副不知道該怎麼回應的表情，善解人意的阿畢絲接著說：「你應該一個人慢慢看，或許看完後就會明白祖父的意思。」

我欠身道謝，先請客人自在休息，便緩緩走回二樓，像小時候一樣，就著昏黃的燈光在長廊坐下來，仔細將黑色的硬殼筆記本正反翻轉了幾次，覺得不可思議。為什麼獵人說這是軒永要給的我呢？若是這樣，直接寄給我就好，為什麼還要獵人親自轉交？

我重新整理了心情，開始逐頁仔細閱讀。這不只是畫給獵人的紀錄，也是軒永的日記。周圍的現實就像影片一樣漸漸淡出，偌大的雨聲從耳朵旁逐格消失，而我正一步一步踏進了那個由光暗與冰雪設定的世界，專注地追蹤他的足跡。

4

Pokhara International Airport 博卡拉機場

體感零度

長老，

過了這麼多年，我才終於明白你想要教我的事。你總是說，不可能有迷路這件事。「你還沒有讓山認識你，讓風認識你，你甚至不認識自己，於是森林才會引誘你去找危險。」──你老是這樣講。

沿著獸徑走，每一條路都有自己的意識，那些痕跡，微小的細節都藏著解釋，重點從來不是正確，而是發現。我一直在認知裡迷路，在「照理應該」的執著裡迷路，但其實，追尋就像是你教我的那樣：回到自己的起點。說穿了，我們都在繞圈圈，人生只是一個更大、更大的圓圈，那半徑幾乎要以好幾輩子來衡量。

長老，我已經找到那座山。它叫Machhapuchchhre，魚尾峰。峰頂形狀遠眺有如魚尾，但近看，就像是一對情人左右相望。在這裡，我見到了木柰，或者是說，我見到了嘉措多札。她碰到我的那一瞬間，我看見了我們三個人的故事。我不想再證明為真，直接把那些當作全部的事實來接受。

長老，你對我來說，既是父親，是兄弟，也是自己，那些不需要一一解釋的事情，毫無縫隙地全部縫合在一起。夢境既是預言，也是曾經發生過的事。過去、現在、未來，對折再對折，極度壓縮成一種完整，此時此刻只是被包含在其中的一部分而已。我和她，或我和你也是，我們既是分開的，也是一體的。生命本來就不是一條所謂生死的界線，我知道那是什麼，因為我曾死過一次。

有一陣子，我活得像一頭野獸，長期飢渴地躲在無聲的洞穴裡，啟動最低的維生系統，只想面對原始的欲望，不想在乎任何人。那比在海底停止呼吸更像是真正的死，我發誓再也不過那樣的日子。

但她從來沒有想過死，她是我們所有人中最想活下來的。我不知道她是怎麼越過那些山脈來到這裡，她那樣的身體，怎麼可能在雪地裡活下來。我突然清楚你要我原地等待的原因了。她很強壯，她比任何人都強壯，這就是為什麼每一世的追尋都必須由她開啟。她從不害怕，而不害怕並不是那麼容易的事情。

我記得我們小時候，大概是三年級或四年級的暑假，颱風才剛走，我們就衝去海邊撿漂流木。那次颱風很奇妙，台東只是刮起巨大的風，非常紊亂、沒有系統的大風，但並沒有下雨，像是把所有的雨存起來留到未來的某一天，魔法般地將雨與風挪移開來。

她在烏石鼻海岬附近的草叢中發現了一艘獨木舟，不知道是不是被颱風刮上了岸，雖然舊舊的，但看起來狀況很好，還剩一隻槳。小小的船體，沒有任何破損的地方。那天半夜，我們便騎著腳踏車，兩個小孩合力將獨木舟推了出去。她最後推著船，從海裡跳到我身後。

那天新月，於是夜特別黑。離去的颱風把風全搜刮完，天空沒有一絲雲。離岸邊遠一些，海就平得像面鏡子，倒映著滿天的星空。簡直像是開玩笑，真的完全沒有風，一點也不剩。如果一手拿著細線，可以毫不費力地穿過細小的針，連一根髮絲都沒辦法飄動那樣地靜止。坐在小船上，簡直像坐在電影院座椅那樣地平穩。

海呈現深紫色，星星閃爍著藍色的光芒。我這輩子沒有見過這麼多星星，那多的程度，幾乎是液態的光，一顆連著一顆直接流進海裡，與海平面的星星相接，我們就像一顆漂浮在宇宙中的星球。而接下來發生的事，是我此生見過最美的畫面。

如果只有我，是辦不到的。如果沒有她握著槳坐在後方，我根本不會出發。她個子這麼小，胳膊細得像是可以折斷，意志卻比誰都堅定，看起來什麼都不害怕。她就是可以這樣沒有道理，而只要和她在一起，你也會覺得一切都可以成立。

我還想要說更多，但看來飛機隨時都會起飛，我要先停筆將本子寄給你，然後再次出發，雖然我也非常猶豫。我想你知道為什麼，所以你才要我回來這裡。但我好想珊，好想見到珊。

軒永

5

獵人無聲無息地上樓，悄悄走近，彎著腰用手撐著身體，緩緩地在不遠處坐下。他的臉因為聆聽而衰老，瘦枯的手臂上滿是繁複的圖騰。我看了一眼那些線條，圖案交織成微妙的暗示，招喚夢的符號。

我停在筆記本最後這封寫給長老的信許久，重複又重複看了好幾次，**軒永說的她到底是誰？**有時候像是我，有時候又不是我。腦袋中思考的引擎正在全速轉動，阿樹曾說過我是唯一能衝出火場的人，冷靜的駕駛。不行，再給我一點時間。

我深呼吸了一口氣，先闔上筆記。雨還在神經質地下著，風將大雨挾帶的霧氣吹進二樓長廊。獵人額前垂下幾根雪白色的前髮，我在昏黃的燈下站起身，跪坐在他的前方。對方以澄澈的眼神，探視我的眼睛許久。

獵人開口。你，做夢嗎？

很少。

你，不需要夢。他指指我的胸口說。已經存在身體裡了。

燈光下，他的臉看起來很累。阿畢絲在樓下喚著貓咪。風從獵人的身後吹向我，他身上神祕的符碼有著魂魄的氣味。

你要軒永交換什麼？我問。

獵人雙手舉起到肩膀的兩側，翻開了手掌朝上，頭稍微低了下來。彷彿是在說，這裡，或者是，現在。

沉默降臨在我們之間。我想著最後的那封信。**我們既是分開的，也是一體的**。他將雙手放在膝蓋上，微微側著頭，豎起獵人的耳朵，用非常溫柔卻執著的姿態等待時間的經過，彷彿是位老師，正在觀看學生腦中閃過的一切念頭，耐心靜候一個正確的答案。

你能招喚遊蕩的靈魂。我說。

他點點頭。

軒永遇見你。我說。那不是巧合。

獵人微笑了一下。

他老去卻仍然尊貴的輪廓，挺直的鼻子。他的身後依舊一片黑灰色，分不清楚天與海。因為光與暗，善與惡，一切毫無縫隙地全部縫合在一起。

「**烏馬斯**。」我叫出獵人的名字。

全身震動了一下，他驚訝地挑起眉，五官扭曲歪斜了幾秒鐘。

我用一種連自己都沒聽過的聲音開口：「烏馬斯，你為什麼要偷走達海的名字？」

烏馬斯閉上眼睛，花了很長的時間恢復表情，才以平靜的聲音說：「我沒有偷走他的名字，是達海要跟我交換的。他是雙胞胎中的長子，祖靈要求他不能遠離土地，但達海不停央求我，在他繼承獵場之前，想要把握機會看看外面的世界。於是我們交換了名字，也交換了生死。」

烏馬斯胸膛大大地起伏了幾次，像是在調整氣息。「但我沒有慶幸是我活了下來，因為我終究是一個影子，一個註定替代誰的影子。」他伸出顫抖的手，輕輕碰觸我的臉頰。「甚至在**你**離去之前，我都不知道你有沒有愛過我。如果可以選，我寧願以我的真名與你相遇，就算我會因此而死去。但我知道達海也是這麼想的。一個黑夜的靈魂卻代替了白天的靈魂活了下來，我就必須為達海不能回家的魂魄負責。」

我和木柰一起吐了一口長長的氣。她開口說。

「我要怎麼讓你明白，你與他從來就不是先來後到的問題，也不是言語上能說明的差異。愛無關長短，沒有對錯，就像是一陣風，你不會擁有一陣風，你也無法分辨哪面是風的內側。」她的聲音柔美而清麗。「愛分別存在我和他之間，也在我和你之間，因為沒有什麼比愛更強大的東西。海儘管遼闊，山儘管深遠，星空儘管神祕，但它們全部都可以被愛解釋，而我們無法解釋愛。

「沒有任何事物可以解釋愛，它就是這樣沒有道理。它巨大的力量能召喚一道風，搖晃一整座森林，也能穿越前世與來生。那裡面或許有光與暗的分別，但從來沒有界線，也不互相抵銷，即便是黑，也都是善的。」

木柰將手覆蓋在烏馬斯的手上。獵人垂著頭，輕輕啜泣了起來。「你一定要記得，烏馬斯不是誰的替身，你擁有無所不能的力量。」

她摸著他的臉頰，額頭貼著他的額頭，以族語喚著他的全名。「Umas Tascukan，這裡的我已經在你的天父身邊，而達海還在那邊等我，那是另一個神在的地方。曾被你深深愛著的木柰十分幸福，但請將坐在石板下的一部分還給我，讓嘉措多札回家。」

獵人用顫抖的手指，從衣服深處掏出了一條念珠。我記得這串念珠。那時才五歲的弟弟張開雙臂擋在我的身前。阿樹被子彈射穿的小小身體，流淌的血液將紅色袈裟染得更紅。獵人額頭貼著我的額頭，將念珠越過前世今生，越過所有人的名字，越過我們之間，來到我的頸上，和法法希安貼合在一起。我低頭看著那顆老天珠，天降石上面排列著三顆千年的眼睛。

奉神之名，免去所有人的債。烏馬斯輕輕觸碰胸口，喃喃祈禱，接著以族語低聲吟唱。我閉上眼睛，領受著獵人的祝禱，胸口發燙，腦中浮現軒永說的那個晚上。那片完全沒有風的海。颱風過後的夏夜，氣溫高得驚人，兩個渾身是汗的孩子，躺在小船上仰望著黑夜，流星無聲地墜落。

當時的軒永拿著從家屋帶出來的提燈，指認著認識的星星。擴散的光暈讓小船也像顆在海上發亮的星星。突然間，我聽見遠處細微的聲響。剛開始像是薄薄畫冊沙沙的翻頁聲，但愈來愈靠近，彷彿整座圖書館的書攤在草地上，夏日午後的風吹來，幾千本書頁不停翻動，啪嗒啪嗒作響。鼻子嗅到森林花蜜的香氣，空氣裡飄來淡淡的甜味。我拿著提燈，微微欠身，一朵小小的烏雲在黑夜中朝著我手上的光，快速地往小船移動。軒永也嚇了一跳，坐起身的動作讓船身左右大幅度搖晃了起來，浪抬高船體又降下。

數萬隻的蝴蝶飛成一朵忽快忽慢的黑雲，我第一次聽見蝴蝶振翅的聲音。先抵達的幾隻蝴蝶像是累壞了，毫不猶豫地停在我手上，接著數十隻，數百隻，數千數萬隻蝴蝶陸續飛落。星光下，幾萬雙翅膀停在我和軒永的身上，癱垮的雙翅合攏再展開。

沒有地方再停靠的蝴蝶，緊挨著小船四周閃爍，牠們翅膀上灑落類似珍珠般質地，藍紫色或金黃色的炫彩鱗粉，在億萬星光的照耀下，像是從夜空中剛誕生的彩虹，反射出某種靈魂深處般的虹光。

我眺望牠們飛來的方向，海面飄浮著許多美麗而疲憊的屍體，像涓涓的珠光小溪，流向船身。蝴蝶應該是被颱風刮離了原本遷徙的路線，這一群夢的使者在海上迷了路，拍著脆弱而纖小的翅膀，一隻接著一隻在星空下飄流。但牠們從未放棄追尋的衝動，寫在古老基因裡的移動，驅動著飛行。如果能在飛行的時候死去，如果能在追尋的時候死去，生死的分界跨立在移動之間，這也算是一種抵達嗎？

祭歌的聲調隨著回憶的畫面乎強逐弱，烏馬斯的吟誦漸慢直到停止。我從海上歸來，獵人看進我的眼睛，身後投下的巨大黑影，如山體般凝重而安靜。我們無須開口，因為重要的事情不必言傳。他背後如腹語般的合唱，我聽得見。

你知道，他在哪裡了嗎？

我點點頭。

因為大浪打來的時候，他的眼睛從沒有離開過我。我們曾經立誓，將在兩個月亮，三顆星星之下相見，那寫在我基因裡，所有的難以抵達。

「他在等我。」雨聲太大了，我怕講得不夠大聲，還刻意加重了語氣。我說：「**我要親眼看到那座山**。」

過去我們被這個世界遺忘，想盡任何方法想要逃出絕望。我們三個人，曾經走得這麼遠，甚至背道而馳，在跌倒過的地方再次受傷，到哪裡都成為剩下的人。我們追求著我們早已擁有的，也為了不合理的要求拚命證明，甚至對於只能用這樣的方式和對方靠近，深深地感到悲哀。

但我沒有忘記這裡面有許多美麗的事物，堅強的事物，永恆的事物。即使恐懼凌駕於我，我也未曾動搖。腦中的想像，從未能取代眼睛所看見的，就算是迷路，就算會受傷，就算一無所獲，我也要出發。

風停了，雨勢驟然轉小。我想起各個地方曾停下的風。月光海停止的風。嘉明湖畔停止的風。蝴蝶迷路那夜停止的風。我們轉頭眺望著遠遠的海上，漸漸從雲層透出金黃色的光。黑夜與白天的交替，海與天的分界。獵人側著耳朵專心地聽，突然回過頭說。那個有六根腳趾頭的男人快回來了。

太好了。我對著自己說，對著木柰說，不管對著誰說都沒有關係。我知道我將縫合所有遺落的一切，就算需要去到世界的邊緣也無所謂。那是只有我和山才懂的東西。

雨終於停了。我們會一起回家。

致謝

那是二〇二二年四月三十日清晨，雨從海上下過來。就像在晴空萬里的神宮球場外野二十九歲的村上春樹一樣，那從天下靜靜飄下來什麼，台東的我也確實地接到了。

可以明確的指出開始想寫小說的日期和時間，並不代表從那天起我就成為一位小說家。當我開始決定寫下這個非說不可的故事時，一些人就像是書中的小男人，收起天使的翅膀降臨到我身邊，為我指路。

台東的阿珠姐、耀威、冠宇、Miogo、凱力，給我第二個家。蘭嶼帶我下潛的丁丁、陪我改寫的卡羅、讓我無後顧之憂的ＹＯ、一路上給我珍貴友誼的編輯微宣與張瑜，以及遠流的明雪與意雯，你們都是《腹語山》的星星。青藏高原寫作取材時無依無靠，是好友也是編輯的小米傳來長長的鼓勵，多次陪我翻越高山速寫的繪者益銓，謝謝兩位，我們三個人終於抵達《腹語山》了。

《腹語山》是不是真的人生？我只能說很大一部分是，但不是全部。就像方妙，是本名卻也不是全部。但真相是藏不了的，這是我在寫字之後最確定的事。同是心理健康工作者的我常常希望，自己能更早一點，陪個案去梳理所有的其來有自，或者說，我總希望有人可以更早一點，陪我去理解自己那些深深的傷。

回望二十九歲，猶記得那時的執著與追尋，不論走多遠，都覺得被世界拒絕。所以若我還算有那麼一點能力，希望能寫出你內心不為人知的祕密，寫出你埋葬的掙扎和困惑，挾持著你去面對它，然後我們一起抱頭，痛哭，原諒。

謝謝山粉圓與讀者，陪我走過這三座山。腹語山從第一本《山之間》序章第一句，多雨的那個夏天開始，結束在第二本《沒有名字的那座山》最後的那場雨停。接下來新的旅程，希望我們繼續一起走，走過千山萬水，走到愛與我們相遇的時候。

腹語山

作者——山女孩 Kit（方妙）
內頁繪圖——張益銓

資深編輯——陳嬿守
封面設計——蕭旭芳
內頁設計——張庭婕
行銷企劃——舒意雯
出版一部總編輯暨總監——王明雪

發行人——王榮文
出版發行——遠流出版事業股份有限公司
地址——104005 台北市中山北路一段 11 號 13 樓
電話——02-2571-0297
傳真——02-2571-0197
郵撥——0189456-1
著作權顧問——蕭雄淋律師

2024 年 7 月 1 日 初版一刷
定價——新台幣 420 元
（缺頁或破損的書，請寄回更換）

ISBN —— 978-626-361-750-6

本書獲國藝會文學類創作補助

遠流博識網
http://www.ylib.com
E-mail: ylib@ylib.com
遠流粉絲團 https://www.facebook.com/ylibfans

國家圖書館出版品預行編目 (CIP) 資料

腹語山 / 山女孩 Kit（方妙）著 . -- 初版 . -- 臺北市 :
遠流出版事業股份有限公司 , 2024.07
面； 公分
ISBN 978-626-361-750-6(平裝)

863.57 113007995